suhrkamp taschenbuch 1251

Josef W. Janker, am 7. 8. 1922 als Sohn eines Schuhmachers in Wolfegg/Württemberg geboren, erlernte in Ravensburg das Handwerk eines Zimmermanns. Drei Jahre Fronteinsatz in Rußland und Polen. Seine Bücher *Zwischen zwei Feuern*, 1960; *Mit dem Rücken zur Wand*, 1964; *Aufenthalte*, 1967; *Der Umschuler*, 1971, erscheinen im Suhrkamp Verlag.
Vierzig Jahre nach Kriegsende legt Josef W. Janker, ehemaliger Pionier an der russischen Ostfront, seinen seit langem vergriffenen, 1960 erschienenen ersten Roman in einer erweiterten und revidierten Neufassung vor. Dieses Kriegsbuch ist alles andere als ein Heldenepos, das voyeuristische Sensationsbedürfnisse befriedigt. Es macht betroffen, denn es schildert die Ausnahmesituation des Krieges am Beispiel von Einzelcharakteren, die uns vertraut sind wie gute Bekannte. Ihre Stärken und Schwächen sind unsere eigenen. Auf einem mörderischen Prüfstand haben sie sich zu profilieren, zwischen zwei Feuern: dem der kriegerischen Extremsituation und dem des dabei schonungslos aufgedeckten eigenen Naturells, ohne daß selbst die individuelle Bewährung die Betroffenen davor schützen kann, letztlich doch zerrieben zu werden.
Dieser Roman ist das einzige von Josef W. Jankers Büchern, das bisher noch nicht im Suhrkamp Verlag erschienen ist.
»*Zwischen zwei Feuern* gehört zum unverzichtbaren Bestand der deutschen Nachkriegsliteratur.« Heinrich Böll

Josef W. Janker
Zwischen zwei Feuern

Suhrkamp

Die Erstfassung dieses Buches erschien 1960
im Verlag Kiepenheuer & Witsch, Köln.

suhrkamp taschenbuch 1251
Erste Auflage 1986

Satz: IBV Satz- und Datentechnik, Berlin
Druck: Nomos Verlagsgesellschaft, Baden-Baden
Printed in Germany
Umschlag nach Entwürfen von
Willy Fleckhaus und Rolf Staudt

1 2 3 4 5 6 – 91 90 89 88 87 86

Zwischen zwei Feuern

Wie gesprenkelt vom Aussatz der Gefallenen

Die jungen Pioniere waren feldmarschmäßig angetreten. In ihren Stiefeln und Uniformen die spärliche Pracht ihrer neunzehn Jahre, bildeten sie mit ihren vom Frost geröteten Gesichtern eine Formation in Grau und Rosa. Während der schon etwas angejahrte Hauptfeldwebel die Namen der Angetretenen aufrief, nahm er in seinem Rapportbuch Eintragungen vor. Es war nicht schlüssig auszumachen, ob der Brillenträger nur routinehalber die Anwesenheitsliste abhakte oder willkürlich Mannschaften zusammenstellte für den geplanten Fronteinsatz. Die Vermutung, der ordenlose Vorgesetzte spiele eigenmächtig Schicksal, lag außerhalb ihres Argwohns. Seine Bellaute wirkten einschüchternd genug. Zwischen unsinnigster Erwartung und heilloser Ergebenheit drückten sie ihre Knie durch und die Hände stramm an die Hosennaht. Jeden einzelnen scharf fixierend, als läse er an ihren Gesichtern militärischen Schliff ab, nahm er die Wendungen affektierter, als es sein Dienstgrad ihm vorschrieb.

Doch seine Stimme, teilnahmslos Nummern über Namen stülpend, als spränge aus der Demontage einer Person der fertige Waffenträger, klang überanstrengt – sie mußte sich bald heiser geschrien haben –: »Siebenundsechzig, achtundsechzig, neunundsechzig«, jetzt setzte sie schlagartig aus. Der geharnischte Schritt verhielt auf dem verharschten Kies. Wieder sahen sie, wie er etwas in seiner Wachstuch-Kladde ankreuzte und – nach Sekunden des Zögerns – kurzsichtig weiterstakste.

Vielleicht hätte er die Gruppe glatt übersehen, wenn nicht Poßnitzer, der wie ein germanischer Schildknappe dastand, herausfordernd gehüstelt hätte. Nur in verschwommenen Umrissen nahm der Hauptfeldwebel die uniformierten Hasenfüße wahr. Aber das vorlaute Gehüstel wies ihm die Richtung. Natürlich – er entsann sich wieder –, das war die renitente Gefolgschaft dieses eleganten Strebers. Sie war als unzuverlässig verschrien – wachsweiche Hypochonder! Eine kleine Luftveränderung konnte da Wunder wirken. Während er seine beschlagene Brille wischte, kam ihm der rettende Einfall –:

Ja, warum rief er die Meute nicht geschlossen auf: Brielitz, diesen beherrschten Phantasten – Matasch, diesen Querulanten, der Versetzungsgesuche schrieb? – Warum sah er nicht zu, daß er diese

Musterriege der Aufsässigkeit mit einem Geniestreich los wurde? – Liebschner, diesen Spaßvogel vom Dienst – Kopitz, diesen hellsichtigen Zauderer – Kuskat, der sich bei Appellen anstellte, als wäre er eine Jungfer, der es an die Unschuld geht! – Er hatte weiß Gott nicht die Absicht, sie hochgehen zu lassen. Aber auf Schonung konnten sie bei ihm nicht rechnen. Weder Hartwick, dieser eingefleischte Zivilist – noch der kleptomanisch veranlagte Richter, ganz zu schweigen von Fortner, der das Kunststück fertigbrachte, selbst im Stehen einzuschlafen!

Neun Mann hatten ihm gefehlt, die Marschkompanie komplett zu machen. Warum wurde er von falschem Mitleid gerührt? War er nicht ermächtigt, nach eigenem Ermessen auszuwählen? Es gab mancherlei Arten der Auslese: faire, noble, weniger zartfühlende, Nachhilfen des bloßen Zufalls wie strafender Willkür. Was scherte er sich darum, ob er ein Glücksbringer sei oder ein Todesbote? Hauptsache, er schonte die dienstbaren Geister der Kompanie: die Küchenbullen, Kammerfritzen, Waffenwichser, Schirrmeister, die gutbeleumundeten Putzer, seine Kommandierten. Hauptsache, er sicherte der Stammkompanie einen angemessenen personellen Bestand, der sein Überwintern sicherte, sein eigenes Überleben!

Noch am gleichen Nachmittag stiegen sie (»die achtundsiebzig Auserwählten«, wie Poßnitzer süffisant meinte) aus ihren blankgescheuerten Drillichen in nagelneues Tuchzeug um. Als sie marschbereit in der Dämmerung standen, rochen sie schon von weitem nach fabrikfrischen Knobelbechern, durchnäßtem Uniformtuch und aufbrechendem Heimweh. Frauen, Mädchen begleiteten sie mit ihren feuchtglänzenden Blicken (»Zärtlichkeit als Vorschuß auf Tod und Verderben«). Ihre Taschentücher, die sie geduldig schwenkten, flatterten in der Dunkelheit. Hartwick – die feierliche Aufgeräumtheit ihres Kommandeurs vor Augen und die scheinheilige Gerührtheit des Hauptfeldwebels – aber war es, als fasse ihn »irgendeine Fatalität hinterrücks am Wickel«.

In der ersten Phase ihres Aufbruchs erkannte Brielitz noch nicht, wer nun eigentlich von den Herren Offizieren, Feldwebeln, Unteroffizieren, Stabs-, Ober- und gewöhnlichen Gefreiten dem Ruf an die Front gefolgt war. Soweit es sich aus der Marschkolonne heraus feststellen ließ, kamen zwei der höheren Chargen, die er als Kommißköpfe fürchten gelernt hatte, in einem Schlitten nachgefahren, während der sympathische Zugführer zu seinem Bedauern in der Garnison geblieben war. (Unverdientes Massel, wie der Sachse sagte, launischer Zufall oder Protektion?) Ein farbloser Leutnant, der ihn wegen seines schwäbischen Dialekts gehänselt hatte, dienerte beim Kompaniestab herum; ein Muster-Gefreiter machte sich beim Hauptmann lieb Kind. Brielitz war schnell zur Hand mit Sympathie-Zuweisungen; zum Glück hielt er sich mit seinen Urteilen klug zurück. Ein verbürgter Spruch von ihm lautete: »Erst kommt der Mensch mit seinem Charakter, dann erst der Soldat mit seiner Befähigung.« Diese Meinung aber behielt er besser für sich. Militärische Logik kannte andere Rangfolgen. Doch auch zivile Logik entsprach nicht seinem Naturell. Würden ihn sonst – mitten in banalen Verrichtungen – Phantasien heimsuchen? Kein Wunder, daß er den Krieg als eine Art Betriebsunfall der Historie verstand, kombiniert mit den aus den Fugen geratenen Naturgesetzen. Seit er eine Nacht unter freiem Himmel verbracht hatte – bei lächerlichen dreißig Grad unter Null –, meinte er ernsthaft, dieser Kälteschock sprenge menschliches Durchhaltevermögen. – Nun, Brielitz wird dazulernen müssen!

Die endlose Dreier-Kolonne marschierender Soldaten Revue passieren zu lassen, die Helden auszusortieren – ein unmögliches Unterfangen. Die achtundsiebzig Anwärter auf Waffenruhm durch den Gewissenswolf zu drehen, wäre schon eine lohnende Denksportaufgabe. Brielitz, nicht gerade der scharfsinnigste Denker seines Jahrgangs, unterzöge sich ihr mit heiligem Ernst. Liefen hier unter bleiernem Winterhimmel gesichtslose Uniformträger, die ihre zivile Existenz am Kasernentor abgeliefert hatten – oder lediglich kriegerisch vermummte Einzelgänger? Stapften die künftigen Helden des Reichs im Gleichschritt durch feindliches Hinterland, den Visierblick schon jetzt auf erkannte Ziele gerichtet? Oder staksten Gleichaltrige durch den Schnee, die als Junggesellen den ersten Zahltag, als Abiturienten die erste Liebesnacht und als Idealisten die erste Ernüchterung erlebt hatten? Wollte er aus dem großen Haufen wirklich die Kraftmeier herausfiltern, die Säbelraßler, die Scharfmacher, damit sie ihr markiges Treuegelöbnis einlösten: »Für Führer, Volk und Vaterland!« Wollte er die verkappten Parteigänger, Blockwarte, NS-Sportler, die den braunen Bazillus schon in Klassenzimmern eingebleut bekamen, von den Mitläufern absondern, den lammfrommen Jasagern? Die Tapferen, Mutigen von den Wankelmütigen, die Herzensreinen von den Blasierten? Gab es verläßliche Eigenschaften, untrügliche Kennzeichen, die eine Trennung der Böcke von den Schafen zuließen? War Brielitz schief gewickelt, wenn er annahm, aus einem aufmüpfigen Sprößling würde ein couragierter Jüngling? Würden sich verschreckte Muttersöhnchen als furchtlose Späher entpuppen, weichherzige Träumer als kaltblütige Stoßtruppler, verspielte Kindsköpfe wie Liebschner als todernste Panzerknacker? Doch die nagende Kälte, die an den Nerven zehrende Müdigkeit machten es ihm schwer, sein Gehirn zu systematischen Sondierungen anzuspornen. Schließlich befiel ihn, einige Nachzügler bei ihrem großen Geschäft beobachtend, die niederschmetternde Einsicht: der Mensch sei eine flüchtige Erscheinung, hinfällig und würdelos...

Es war auf ihrer Fahrt nach Osten, irgendwo tief im Polnischen, jenseits der zerbrochenen Schlagbäume. Sie waren im offenen Karree angetreten. Ihr Transportführer erschien, ein wendiger Astheniker mit knappsitzenden Langschäftern. Eine Trillerpfeife, unerläßliches Requisit seiner Auftritte, schwirrte wie ein bösartiges Insekt um seine behandschuhte Rechte. Sich dem linken Flügel nähernd, musterte er argwöhnisch die wenig exakt gezogene Linie der Koppelschlösser. Als er Matasch entdeckte, der steif und verwundbar dastand, hörte das Schwirren für einen Augenblick auf. – Er fehle ihm gerade noch in seiner Sammlung, hörte Brielitz, der Schulter an Schulter mit Matasch stand. – Habe wohl Pech gehabt mit seinem Gesuch, Pech gehabt? – Wolle nach Afrika, Afrika, mit ein paar Kisuaheli-Brocken im hohlen Bauch. Wohl völlig verrückt geworden! Einfach kneifen. – Matasch, um einen Grad steifer, verwundbarer geworden, sagte flehend: »Ich will nicht kneifen, Herr Leutnant.« – »Nicht kneifen?« Und warum sträube er sich dann, an die russische Front abkommandiert zu werden? – »Weil ich für die Tropen ausgebildet worden bin.« Und als das bösartige Schwirren wieder hörbar wurde. – »Herr Leutnant, das war eine reguläre Schule, sie ist sehr bekannt!« Seine Schule sei auch sehr bekannt, auch sehr bekannt. Er ließ die Kordel schnellen, fuhr Matasch giftig an: »Bin ich hier in einem Panoptikum? Äh«, meinte er unvermittelt versöhnlich, als ein paar Lacher vernehmbar wurden, »bin ja schließlich kein Unmensch – äh, kein Unmensch!« Er sah sich befriedigt um, ging federnd in die Knie, peilte wieder an den Koppelschlössern entlang, als prüfe er an ihrem vorbildlichen Sitz die Einsatzbereitschaft der ihm unterstellten Truppe.

Sie torkelten halb schlafend, vom Doppelband schneeverwehter Schienen eingefaßt, über den vereisten Bahnkörper. Matasch sah sich auch gleich auf den Sprossen einer endlosen Leiter turnen, als wäre das alles nur zu seiner Schikane erfunden. Er hüpfte mehr als daß er lief, fürchtete ständig, in einer der trügerisch überwehten Schwellenmulden zu stolpern. Seine Schritte, seine Sprünge glichen dem unbeholfenen Tapsen eines erblindeten Schneehuhns. War er wirklich so stupide talentlos für simple Dinge wie Gehen und Marschieren? Oder stellte er sich nur so aus purer Widersetzlichkeit? – Die Gruppe, die es leid geworden war, sich an seinem Mißgeschick zu weiden, beschwichtigte ihn und verwies auf die Ankündigung des Leutnants, wonach sie noch vor Einbruch der Nacht in einem nahegelegenen Dorf Quartier bezögen. Wodurch unterschied es sich wohl vom vorhergehenden? – es hatte einen unaussprechbaren Namen...

Die Dämmerung war längst der Dunkelheit gewichen. Das angekündigte Dorf entpuppte sich als verschneites Ödgelände mit Brandmauern und stehengebliebenen Kaminen. Matasch, in einen gespenstisch flatternden Schal gehüllt, trat kleinlaut auf die unermeßliche Ebene hinaus. Er sah überhängende Schneewächten, die Windschutz boten, sah vom Frost bizarr verformtes Gebüsch. Er mißtraute diesem Naturzauber. Die Absicht, ihn zu ködern, war allzu deutlich. – Lauter Finten! dachte er, nichts als Täuschungsmanöver. Von allem Anfang an bewußtes Irreführen. Sein Tun beargwöhnt, seine Gesuche verworfen, sein Wunsch, in die Tropen zu gehen, als ein entschuldbarer Wahn bezeichnet. Immer Gegenläufiges, das verhaßte Diktat militärischen Zwangs, diese ausgeklügelten Spielregeln des Gehorsams, die Furcht, sich dem Gelächter ausgesetzt zu wissen, sobald das Stichwort vom »afrikanischen Spleen« fiel.

Lauter Finten! dachte er und schlug den Kragen seines Mantels hoch, um seine Ohren vor der eisigen Zugluft zu schützen. Was gäbe er jetzt nicht alles, um noch einmal in die aufregende Doppelrolle des melkenden Kolonialschülers und Kisuaheli sprechenden Stallknechts schlüpfen zu können. Damals – sie waren fast durch die Bank Städter, hatten zweierlei Hände, aber eine unbändige Sehnsucht nach Weite, Ungebundenheit und exotischer Fremdheit. Als er auf der Breitewitzer Schule begann, sich als Auserwählter zu fühlen, erschien ihm die Welt der Kikuyus als Zauberformel, die ihm ein Schicksal außerhalb des Alltäglichen und Gewöhnlichen verhieß. Jetzt büßte er diesen hochgemuten Trugschluß mit einer Stummheit aus purem Trotz!

Brielitz, ein lebenskräftigeres Duplikat Mataschs, war ein lernbegieriger Mensch. Ein geborener Wolkenschieber auch er, mit dem beruhigenden Unterschied, daß ihm die rauhe Wirklichkeit nicht gleich die Stimme verschlug. Er erlebte den Osten nicht als Fiasko einer gescheiterten Hoffnung. Für ihn brach keine Welt zusammen, war er ja erst dabei, sich eine zu erobern. Das Maß- und Formlose dieser Landschaft sprang ihn zwar fratzenhaft an. Aber dann erlebte er die läuternde Kraft der Kälte, nachdem ihn ihre Schrecken zunächst wie versteinerten. Widerstandslos nahm er zur Kenntnis, daß diese Weite und Leere den Einzelnen einfach schluckte. Er war als Mensch keine feste Größe mehr, als Soldat bestenfalls ein beliebiger Summand! Aber nie hatte würdeloses Lamentieren seine Handlungen bestimmt. Nie war er wie der fallsüchtige Matasch über seinen eigenen Schatten gestolpert. Wenn es Schnee war, was ihn geblendet hatte, so war es Schnee von gestern. Nur noch Feuer hatte es gegeben und die Schmelzwasser verjährter Täuschungen. Ein haltbareres Glück bahnte sich an!

Schon die Fahrt im Güterwaggon hatte sie zu Gefangenen ihrer Blindheit, ihrer Notdurft gemacht. Bilder peinlichen Versagens waren auf ihn eingestürmt. Die endlos scheinende Zugfahrt mit ihren verwechselbaren Stationen. Mataschs fixe Idee –: selbst wenn sie stur nach Osten führen, käme er doch prompt im Süden heraus! Brielitz hatte sich solcher Sophistik wohlweislich versagt. Der Blick durch die Schiebetür zeigte ihm deutlich genug, wohin ihre Reise ging. Aber vorerst wies er seine düsteren Phantasien beherrscht von sich, vergaffte sich in das offene Land, das mit wehenden Schneefahnen gegen ihn herantrieb.

In der ersten Nacht, als sie im Gefängnis von WJASMA meuternd Quartier bezogen (unfaßbar schien ihnen, den hochgelobten Zweiundzwanzigern, daß man sie wie Kriminelle in verdreckte Zellen einwies), fuhr Kopitz wie gerädert aus dem Halbschlaf. Schreckbilder drangen auf ihn ein: Verwundete mit grotesken Kopfverbänden, Gefallene, auf Bahren festgefroren, Pferde mit vor Hunger aufgetriebenen Bäuchen. Eine Eispfütze hielt ihm einen Spiegel monströser Wahngebilde vor. Er spürte an seiner Schulter die vertraute Hand Hartwicks, und atmete erleichtert auf. Aber dann ließ es ihm doch keine Ruhe, und sehr früh, als sie alle totenähnlich schliefen, trat er ins spärlich erhellte Treppenhaus, wo sie kreuzweise in allen nur möglichen Phasen der Erschöpfung lagen. Kopitz fand, daß ihn seine Ahnung nicht getäuscht hatte: reihum dämmerten böse Phantasmagorien...

Auf dem Platz vor dem Verschiebebahnhof wimmelte es von Verwundeten und Versprengten. Im gespenstischen Lichthof einiger Lampen bewegten sich wie Schemen ihre schwankenden Gestalten. Kopitz war es, als habe das uniformierte Grauen jegliche Physiognomie aus ihren Gesichtern gewischt. Als sie in die Nähe des Bahndamms gelangten, schwärmten sie plötzlich massenhaft aus. Kopitz sah, wie sie Waggons stürmten, Waggons, die ungeheizt auf vereisten Abstellgleisen standen. Doch das sahen die Dahinstürmenden in ihrer Hysterie nicht. Stumm und erbittert kämpften sie um die besten Plätze in den geplünderten Waggons. Jene, die noch die Kraft besaßen, sich anzuklammern, kletterten auf allen vieren die Böschung hinauf, stießen die Schwächeren zurück und erreichten keuchend den blockierten Lazarettzug. Die Abgeschlagenen rutschten wie loses Geröll den glatten Abhang hinunter. Ihre erfrorenen Stümpfe und Gliedmaßen verbreiteten selbst in der Eisluft einen penetranten Gestank. Oben auf dem Damm aber erhob sich das dumpfe Geraune der Entrüstung, ein gleichsam zwischen den Zähnen erstickter, wütender Aufschrei...

Nachdem eine zögernde Dämmerung die Trübnis des Tages umständlich ablöste, entdeckte Liebschner hinter einer Schneewächte eine wenig einladende Örtlichkeit. Eher ein aufgelassenes Stellwerk als eine reguläre Station, fand sich nichts, was auf menschliche Anwesenheit hinwies. Halbzerfallene Türstöcke hingen schief im unverputzten Mauerwerk. Im Wind schlugen kleine quadratische Fensterflügel. Auf dem abgeblätterten Giebel klebte ein verwaschenes Namensschild mit der Endsilbe »...koje«. Doch trotz der Unwirtlichkeit durchforschte Liebschner die geplünderte Bahnwärter-Idylle mit einer Gier nach Stallwärme und Menschennähe, die der abgehärtete Hartwick kindisch fand.

Als nach weiteren zweieinhalb Stunden stumpfsinnigen Dahintrottens hinter einer zerschossenen Stallung ein kunstvoll gezimmertes Holzhaus sichtbar wurde, brach Liebschner förmlich in Jubel aus. Durch einen stallartigen Vorraum betraten sie eine ebenerdige Stube. Ein fast leeres Geviert von Wänden, nachgedunkeltes Blattgold der Ikonen, papierverklebte Fenster, vergilbte Photos.

Liebschner drückte sich beinahe die Nase platt, als er die Zierleisten aus Fliegendreck musterte und die Ornamentik des Frostes in den vom Atemhauch beschlagenen Scheiben. In der Tiefe des dämmrigen Raumes ein schmutzig-gelber Ofen-Koloß, die Herdkuh mit ihren Lehmflanken, ihren Backtrögen, Feuerkuhlen, die Aschen-Muhme mit ihrem Fellhimmel. Mit einer Unbefangenheit, die ansteckend wirkte, spähte Liebschner in alle Winkel; sein werbender Schmachtblick schien zu fragen: hält sich hier irgendein weibliches Wesen versteckt? Entzieht sich vielleicht eine liebesfähige Haustochter meiner zärtlichen Musterung? Unter dem amüsierten Befremden Hartwicks hob er ein paar Halbwüchsige aus ihren angewärmten Bettgelegen, bestieg unter dem genierlichen Gekichere einer Zwölfjährigen das mit Lumpen und Fellen bedeckte Höckertier. Aber er genoß den Triumph solch eigenmächtiger Erhöhung nicht lange. Noch während er auf die verblüfften Gastgeber hinabsah, flog die Bohlentür auf, Schnee wirbelte herein. Auf der Schwelle martialisch ein Kompaniemelder im Kradmantel. Ehe die Gruppe Poßnitzer recht begriff, was mit ihr vorging, stand sie auch schon unter Kommando und marschierte. Hartwick entzifferte auf einem Wegweiser ein anheimelndes »Sasjezkaja«.

Liebschner, der Traumtänzer, leistete sich Standard-Träume. Wunschquartiere belegte er kraft seines Charmes, nicht seines militärischen Ranges, der null und nichtig war. Eine Schaukel, an vier Schnüren von der Decke hängend, war sein wichtigstes Requisit. Nastasja, mandeläugig, mutterlos (also frei erfunden!), schaukelte hingebungsvoll, ihm zu Gefallen. Ein flackerndes Stearinlicht warf ihren stürzenden Schatten beängstigend umrißscharf auf den Estrich, der nach Landessitte mit Sand bestreut war. Mit einigen Ave Marias hatte er glücklich erreicht, daß die Madonna ihren vorwurfsvollen Blick von ihm abzog. Sein Einverständnis mit Nastasja also wunschlos und ohne jede himmlische Bevormundung.

Während sie in Schützenreihe durch knöcheltiefen Schnee stapften, zersprang hoch über ihren Köpfen eine Leuchtpatrone. Durch die Kälte tollohrig geworden, hörten sie den Knall wie in Watte verpackt, standen perplex im grellweißen Magnesiumlicht. Liebschner, die Schaukelschwünge Nastasjas in einzelne Flugphasen zerlegend, erlebte die Explosion im Scheitelpunkt zweier aufeinander zustürzender Körper. Rote Blitze schossen auf; Schnee stäubte. Plötzlich war ein stürmischer Frühling über ihm.

... Sie kam in ihren Pelzstiefeln den abschüssigen Weg herunter. Vorsichtig setzte sie Schritt für Schritt auf der wie poliert wirkenden Eisfläche. Liebschner, im Lehrlingskittel, saß hinter dem Fenster und rieb sich die klammen Finger warm. Der Werkzeugschuppen war lausig kalt; es zog wie Hechtsuppe, und das Sägeblatt, das er mit einer Dreikantfeile geschärft hatte, hob sich mit seinen Zähnen gegen die bizarre Pracht der Fensterblumen. Jäh unterbrach er seine Tätigkeit, preßte sein Kinn mit erstem schüchternen Bartflaum gegen das feindselige Weiß der Scheibe, sah durch das Schmelzloch, das sein Atem geformt hatte, die rosige Rundung ihrer Knie...

Gemessen am Charakterriesen Brielitz war Liebschner ein wahres Fliegengewicht. Zwei Rollen boten sich dem schlaksigen Bruder Leichtfuß aus Grimma an: die des Spaßvogels und Gruppenkaspers oder die des schweigsamen Schwärmers. Wäre ihm das Stillsitzen und Stummsein leichter gefallen, hätte er sich – als unproblematische Frohnatur – für den stillen Genießer entschieden. Wer sollte ihm denn beigebracht haben, daß es von Klugheit zeugt, seine Weisheit für sich zu behalten? Sein Herz war übervoll, folglich lief ihm (ganz wie das Sprichwort es will) öfter mal der Mund über. Er stammte ja nicht von der traurigen Sorte Mensch ab, die an der Welt und ihren Unzulänglichkeiten leidet. Er gehörte nicht zu den Nackthäutern, deren Verletzlichkeit ihre einzige Eigenschaft ist und ihr beliebtester Gesprächsstoff. Er war kein Hirn-, er war ein Augenmensch!

... denn ein Schlitten, von zwei Fuchsrappen gezogen, wirbelte eine Wolke blitzenden Schneestaubs auf. Schon traten die kulissenhaft wirkenden Häuser der Vorstadt in den Hintergrund. Die Zwiebeltürme der beiden Kirchen verflüchtigten sich, kippten über den flachgeschwungenen Horizont. Auf seinem einstündigen Bummel durch die weißrussische Metropole war er auf die Basilika gestoßen. Von jeglicher Ortskenntnis unbeleckt, gab er ihr den Namen »Mariä Unbefleckte Empfängnis«. Obwohl der Platz wie leergefegt wirkte, sah er sogleich Reifen spielende Gören. Mädchen mit Zöpfen spielten Verstecken, Buben im Stimmbruch Fangen. Wildwechsel, Fährten, der Paarungsruf der Tauben. – Ob der Heilige Geist wohl nur so groß ist wie eine dieser gewöhnlichen Tauben? – Einen Augenblick lang schnürte es ihm fast das Herz ab. – Als er in die Gasse der »Unbeschuhten Karmeliterinnen« einbiegen wollte, stutzte er. – Oho, dachte er und blinzelte aus schräggestellten, feuchtschwarzen Vogelaugen: Da steht was Knuspriges vor dem Wind! – Auch Anjuscha stutzte, als sie den ulkigen Deutschen in die Uliza Gololjediza treten sah. Schon hatte er beide Arme triumphierend hochgeworfen, als erwarte er von ihr, daß sie ihn stürmisch in die Arme schließe. Aber da war er bei ihr an die Falsche geraten. Absichtlich beschleunigte sie ihre Schritte, als müsse sie ihre gespielte Entrüstung in gelaufenen Metern ausdrükken. Eine Heeresstreife tauchte auf. Liebschner sah sich einer peinlichen Disziplinierung unterworfen...

Doch das warf ihn nicht aus dem seelischen Gleichgewicht. Ein Anpfiff durch die Kettenhunde der Feldgendarmerie löste bei ihm ein unwirsches Achselzucken aus, eine Geste errötenden Bedauerns, eine heißblütige Verwünschung. Schon war er unterwegs zu noch kühneren Abenteuern, kaum daß seiner Jagdleidenschaft ein erster Dämpfer aufgesetzt war. Auf Pirschgängen die üblichen schnellen Musterungen, Küsse, Berührungen. Er beherrschte die Körpersprache, als Gleichaltrige noch am Rätsel der Geschlechterliebe herumknobelten. Aus dem fliegenden Stand heraus übte er Annäherungen, Begegnungen. Er wünschte sich Verschmelzungen, Durchdringungen.

Seit er Smolensk den Rücken gekehrt hatte, war alles wie verhext. Das geliebte Wild blieb aus. Die Witterung trug seinen Nüstern keine Duftmarken mehr zu. Die Spuren verloren sich im Eiswind. Ein mädchenloses Land seufzte unter der barbarischen Kälte. Nicht einmal die Ahnung von Menschennähe belebte seine Phantasie. Wo steckten sie bloß, seine Mädchenkinder, seine Kindfrauen, die er in Wirklichkeit ja nie berührt hatte, aber zur Liebe fähig jederzeit verfügbar wähnte? Das Verschwinden von Körpern aus der Landschaft bewirkte eine Verarmung seines Lebensgefühls, eine Beschneidung seiner Sinne. Als geschlechtliches Neutrum lief er durch eine Welt, die sich der sinnlichen Wahrnehmung entzog, die nur noch Hungergefühle auslöste und die Empfindung zunehmender Erstarrung.

Der graue, von Vögeln leergepustete Himmel war nichts als das stupide Gegenstück zu dieser Wüste aus Schneestaub. Verlor sich die monotone Marschsäule, die dem Horizont zukroch, in einer zerflatternden Ebene oder schon im trostlos ausgeweiteten Himmel? – Kopitz hielt sich in der Nachhut der Fußkranken auf, der armen Teufel, die an Durchfall litten oder an Erfrierungen. Je nachdem, ob Parolen über sagenhafte Unterkünfte in den Köpfen spukten oder sich als blanker Hohn erwiesen, beschleunigte die Kolonne ihre Gangart oder verlangsamte sie – dehnte sich wie ein dem Zerreißen nahes Gummiseil. Die herrischen Unterführer, wie Herdenhunde dahinschnürend, als ginge es dem heimischen Futterplatz zu, waren das einzig lebhafte Element in diesem Strom stockender Bewegung.

Längsseits des Trampelpfades, der eine dürftige Kiefernschonung flankierte, bezog die Gruppe Poßnitzer provisorisch Stellung. Die Schonung war Teil einer schmalen Baumkulisse, die sich in ihren Einzelheiten abzuzeichnen begann und nicht mehr das imposante Aussehen vorwies, das das Zwielicht vorgetäuscht hatte. Aus dem nur mannshohen Gehölz ragten in unregelmäßigen Abständen einige schmächtige Föhren empor, deren Hauptäste wie amputiert wirkten vom Schrapnellfeuer. Das Gelände davor war topfeben und mit reifüberzogenem Gebüsch durchsetzt. Quer durchs sperrige Unterholz lief ein rotes Feldkabel. Am Endpunkt der Strippe befand sich eine Art Bakelittornister. Auf den Knien vor ihm ein Soldat im Russen-Halbpelz, der eine Kurbel drehte und in eine Sprechmuschel unverständliche Tarnnamen flüsterte: DORA LUDWIG NEUN, KOMMEN! Nachdem er immer wieder vergeblich den Sprechcode buchstabiert hatte, sackte er entkräftet in sich zusammen; die Stimme erstarb ihm förmlich in der nadelspitzen Atemluft. Nicht einmal einen flüchtigen Blick hatte er für Kopitz und Hartwick übrig, als sie neben ihm Posten bezogen und die Tagesparole riefen. Nichts als ein gebeugter Nacken bot sich ihnen zum Einstand, strähniges Blondhaar, Kummerfalten, Speckwülste. Nur als Kopitz übertrieben rekrutenhaft Einheit, Dienstgrad und Namen herunterrasselte, verscheuchte er ihn mit einer unbeherrschten Armbewegung.

Dabei war er weiß Gott nicht immer so wortkarg gewesen. Es hatte Zeiten gegeben, in denen er prahlerisch von Eroberungen sprach, kleinen frivolen Raubzügen – damals als sie, die Altgedienten, ihre Stiefel über die Grenze dieses Landes setzten. Von einem Rausch der Bewegung erfaßter strategischer Größenwahn! Im Park von SSAWELOTSCHE lernten sie dann die ersten Konterschläge des Gegners kennen, der nicht dulden wollte, daß seine Frauen den verhaßten Landräubern das Gastrecht gewährten. Im Spätherbst saßen sie an den Ufern der RUSA, Moskau vor Augen, die Hochburg des Roten Zaren. Sie blickten voll Ungeduld auf das ersehnte Angriffsziel (ein vorgewärmter Logenplatz in der Uliza Gorkowa lag zum Greifen nah). Aber darüber lastete ein schwefelfarbener, mißratener Himmel. Der Horizont riß auf in seiner ganzen Länge; die Schleusen barsten, und es war, als ergössen sich die Wasser der östlichen Hemisphäre über das gedemütigte Land. – Auch er befand sich unter den Abgeschlagenen, Abgeblitzten, zu Tode Erschöpften. Die Regenflut rauschte; zäh mahlten im Erdreich die überlasteten Räder. Sie wurden zu großen, unförmigen Töpferscheiben, die sinnlos liefen – oder formten sie bereits die ersten Urnen für die Asche ihrer Niederlage, und die arglosen Blondköpfe bemerkten es nur nicht? Aber das nahe Moskau, dort winkte doch der Siegeslorbeer, rot vom Blut des gestürzten Diktators! Ein letzter kraftvoller Anlauf, und die Herzkammer des Sowjet-Imperiums träfe zerschmetternd der deutsche Blitz!

Eines Morgens im Vorfeld von Moshaisk traf sie dann der russische Blitz: der Frost. Sie saßen fest mit ihrer gefürchteten Schlagkraft, und alles, was ihnen zum Fanal eines endgültigen Sieges geworden war, versank in der Erde, die ihre Beute nicht mehr freigab. Halbtot vor Entkräftung, mit halbierter Mannschaftsstärke und kräftig gerupftem Gefechtstroß, erreichten sie die Auffangstellungen von Mamushi und Moskrosenz am Jelnabogen. GRÜNPUNKT und ROTPUNKT, unter deren Symbolkraft sie ihre sächsischen Tugenden gestellt hatten, klebten als glücklose Siegel an notdürftig geflickten Lkw-Verdecks, hingen wie kränkliche Nebelsonnen über Schildern, die ihre wegweisende Zuversicht eingebüßt hatten; der Rauhreif zog seine Tarnkappe darüber. Die optischen Signale, die das Schlachtfeld markierten, trieben mit den Neuzugängen, die als Ersatz in die ausgebluteten Kompanien stießen, ein regelrechtes Verwirrspiel. Doch der Tod selbst war reinlich, seine Signatur auf den weißen Ebenen eindeutig lesbar. Nichts Häßliches zeigte sich im gnädigen Vorgang des Erstarrens und Mumifizierens. Nur wenn die Sonne hinter die Wolken trat, um sich von diesen Greueln abzuwenden, waren die Schlachtbänke Weißrußlands wie gesprenkelt vom Aussatz der Gefallenen und Erfrorenen …

Das erste, was Hartwick auffiel, ja förmlich in die Augen stach: die völlige Reduzierung von Landschaft auf Weite und Leere. Was ihn zu einem Lachanfall reizte: die totale Abwesenheit von Soldaten. War der erschöpfte Strippenzieher vor seinem Leierkasten der einzige Waffenträger hier vorn? Wo blieben sie nur, die Tapferen, Edlen – Sappeure, Füsiliere, Jäger, Grenadiere? War dieser vereiste Schneewall die vorderste Linie, die Brustwehr des Reiches? War diese Nische, die er eigenhändig mit seinem Klappspaten herausgestochen, Kampfstand, Sichtschutz und Schlafplatz in einem? Das gespenstische Mondlicht zauberte zwar Ansammlungen bewaffneter Schatten ins Unterholz, täuschte Wehrhaftigkeit vor. Aber Hartwick entlarvte sie als bloßen Naturspuk und faulen Zauber.

Gleichwohl, wenn er keiner Mystifizierung aufsaß, mußten irgendwo die Helden ihre versteckten Kampfstände haben. War es laienhaft, hinter dieser unscheinbaren Kuppe zum Beispiel eine wohlgetarnte Feldbefestigung zu vermuten? Dieser Erdaufwurf, diese Andeutung einer Palisade – sah so eine Feuerleitstelle, eine Werferstellung aus? Mit ein wenig Spürsinn müßten die Laufgräben und Postenstände auszukundschaften sein, die waffenstarrenden Schießscharten, hinter denen die uniformierten Maulwürfe verschanzt lagen. Hartwick stand noch keine volle Stunde auf Wache, als er seine erste zynische Vermutung bestätigt fand: diese Hauptkampflinie, auf Generalstabskarten eine pulsierende Schlagader, war in Wirklichkeit nichts als eine spinndünne Vorfeldsicherung! Das gemeine Zwielicht täuschte Standorte und Stellungen nur tückisch vor. Er ließ sich durch solches Schattenboxen nicht irreführen. Er wehrte sich entschieden gegen die Eintrübung seiner Urteilskraft. Nur keine Illusionen und Trugschlüsse vor Ort! Morgen, wenn erst die Helligkeit den Spuk verscheuchte, würde er den militärischen Spurenverwischern schon auf die Schliche kommen. Er sähe ja dann auch, wo sie hausten: die Tapferen, Edlen, die die Ehre und das Ansehen der Nation meistbietend... Hartwick hütete sich wohlweislich, seine Einsichten an die große Glocke zu hängen. Wie seine Kompanie-Oberen zu Recht argwöhnten, war er ein Hirnmensch mit einem sechsten Sinn für Fatalitäten. Verwegener Bekennermut war nicht seine Sache. – »Ersticke an deinen Wahrheiten, aber verschon andere damit!«

Ein afrikanischer Traum

In der Nebelfrühe des heraufziehenden Tages gab es den ersten Alarm. Ein Spähtrupp der Sowjets hatte sich im toten Winkel einer Bodensenke durch die eigenen Linien geschoben und feuerte nun, von den Pionieren gestellt, blindlings und auf verlorenem Posten, im Gehölz umher. Das wilde Geschieße verlor sich rasch in ein ermattendes Geplänkel. Eine Zeitlang noch hörten sie Schüsse, die bald nur mehr vereinzelt fielen. Dann kam ein unterdrücktes Stöhnen aus dem Unterholz, das zu einem qualvollen Schrei anwuchs. Dem Schmerzenslaut folgte leises Wimmern, das unvermittelt abbrach. In die angespannte Stille hinein fielen halblaute Rufe der Ratlosigkeit.

Matasch, der zu Tode erschrockene »Afrikaner«, lag deckungslos in einem Schneefeld. Ihm kam es vor, als gälte das Feuer ihm allein, als würden die leuchtenden Schnüre ein engmaschiges Netz um ihn flechten. Matasch war dem Weinen nahe. Er kam sich verschaukelt, übertölpelt vor, vom russischen Frost festgenagelt statt von südlicher Sonne. Dabei hatte ihm vor Tagen noch alles offen gestanden. Ein unmerklicher Schwenk nach Süden, rechtzeitig vor der Weichsel eingeleitet – und er wäre in Sicherheit gewesen. Ein Jahr der Eroberungen, des Abenteuers hätte vor ihm gelegen. Das Zweistromland (Baku besetzt und das gezeitenlose Gestade von Apscheron) – sein stürmischer Flug unter der Windrose (die Unheilsvögel des Ostens endgültig verscheucht!) – die levantinische Küste fiele hinter ihm zurück ins schäumende Kielwasser. Sandmeere rückten heran, Wanderdünen – die Stoßrichtung eindeutig auf Südkurs, über den Wendekreis des Krebses hinaus. Vor ihm der Schwarze Kontinent! – Aber nun lag er auf der gefrorenen Russenerde. Es gab Feuer, ein Netz von Phosphorschnüren, und er darin gefangen, aber keine Sonne. Nur die Erinnerung an hochfliegende Ideale (Exaltiertheiten, wie sein Vater meinte), das wehmütige Wissen um südliche Himmelsstriche, zerfetzte Träume, Zusammenbrüche...

Vor ihnen tauchten in lockeren, gefährlich schwärmenden Rudeln erste Gegner auf. Das schmutzige Erdbraun ihrer Uniformen war durchsetzt mit Feuerrosen. Wind war aufgekommen. Der abgehobene Schnee stäubte in wehenden Schleiern vor den Angreifern her, ihnen ins Gesicht. – Poßnitzer beruhigte die Nervosität der Gruppe mit der lapidaren Feststellung: die Wucht des frontal geführten Stoßes sei gebrochen, die weiträumige Attacke längst gestoppt. Seine Lagebeurteilung hatte Hand und Fuß. Mehr und mehr verlor sich das Gefecht in einer sinnlosen Raserei der Handfeuerwaffen. – Hartwick – mit frosttauben Fingern eine Ladehemmung beseitigend – nickte anerkennend zu ihm hinüber.

Während Matasch entgeistert vor sich hinstierte, hantierte Brielitz an seinem Karabiner herum. Er rückte das Visier zurecht, stieß die Kammer auf, sah die Patronen nach, wie sie geordnet aufeinander lagen: glatt, kühl, beziehungslos – und er dachte daran, in was sie sich wohl bohren würden, wenn er abdrückte, in welchen Ast, welche Schneewächte, welche Humusschicht, welches Geflecht von Adern, welchen Muskel, welches Fleisch – und er dachte gleichzeitig daran, was passieren würde, wenn er, entgegen dem strikten Befehl, nicht in Anschlag gehen, nicht abdrücken, nicht schießen würde.

Als der Gefechtslärm erneut aufzuflackern begann (die Schüsse knallten im Windwirbel wie Erbsen im Feuer), erwachte Matasch aus seiner Lethargie. Umständlich fummelte er an seinem Gewehr herum, sicherte, entsicherte, das Visier auf Unendlich gestellt. Er schraubte die Kappen seiner Handgranaten ab, legte die Schnüre mit den porzellanweißen Knöpfen aus. Obwohl ihm sein Gehör die Alarmzeichen eines befremdlichen Geräusches zutrug, konzentrierte er sich ganz auf die Wahrnehmung des Musters parallel gelegter Schnüre und Knöpfe.

Brielitz zuckte nicht einmal mit den Mundwinkeln, als er die Panzerechse kommen hörte. Als sie mit ihrem Rohrrüssel in sein Blickfeld schrägte – ihre gepanzerte Flanke zitterte sekundenlang im gleißenden Schneelicht –, als in einem scharf-trockenen Schlag gegen sein Trommelfell die lauernde Stille barst, überfiel ihn lediglich ein leichtes Frösteln in der Nackengegend. In einer aufreizend wirkenden Gemütsruhe nestelte er die Handgranaten los, schraubte die Deckel ab, machte sie wurfbereit. Aber da entzog sich das Ungeheuer in einer hochaufstäubenden Schneewand. Brielitz hängte die Wurfgeschosse, die ihn an schlafende Fledermäuse erinnerten, sogleich an sein Koppel zurück. (War dieser Vergleich bereits ein erstes Anzeichen von Realitätsverlust?)

Matasch – voller Widerwillen gegen das feindliche Weiß – gefiel sich in weinerlichem Selbstmitleid. Warum war er nicht freiwillig zur Marine gegangen, war Matrose geworden und zur See gefahren? Seine Wünsche wären respektiert worden, seine Gesuche nicht kurzerhand in den Papierkorb gewandert. Auch bei den Fliegern hätte Aussicht bestanden, ein Stück Welt zu sehen. (Sah er denn keines? Was war das hier?) Matasch übertrug seinen Widerwillen auf alles, was sich auf der Erde bewegte, was an ihr klebte, sich mühsam in sie hineinfraß. Er haßte Rad und Raupe, Rüssel und Pranke, sah in den Flugzeugen späte Nachfahren der Vögel, in den Schiffen wohlgeglückte Kopien der Fische.

Bei einem der Einschläge fielen Abschuß und Einschlag fast zusammen. Eine Rauchwolke sprang auf, Splitter schwirrten, der Atem der Explosion versengte Laub und Geäst. Als das rasiermesserartige Schwirren verklungen war, entdeckte er in unmittelbarer Nähe einen kreisrunden Trichter mit häßlich-grauem Bodensatz. Sternförmig liefen Schürfrinnen und Brandspuren nach außen. Im Zentrum des Trichters: zu Asche verbrannte, weiße Erde. Die Wucht des Einschlags hatte den Preßschnee waschschüsselflach abgehoben. Als Brielitz in seinen Kampfstand zurücktrat, sah er in einem Kiefernstamm oberhalb der Brustwehr einen messerlangen, schartigen Splitter, der bläuliche Ausglühungen aufwies. Brielitz war den halben Nachmittag damit beschäftigt, den in Kopfhöhe plazierten Splitter aus dem rötlichen Splintholz zu pulen. Kühl nahm er zur Kenntnis, daß er mit diesem ersten Souvenir seine Angst eintausche gegen ein sonderbares waffentechnisches Interesse.

Noch während er Span um Span mit dem Seitengewehr vorsichtig ablöste, ließ das Infanteriefeuer nach. Der durch Ausfälle offenbar geschwächte Gegner stellte seine Angriffe vorübergehend ein. Nur auf dem Platz, den Matasch Hals über Kopf verlassen hatte, lag noch immer vereinzeltes Schrapnellfeuer: wild, zügellos, fontänenschießend. Aus dem verhängten Schneehimmel fiel eine tote Krähe; sie fiel langsam und in schraubender Bewegung. Die froststarren Fänge glänzten. Lautlos trieb der Federbalg in der schwachen Dünung. Gegen Abend begann es erneut zu schneien.

Matasch, der sich nach ihrer Ablösung strikt weigerte, für einen an Dysenterie erkrankten Kumpel freiwillig auf Wache zu ziehen, löste in Brielitz eine hitzige Reaktion aus –: Verweigerung, Rebellion als geistig-moralische Haltung, gut, das sei eine Sache – Meuterei eine andere! – »Halt!« warf Hartwick gutgelaunt ein, »das ist mir ehrlich eine Nummer zu groß!«

Matasch, in einem Zustand dumpfer Aufsässigkeit, weigerte

sich, seinen Schlafplatz zu verlassen. In kindischem Trotz klammerte er sich an die Pritsche, auf der er in gekränktem Schweigen vor sich hinbrütete. Hartwick beschwor ihn, seinen unsinnigen Widerstand aufzugeben. – Gewiß, es gäbe angenehmeres, als aus dem nestwarmen Dunkel gescheucht zu werden. Ja, auch ihm hingen die Parolen der Muntermacher zum Hals heraus. – Besänftigung der Angst durch das Beispiel des Muts! Das höre sich prächtig an in beschußsicheren Unterständen. Auch ihm sei einmal eine solche Durchhaltephrase entschlüpft. Ob er sich wohl noch erinnere? Zwischen Waschtrögen und Verdunkelungsrollos habe er den starken Emil gespielt, ihn, Matasch, in einem Anfall von Geschwätzigkeit, in die Enge getrieben. Bekehren wollte er ihn, ihm den Star stechen, ihn in einer Art Willenstraining nötigen, diesen »dümmlichen Traum vom Süden« auszuschwitzen. Brielitz, sein schwäbelnder Anwalt, von Mitgefühl heimgesucht, habe sich energisch dagegen gewandt: – Er sähe in Mataschs Weigerung eine starke Antwort auf ein Verhängnis! – Verhängnis? Er spräche lieber von Fatalitäten!

Der in zarten Kräuselungen hochsteigende Rauch weckte Liebschners Neugier, nicht seine Wachsamkeit. Obwohl die Stellung des Gegners im ersten Frühlicht lag, konnte er keinerlei Brandherde ausmachen. Auch war nicht recht einzusehen, was in dieser eisigen Einöde brennen sollte. Zunächst hatte er an eine Tarnaktion der Russen gedacht. Vielleicht daß sie im Schutz künstlichen Nebels eine gewaltsame Aufklärung vornähmen. Doch als im Niemandsland alles still blieb, kam Liebschner auf den naheliegenden Einfall: die Sowjets mußten Brennholz in die vorderste Linie geschafft haben, um sich »rotzfrech« um ein offenes Lagerfeuer zu verschanzen.

Liebschner, der sich ein »gemütliches Aufwärmfeuer« mit Kosakenliedern vorstellte, spürte »hundsgemeines Heimweh«. In seiner blühenden Phantasie hockten da Gleichaltrige vor der knisternden Glut von Birkenscheitern, an unverschuldeter Trennung leidend wie er und an den »Erinnerungen des Blutes«. Aller militärischen Vorsicht spottend, saßen sie im Flammenkreis und »riskierten eine starke Lippe«. Er aber war ausgeschlossen, abgesondert von dem, was »Leben, Wärme, was Kameradschaft« bedeutet! Freundschaft, Sympathie, Zuneigung ersehnte er sich. Auch in der Zwangsjacke soldatischen Drills wollte er den Krieg, der ihn aus vielversprechenden Bindungen gerissen hatte, nicht mannhaft bestehen. Er wollte ihn lediglich überleben, »mit heiler Haut davonkommen«, sich »möglichst an ihm vorbeimogeln«, »ihn mit Witz und Schabernak austricksen!« Liebschner ging es nicht ums Rechthaben, nicht ums Verfechten von Wahrheiten. Als ein »zur Liebe tauglicher Mensch« wollte er behandelt werden, selbst um den Preis ehrenrühriger Bedingungen. Verleumdungen, Verdächtigungen konnte er lächelnd schlucken, Mißachtung nicht!

Melancholisch in seinem Schneeloch kauernd, blieb er nicht lange untätig. In Ermangelung dramatischer Mittel, seinen Standort kenntlich zu machen als einen Vorposten der Menschennähe, entnahm er seinem Brotbeutel den ESPIT-Kocher, schichtete kunstvoll Hartspirituswürfel übereinander, entzündete sie, schirmte sie vorsorglich ab gegen Zugluft. Mit sichtlichem Wohlgefallen sah er zu, wie aus der winzigen Menge Brennstoff ein schlackenreines Flämmchen emporstieg. Wenn er, die Augen schließend, intensiv an das Feuer der Russen dachte, kam in ihm zeitweilig sogar die Illusion von Wärme und Behagen auf. Seine frostklammen Finger schützend über die Flamme haltend, sah er nur noch, was unmittelbar mit ihrer verletzlichen Gegenwart zusammenhing. Vom Gedanken fasziniert, dieses zärtlich flackernde Licht spiegele die reine Existenz, seine schuldlose, begierdelose Seele, vergaß er für Augenblicke sogar die banale Notdurft seines der Einsamkeit und Kälte ausgesetzten Körpers.

Von einem baumlangen Westfalen wortkarg eingewiesen, hatte Brielitz hinter einer Sichtblende gestanden, eine geschlagene Nacht lang. Unschlüssig, wie er sich die Zeit vertreiben könnte, war er stumpfsinnig von einem Bein aufs andere gehüpft – eine geisttötende Art, sechsundvierzig Grad Kälte überlisten zu wollen. Die Einweisung durch den sympathischen Offizier hatte er als persönliche Gunstbezeugung aufgefaßt. Seine lässige Art, ihm den Frontverlauf zu erklären anhand einer Strichskizze, die er mit einem Aststück in den Schnee ritzte, verbreitete väterliches Wohlwollen. Was Brielitz gleich aufgefallen war: dieses von Erschöpfung und Beherrschtheit gleichermaßen gezeichnete Gesicht, in dem unerwartet erste Vorreiter des Schalks erschienen: »Keine Bange, mein Sohn, spätestens zur Frühjahrsoffensive werden Sie abgelöst!« Fort war er, vom Schneelicht förmlich aufgesogen. Lange noch hatte er das Waffengehänge vor Auge, das mit Rauhreif eingefaßte Kinntuch, das ebenmäßige Gebiß und ein Lachen, das die Kraft hatte, alle Kälte schlagartig zu brechen.

Nun begann Brielitz, im Schnee ein geräumiges Geviert mit Kiefernzweigen abzustecken. – Die Senke am Fuß der Kiefer kommt mir wie gerufen. Ich muß nur sehen, daß mir der Iwan mit seinen Granatwerfern nicht den Vorgarten verhagelt. Der Wohnraum – am besten IGLU-Bauweise – soll ganztags Sonne bekommen, der Schlafraum, den ich mit einer Annuschka zu teilen gedenke, ausschließlich Morgenlicht. Bad und Toilette strikt getrennt. Die Heizung selbstredend durch Körperwärme, zentrale Steuerung mittels Dauergymnastik. Warmwasserbereitung durch ESPIT-Würfel. Der Eingang mit Sicht- und Splitterschutz, betretbar über schwenkbare Glasflügel. Meister Frost zaubert mir im Nu die gewünschten Scheiben. Am offenen Kamin, in der reinen Glut meines Feuereifers, schwitzt sich Freund Matasch seinen Kisuaheli-Popanz von der Seele...

Brielitz schwieg ernüchtert. Sein Spott war Billigware. Was wußte er schon von ihm? Daß er sich in kindischer Verweigerung abkapselte? Daß ein Mißgeschick aufs andere folgte? Seine Verranntheit vermutlich das letzte Kettenglied einer Fehlentwicklung. Das großspurige Geprahle von Klassenkameraden, die im braunen Fahrwasser Karrieren zimmerten, mochte ihn verführt, Leistungsabfall in der Schule ihn kopfscheu gemacht haben. Eine Fünf im Halbjahreszeugnis. Der aus allen Wolken gefallene Vater. Schließlich der rettende Ausweg: die Flucht von der Schulbank ins Treibhaus – Afrika – die Tropen – der Erdteil des Schwarzen Mannes. Aber seine Liebe ist nichts als ein Strohfeuer. Kaum, daß er Tanganjika geographisch exakt zu bestimmen weiß!

Mit Matasch war er übereingekommen, sich beim Schanzen und Wacheschieben gegenseitig abzulösen. Brielitz – die Hand am Spatengriff – begann sein behutsames Verhör: »Warum weigerst du dich eigentlich noch immer, deine gescheiterten Illusionen zu begraben?« – Er machte eine einladende Handbewegung: »Gleicht nicht diese konturlose Ebene dem afrikanischen Buschland am Fuß des Kibo?« – »Wenn du wüßtest«, sagte Matasch in einem Anflug von Sarkasmus, »welche Verrenkungen es mich kostet, auch nur das Zerrbild einer Landschaft zu erkennen.« Aber Brielitz ließ nicht locker: »Morgen, wenn über den Schneewällen wieder die Feuer brennen, werden wir den königsbraunen Milan steigen und stürzen sehen über dem heißen

Aschenfeld. Weißt du überhaupt, daß er sich im Flug die Heuschrecken und gerösteten Mäuse greift?« Ach, fuhr er schwärmerisch fort, er denke jetzt gerade an die Springprozessionen der kleinhörnigen Gazellen, an die roten Lehmburgen der Termiten, die dummdreiste Anbiederung der Perlhühner, an die Attacken gieriger Raub-Ameisen. Am merkwürdigsten aber erscheine ihm der Hochzeitsflug der Termiten. – »Was glaubst du wohl«, rief er aufgeregter, als es Matasch angemessen schien, »wie das schwirrt und flügelt, wenn sich diese Wolke hochbeiniger Schmarotzer niederläßt? Das ist nicht anders, als setze eine Armada von Helikoptern zur Landung an.«

»Komm wieder auf die Erde zurück«, meinte Matasch kopfschüttelnd, »bevor dich eins dieser fliegenden Monster entführt.« Brielitz hartnäckig: »Ich weiß doch, wie du unter dem afrikanischen Trauma leidest. Ich werde also nicht eher Ruhe geben, bis sich deine Phantasie an einem neuen Objekt der Liebe entzündet.« – »Objekt der Liebe?« höhnte Matasch. »Von mir, einem prinzipienlosen Schwarmgeist, verlangst du ein zweites Pfingstwunder? Konkrete Erfahrungen! Daß ich nicht lache – Wasungu mkubwa – Washwahili watonga – Memsa ndogo – Kipande kimoja. Manchmal glaube ich, ich habe das alles nur geträumt. Es sind Leerformeln, Verschlüsselungen von etwas, das mich zum Narren hält, sinnentleerte Sprechfloskeln, um bei den Mädchen Eindruck zu schinden. Irgend jemand hat mir den Floh ins Ohr gesetzt, mir zugeflüstert, diese Zauberformeln als meine eigenen auszugeben. Dabei wußte ich nicht einmal, sollte ich auf den Ruf des Blutes, auf die Stimme der Wildnis hören oder auf die des Gewissens.«

»Mein Vorwurf«, sagte Brielitz tonlos, jäh aufbrechender Rührung nahe, »bezog sich nie auf deine Wünsche und Träume, sondern einzig und allein auf deinen unglücklichen Hang, die banale Wirklichkeit total zu negieren. Das kann nur in Verzweiflung enden oder in Zynismus!« Brielitz ließ eine Ladung Pulverschnee übers Spatenblatt gleiten. »In einem Zeitpunkt, in dem es nicht mehr in meinem Ermessen steht, den Platz, auf den ich ohne mein Einverständnis gestellt worden bin, eigenmächtig zu verlassen, verlange ich Charakterstärke, nicht Selbstmitleid. – Glaubst du, ich hätte Gehorsam gewählt, wenn ich die Möglichkeit gehabt hätte, mich frei zu entscheiden?«

»In meiner Kindheit«, sagte Matasch weinerlich, »wurde ich einmal versehentlich in einen Keller eingesperrt. Ich hatte solche

Furcht, daß ich mit den Zähnen knirschte, um nicht loszubrüllen. Auf die Idee aber, mich dort häuslich einzurichten, wäre ich wohl schwerlich gekommen.« – »Du hättest damit ja auch kaum einem öffentlichen Bedürfnis gedient«, meinte Brielitz erheitert. »Ja, du bist halt ein nützliches Glied der Volksgemeinschaft«, spottete Matasch. »Du bringst eben das Kunststück fertig, noch während du dir die Hosen vollmachst, dem Fortschritt zu dienen!« – Die Ohnmacht liebe es, Gesichter zu schneiden! meinte Brielitz leichthin. »Im übrigen fällt mir auf, daß du deinen Karabiner nicht einmal entsichert hast. Eine schöne Leibwache habe ich mir da angelacht!«

Matasch drückte seinem Zuchtmeister grinsend den Karabiner in die Hand und griff nach dem Spaten. Die unmittelbare Gefahr eines Rückfalls in Groll und Selbstmitleid schien fürs erste gebannt. Doch die Spannung blieb spürbar, ein labiles Gleichgewicht zwischen Apathie und Hysterie. Es bedurfte wohl nur eines geringfügigen Anstoßes von außen, um den Scherbenhaufen zum Klirren zu bringen.

Bald danach – sie waren abgelöst und ins Biwak verfrachtet worden – hatte Matasch einen Traum, der ihn von seinem »afrikanischen Spleen« gründlich heilte. Brielitz, dem er ihn brühwarm erzählte, nannte ihn einen »Nachzügler, der ihm ein Fegefeuer erspare« –: Matasch stand allein im Vorfeld. Die gegnerischen Schneewälle brannten. Über dem heißen Aschenfeld tanzten die nackten Watussi-Krieger. Sie griffen sich im Flug geröstete Mäuse, nötigten ihn, sie vor ihren Augen zu verschlingen. Dann zogen sie ihn in ihren stampfenden Liebestanz. In rhythmischen Wirbeln umkreisten sie ihn. Er aber erbrach sich und spie Ungeziefer aus. Das formierte sich, fiel in Takt und feierte den Tanz in obszönen Verrenkungen. Unversehens wuchsen dem Schwarm Flügel und Rotoren. Zu spät nahm Matasch das alles wahr: die summende, flügelschlagende Armada, die gläserne Zerbrechlichkeit ihrer Fühler, die nackten Bronzekörper, die nach zerlassener Butter rochen, das eklige Schwirren von Chitinpanzern in der erhitzten Luft, die schwachen Abpraller, das Glissando flacher Parabeln von Feuer...

Fortwährend leisteten sich die Sowjets witzige, auch plumpe Dreistigkeiten, die stillschweigend eingesteckt wurden. So erschien in der glasklaren Himmelswölbung ein klappriger Tiefdekker, der verwegene, tollkühne Kapriolen schlug. Sein metallischer

Rumpf schimmerte prächtig in der grellen Mittagssonne. Brielitz fragte sich, was dieser Husarenritter der Lüfte eigentlich bezweckte, bei wem er Eindruck schinden wollte. Aber da flatterten auch schon Flugblätter durch die Luft. Ein Wirbel tanzender Papiere senkte sich auf die mit Knieholz bestandene Kiefernschonung. Nachzügler schrieben Schnörkel ins Blau, bevor sie zur Bauchlandung ansetzten. – Brielitz schaltete gewohnt rasch. Seine Neugier war seiner Vorsicht schon um eine Nasenlänge voraus. Verwundert las er auf einem der schlechtgedruckten Handzettel, die zu Hunderten herumlagen, die kyrillischen Lettern: »Slushit Propuskom dlja Perechoda W Plen – –« Eine eigenartige Verlokkung wie Drohung ging von diesem Satz aus: –: »Hände hoch und niemand schießt auf Euch!« las er in Deutsch. Er war nicht lebensmüde. Hartwick, der amüsiert beobachtete, wie Brielitz sich nach den Flugblättern bückte, um sie einzusammeln, lästerte: »Wohl zur Frischlufterholung abkommandiert, was? Du benimmst dich, als wären wir nicht in vorderster Linie, sondern auf Kinderlandverschickung!«

Brielitz, nicht im Traum daran denkend, dem Zuruf Gehör zu schenken, machte sich an die Arbeit. Er sah in dem Besitz dieser Handzettel, die er zu Stapeln schichtete, kein »hochbrisantes Politikum«, wie Hartwick meinte, sondern einen willkommenen Anlaß, Papierverluste auszugleichen, hatte er doch einen Großteil seiner Notizblätter eingebüßt (wie, das behielt er lieber für sich!). Und nicht nur für sie beide würde dieser luftige Vorrat reichen. Auch seine Nachfolger blieben reichlich eingedeckt. Und vielleicht ließe sich der Russe sogar dazu bringen, durch regelmäßige Flugblattversorgung das Problem des Nachschubs an Toilettenpapier langfristig zu lösen.

Der Pelzmann

Mit seinem Ruf, er bringe das Kunststück fertig, selbst im Stehen einzuschlafen – war Fortner bisher leidlich gut gefahren. Wer aber versetzte ihm von jetzt an die rettenden Rippenstöße? Er stand gottverlassen in dieser Einöde aus Schnee und scharfem Licht. Da er durch ein Geräusch geweckt worden war, glaubte er natürlich, er würde abgelöst. Es wurden auch einige Stimmen hörbar, aber gerade als er die Umrisse zweier Kameraden zu erkennen meinte, versackten die Stimmen schlagartig. Das knackende Geräusch brechender Äste verlor sich im Ungewissen. Erst war er der Ansicht, die Ablösung habe sich schlicht verirrt und träfe nun – nach Minuten ziellosen Umherstapfens – verspätet bei ihm ein. Daß sie sich im Tarnschutz dicht stehender Kiefern der Sicht entzogen, um ihn im kritischen Moment hochzuscheuchen, wollte er nicht recht glauben. Eigentlich erstickte die sibirische Kälte solche Späße wohl schon im Ansatz.

Als die Trittgeräusche eine Zeitlang nicht wiedergekehrt waren, ließ er die eingeimpfte Vorsicht außer acht, trat ungesichert aus seinem Versteck und meldete sich herausfordernd: »Halt, wer da? Parole!« – – Doch nichts rührte sich. Keine Gegenstimme gab Antwort. Die beiden Gestalten, wohl nur durch Zufall in seinen Kampfabschnitt geraten, ahnungslos und ohne Ortskenntnis, blieben verschwunden. Die Dämmerung wich zurück. In den Stämmen der Kiefern knackte trocken der Frost.

Eine Leuchtpatrone zischte gehässig, als sie aus dem Bodennebel schoß. Sie stieg kerzengerade in schmaler Bahn. Ihr weißer Lichtpilz stand blaß und kraftlos in der wachsenden Tageshelle. Fortner bemerkte nicht, wie dabei sein eigener Schatten zur Seite kippte. Aber ein Rudel Russen sah er über die Lichtung robben. Im ersten Schreck griff er nach seinem Karabiner, der in einer Astgabel hing. Eine Ladung stäubenden Schnees entlud sich über ihm.

Die Russen hatten inzwischen geschwenkt, sie robbten nun in ihren Tarnhemden längsseits der Stellung. Vom jähen Wechsel ihrer Bewegung in Panik versetzt, ging Fortner unsicher in Anschlag. Die Laufmündung hüpfte vor seinen Augen auf und nieder. Die Astgabel der Kiefer schob sich über Kimme und Korn, schrägte in sein Schußfeld, zerschnitt es in eine Vielzahl spitzwinkliger Dreiecke. Spielzeugklein jetzt die Russen. Fortner war es, als zielte er aus der aufsteigenden Gondel einer Schaukel, die ihn über eine Zelt- und Budenstadt hinaustrug, auf eine Ansammlung schwarzer, beweglicher Punkte am äußersten Horizont. Einem Taumel nah, ließ er den Karabiner sinken, fingerte nach den Handgranaten, die er in einer Schneenische deponiert hatte. Doch auch da hatte er Schwierigkeiten. Die blauen Kappen waren festgefroren. Er hatte versäumt, die Gewinde zu lockern – und als er endlich eines der handlichen Teufelseier wurfbereit hochhob, fühlte er sich außerstande, die Reißleine zu ziehen. Aber da war er auch schon der Qual enthoben. Aufatmend sah er, daß die Russen verschwunden waren.

Fortner hatte nicht den leisesten Schimmer, wie lange er geschlafen hatte. Verzweifelt rieb er sich die Augen, als verscheuche er ein Trugbild seiner überreizten Sinne. Aber die bedrohlich auf ihn zuhaltende Erscheinung löste sich nicht auf. Keine Halluzination äffte ihn. Vielmehr trat da ein martialischer Pelzmann aus dem Niemandsland, dessen militärischer Status so schleierhaft schien wie seine Nationalität. Fortner – zwischen Furcht und Staunen pendelnd – hob wie in flehentlicher Gebärde seinen Karabiner, aber der Pelzmann wies mit einem entwaffnenden Lächeln auf ein ganzes Sortiment von Handfeuerwaffen. Fortner unterschied ein Schnellfeuergewehr, eine schlankläufige russische Armeepistole, eine Maschinenpistole mit durchbrochenem Stahlmantel, eine deutsche Null-Acht, schließlich am Gürtel ein halbes Dutzend bläulich-schwarzer Handgranaten.

Das erste, was der Pelzmann unternahm, war überaus typisch für einen Waffenträger: Fortners Warnruf mit der Tagesparole beantwortend, sicherte er seinen Karabiner, stand Gewehr bei Fuß. Dann aber vollführte er etwas, was weder für einen Waffenträger noch einen Vorgesetzten typisch war: er streckte Fortner seine offene Hand hin. Fortner, aus schierer Verblüffung ratlos, streifte seinen Fäustling ab, legte seine froststarren Finger zögernd in die angebotene Rechte des offenbar ranglosen Offiziers, wurde trotz beißender Kälte rot bis über die Ohren. Fortner sah über dem reifbehangenen Kinntuch, das der Pelzmann trug, dessen makelloses Gebiß. Es war schon denkwürdig, ihn in dieser wortkargen Beherrschtheit zu sehen, in der sich menschliche Güte und eine wehtuende Müdigkeit ausdrucksmächtig paarten. Mein Gott, dachte Fortner fassungslos –: eine Armee dieser Pelzmänner müßte den Krieg ja allein mit diesem Lächeln gewinnen! Fragwürdig freilich blieb seine übertriebene Art der Bewaffnung. Ein ganzes Arsenal von Verhaltensweisen konnte sich hinter diesem kuriosen Aufzug verbergen: waffentechnische Neugier, ein stehengebliebener Spieltrieb aus Kindheitstagen, ein ausgewachsener Waffentick, eine gezielte Persiflage auf Wehrfähigkeit. Vielleicht auch eine panische Furcht vor einem überlegenen Gegner? Fortner, nicht gerade ein Menschenkenner, tippte auf eine getarnte Angstneurose. Unsinn, wie kam er gerade darauf? Auch jetzt, als sein ansteckendes Lächeln einem gutmütigen Grinsen wich, bewies der Pelzmann eine beispielhafte Gefaßtheit. Daß er vor dem Kampfstand Fortners eine prachtvolle Zielscheibe abgab, schien ihn völlig kalt zu lassen. Dieser Hüne im Halbpelz, dieses großgeratene Kind zeigte wohl noch im Tod diesen entwaffnenden Freimut. All diese Schießeisen waren nichts als Staffage. In Wahrheit war sein Lächeln seine schlagkräftigste Waffe!

Fortner sah den Pelzmann ein zweites Mal, als er in Begleitung Poßnitzers in den verbunkerten Gefechtsstand trat. Verwundert blieb er vor ihm stehen, fragte sich unwillkürlich: Ist das der gleiche Offizier, der mich mit seinem Handschlag verwöhnte? Sein Lächeln schien um eine Spur zu gekünstelt. Da passierte etwas Eigenartiges: der Pelzmann ließ einen seiner Handschuhe fallen, ob aus Versehen? Fortner meinte eher, es läge Absicht vor, eine sonderbare Form der Disziplinierung! Wollte der Pelzmann jene menschliche Nähe widerrufen, die sich in vorderster Linie ganz natürlich ergeben hatte? Sollte ein Exempel statuiert werden, daß die natürliche Ordnung die der Befehlsgewalt sei, Menschlichkeit nur ein Ausnahmezustand? Sollte nachträglich der Rangunterschied demonstriert werden, zwischen ihm, dem Offizier, und ihm, dem Schützen Arsch im dritten Glied?

Fortner konnte in diesem Augenblick peinlicher Bloßstellung nicht alle Aspekte seiner Demütigung ausloten. Der geworfene Handschuh lag unmittelbar vor seinen Füßen. Also bückte er sich, zögerte aber absichtlich, sah, wie die Stiefelspitzen des Pelzmanns ruckartig nach außen fuhren und die Lederschäfte klatschend zusammenschlugen. Gleichzeitig vernahm er in seinem Rücken einen hohen Schnarrlaut. Fortner – schon die Weichheit des Leders fühlend – ging grinsend in die Lakaien-Knicklage und überreichte mit vorbildlicher Rumpfbeuge den Handschuh. Auf dem Absatz kehrtmachend, sah er im Türrahmen einen hochdekorierten Pionier-Oberst stehen, einen richtigen Kernbeißer! Der Pelzmann erstarb förmlich in einer Körperhaltung, die Fortner übertrieben unterwürfig vorkam.

Ihm war es selber ein Rätsel, wie er es angestellt hatte, geschlagene vierundzwanzig Stunden unabgelöst in seinem Einmannloch auszuharren. Nicht einmal eingedöst war er, geschweige denn richtig abgesackt. Hartwick, der ihn wie immer bei einem »ernsthaften Schlafvergehen« ertappen wollte, kanzelte ihn humorvoll vor versammelter Mannschaft herunter: Sein ganzer Nimbus drohe in die Binsen zu gehen. »Fortner, ich bin enttäuscht. Du bringst uns noch um die einzige Zugnummer!« Fortner senkte schuldbewußt die Augen und schlief unter ihrem wärmenden Beifall stehenden Fußes ein. Erstmals wieder stellte er einen einsamen Tagesrekord auf: während einer ausgezählten Stunde öffnete er nicht einmal seine leise flatternden Augenlider – und dies im freien Stand. – »Eine reife Leistung«, rief Hartwick beeindruckt, »fürwahr, ein standhafter Krieger!«

Als Matasch in Begleitung Liebschners aus dem Dickicht trat, stand er vor einem aufgelassenen Bahndamm. Überwältigt schloß er die geblendeten Augen. Da waren ja auf einmal Schienen, blanke, schnurgerade Schienen, die auf die Sonne zuliefen, das Signal freigebend für eine störungsfreie Fahrt in den Süden. Endlich eingelöst die Verheißung: ein von Horizont zu Horizont reichender Sommer. Küsten, Meere, Inseln. – Passagiere, Paßzwang, Grenzkontrolle. (»Freies Geleit für den, der die Waffen niederlegt!«)

Matasch aber hatte keinerlei Konterbande in seinem Fluchtgepäck. Doch sein Paß – welch ein Mißgeschick! – lag zuunterst in einem Wust von Papieren. Schön und gut! da waren Passierscheine. Nur mißverstanden die Zöllner seine Absicht; er wollte durchaus die Linien überschreiten, aber nicht in der empfohlenen Himmelsrichtung. – Der Schneewind – zwischen die Flugblätter fahrend und sie hochwirbelnd – verdarb ihm sein ganzes Konzept. Matasch sah jetzt auch die zerschossenen Waggons, die gesprengten Geleise, die vom Dauerfrost blockierten Weichen, die geborstenen Schienen – die spiegelten ein mörderisches Licht.

Brielitz hatte inzwischen, unter fortwährendem Bücken und Hüpfen, was Hartwick belustigte, sein Papierdepot eingerichtet. Zu dumm auch, daß ihn ausgerechnet jetzt ein menschliches Rühren ins Dickicht scheuchte. Es war ein klarer, fast friedlich wirkender Nachmittag. Stäubende Wächten, Laute fallenden Schnees und unverkennbar: Schrittgeräusche, die der Vorfeldexperte Hartwick für verdächtig hielt. Brielitz war alles andere als schreckhaft, doch schob er notgedrungen auf, was er eben noch ein »unaufschiebbares Bedürfnis« genannt hatte. Das Vergnügen, von den Russen mit aufgeknöpfter Hose vor sich hergetrieben zu werden, gönnte er ihnen nicht. Hartwicks sarkastischen Kommentar ersparte er sich lieber.

Matasch aber stand noch immer wie betäubt. Das Papiergestöber hatte nachgelassen. Der Zikadengesang der kreisenden Maschine war verstummt. Liebschner, schülerhaft die kyrillischen Lettern buchstabierend, zerknüllte das Flugblatt angewidert und tippte sich kopfschüttelnd an die Schläfe. – In einem Anfall hysterischer Verzückung loszurennen! Sieht nicht einmal, daß diese Bahnstrecke ins Niemandsland führt und vor einem Prellbock endet. Komischer Vogel, dieser Matasch, will ums Verrecken verreisen! – Da er wieder einmal ohne Gewehr ausgerückt war, nestelte Liebschner seine Pistole los, hielt sie ihm treuherzig unter die Nase, drängte sie ihm förmlich auf: »Da, nimm sie einstweilen! Kannst ja nicht mit den Fäusten das Vaterland verteidigen.« – Grinsend zog er sich in seine Schneenische zurück, den unsicheren Kantonisten scharf im Auge behaltend. Solange ihn die Kälte in die Rolle eines Bodenturners zwang, verstieg sich Liebschner nicht gerade in Gedankenakrobatik: Doofe Gegend das. Was der Matasch bloß für Flausen im Kopf hat? Hätte durchaus keine Lust, hier zuzusteigen. Von wegen verreisen – Hat wohl nicht alle Tassen im Schrank?

Gegen Abend brach ein wüstes Geballer los. Matasch, noch immer wie entgeistert die Schienenstränge fixierend, als erwarte er jeden Augenblick die Pfiffe einer sich nähernden Dampflok, hielt mechanisch die geladene Pistole, mit dem Lauf nach unten gerichtet. Als sich das nervtötende Punktfeuer zum Tumult steigerte, löste sich in ihm eine brodelnde Hysterie: Schienenstränge im wegsackenden Licht, im Sturm genommene Waggons, Visier auf Unendlich gerichtet – wer machte ihm die Reise streitig? – Rückläufiges, Visionen, Ängste. Den linken Fuß leicht vorschiebend, zielte Matasch auf den kleinen Zeh und drückte ab. Die Kugel durchschlug das Leder, versengte die Stiefelhose über seinem Knobelbecher und hinterließ auf dem Schienbein eine sich augenblicklich [illegible]e Brandspur.

[illegible] der übliche Abendsegen auf ihre Stellung niederprasselte, wurden sie abgelöst. Matasch, der sein Bein nur leicht nachzog, übergab stillschweigend die Pistole. Liebschner lobte die Vorzüge der Waffe, ließ sie mit Kennermiene von Hand zu Hand gehen. Poßnitzer, genüßlich am Lauf schnuppernd, reichte sie anerkennend zurück: »Alle Achtung, du erledigst das wohl neuerdings aus nächster Nähe?« – »Wieso ich?« fragte Liebschner verblüfft, »Matasch hat doch ––!« Er unterbrach sich, sah das Magazin nach, schnüffelte argwöhnisch an der Laufmündung. Matasch parierte wider Erwarten schlagfertig: »Wundert euch das?« fragte er, während ihm alles Blut in die Schläfen schoß. »Im Krieg dürfte es gelegentlich vorkommen, daß geschossen wird.« – »Eh, du hinkst ja, alter Hase!« warf Poßnitzer grinsend ein. »Du wirst doch nicht aus Versehen den falschen Gegner getroffen haben?« – »Ich, wo denkst du hin? Ich bin nur auf dem Rückweg gegen eine Deichsel gerannt.«

»Hörst du, er ist auf dem Rückweg gegen eine Deichsel gerannt?« Liebschner zupfte den hellhörig reagierenden Brielitz vertraulich am Ärmel. Matasch, auf dem Weg zum Gefechtsstand, um sich von Wache zurückzumelden, musterte Brielitz mit einem gehetzten Blick. Brielitz, dem zudringlichen Liebschner den Laufpaß gebend, fragte dringlich: »Matasch, was führt der Spaßvogel eigentlich im Schild? Da ist doch etwas oberfaul, mein Lieber!« Matasch entzog sich ihm brüsk: Das sei verleumderisches Gerede. Er wisse überhaupt nicht, was Liebschner dauernd fasle. – Gut, gut, er nähme diese Erklärung als gültiges Wort eines Freundes! – Zu Liebschner aber sagte er verächtlich: »Ich wiederhole einen von mir geprägten Spruch: ›Lieber dreimal verleumdet, als einmal übergangen und totgeschwiegen!‹« – »Moment mal« – Liebschner hielt ihn verdutzt am Ärmel fest – »Willst du nicht erst eine kleine Geschichte hören, bevor du solche Töne ausspuckst?« – Als Brielitz in Liebschners Hundeaugen den treuherzigen Schalk entdeckte: Du kannst ruhig noch etwas näherrücken. Wände haben bekanntlich Ohren! faßte er ihn hart am Schlafittchen: »Wenn du nicht auf der Stelle Farbe bekennst, häng ich dir's Kreuz aus!« Und schon nachsichtiger, versöhnlicher: »Warst du es, der mit ihm in der fraglichen Zeit auf Wache stand?« – »Mit deiner gütigen Erlaubnis«, sagte Liebschner, »ich hatte das zweifelhafte Vergnügen.« Wieder zupfte er ihn am Ärmel und während Brielitz ungehalten dazwischenplatzte, erklärte er mit der ruhigsten Miene von der Welt: »Danke, ja, wir hatten beide sehr trockenes Reisewetter!« Es war sinnlos, weiter auf ihn einzureden, und obwohl Brielitz geladen war vor Neugier und blankem Argwohn, wagte er nicht, Liebschner, der ein Schlitzohr war, zu erpressen.

Unmittelbar nach dieser Unterredung stießen Matasch und Hartwick im Erdbunker zusammen. Hartwick schien ehrlich besorgt, fragte teilnahmsvoll: warum er so lustlos in seinem Eßnapf herumstochere? Matasch, eine Falle vermutend, sagte ruppiger, als es ihm lieb sein konnte: »Kümmere dich gefälligst um deinen eigenen Fraß.« – »Dann ist das Gerücht also doch nicht völlig aus der Luft gegriffen?« – »Welches Gerücht denn?« konterte Matasch dummdreist. Hartwick hakte gemächlich sein Koppel los, ließ sich im Schneidersitz auf seine Fersen nieder. – Aus seinem Hinken schließe er, daß sein Schienbein Schaden gelitten habe. – »Kümmere dich um deinen eigenen Kadaver!« – »Meinen Kadaver überlasse ich einmal den Totengräbern, sofern es dann noch welche geben sollte. Vorerst aber gedenke ich Feiglingen wie dir aus dem Weg zu gehen!« – In ihr betretenes Schweigen platzte der wuselige Liebschner. Halsbrecherisch turnte er zwischen ihren Knien umher, rieb sich feixend die Nase: »He, raus mit euch faulen Säcken! Pennt meinetwegen morgen weiter.« Hartwick – aufreizend mit seinen Fingergelenken knackend – versetzte ungehalten: »Wir pennen nicht, wie du siehst, wir essen!« – »Eines so unrentabel wie das andere!« sagte Liebschner trocken. – »Poßnitzer meinte einmal, wenn es halb so viele Penner und Fresser gäbe, hätten wir doppelt so viele Krieger!« Er beugte sich zudringlich zu Matasch nieder und fischte aus dessen Kochgeschirr einen dampfenden Bissen.

Liebschner gehe ihm allmählich auf die Nerven, beklagte sich Matasch, als er mit Brielitz auf Doppelwache zog. »Liegt ihm wohl im Blut, dieses zudringliche Benehmen.« Der Weg fiel ab und ging in eine Niederung über, die der Wind mit Schneewächten eingesäumt hatte. »In dieser reinlichen Kälte kann es eigentlich gar nicht so schlimm sein, getroffen zu werden«, sagte Matasch. Die ersten Leuchtzeichen stiegen. Hörbar knackten die Sicherungsflügel. – »Es gibt da so gut wie keinen Blutverlust. Das Blut gerinnt, bevor es noch recht zu fließen beginnt.« – »Irgend etwas vorgefallen, was dich zu solch akademischen Erwägungen verleitet? Oh, Pardon, vielleicht spricht aus dir der künftige Mediziner!« – »Danke«, sagte Matasch gereizt, »ich bin gerührt über soviel Zartgefühl.« Brielitz, der sich verärgert auf die Lippen biß, beschleunigte seine Gangart. Matasch fiel um eine Schrittlänge zurück. In den Hohlweg einbiegend, entdeckte Brielitz eine frische Trittspur. Das Geräusch brechenden Geästs drang an sein Ohr. Er gab Matasch ein Handzeichen, unauffällig in Deckung zu gehen.

»Sollte es nicht doch etwas geben, das dich bedrückt?« fragte Brielitz nach einigem Schweigen, das anfing, peinlich zu werden. Und als Matasch eigensinnig den Kopf schüttelte, »oder Schwierigkeiten, mit denen du allein nicht mehr fertig wirst?« – »Oh!« sagte Matasch schnippisch, »Brielitz, ein stiller Teilhaber tragischen Mißgeschicks.« – »Spar dir deine Ironie! Mir kannst du doch nichts vormachen. Gib doch zu, du hast einfach durchgedreht. Meinst du, ich hätte dafür kein Verständnis?« Matasch blieb eine Antwort schuldig und damit den Beweis freundschaftlichen Vertrauens. Er sah mit bockig abgewandtem Gesicht ins Gehölz, wo die Späher der Sowjets mit ihren Schneehemden liegen mußten. – Ein kleiner Feuerüberfall, und ich wäre den Aufpasser los! – Er will es mir nicht eingestehen, dachte Brielitz verbittert. Er gibt vor, mein Freund zu sein, spielt aber den Gekränkten. Er begriff nicht recht, was Matasch daran hinderte, sich ihm anzuvertrauen. Er wollte dessen Geständnis als Tribut ihrer Freundschaft. Aber Matasch hörte schon nicht mehr zu. Geistesabwesend starrte er auf die Schneefläche, die von Schlehdorn begrenzt war. Glatt, schimmernd und makellos, war sie schön wie eine geöffnete Frauenhand. Die Strahlen des Nachtgestirns sprenkelten sie mit zärtlichem Silber. Matasch, der fasziniert auf dieses opalisierende Weiß hinabsah, meinte: »Sterben im Winter soll ästhetischer sein!«

Brielitz, tags darauf den Erkrankten besuchend (die Schußverletzung, standhaft verschwiegen, hatte ein Fieber entzündet), duldete nicht, daß Matasch ihn festhielt und mit einem verspäteten Geständnis überraschte. Brüsk entzog er ihm die Hand, sagte: »Bedaure, Matasch, du widerst mich an!« Vor dem Sanitätsbunker herrschte noch lange ein aufgeregtes Durcheinander. Mataschs Kurzschlußhandlung – »ein klarer Fall von Selbstverstümmelung«, wie der Scharfmacher Poßnitzer konstatierte – war nun glücklich in aller Munde. Liebschner, eine Chance für einen Auftritt witternd, machte den Vorfall zu einer Burleske. Brielitz aber hörte nur Poßnitzers entrüsteten Ausruf: »Daß ihr es euch hinter die Ohren schreibt! Ich dulde diesen Versager nicht länger in meiner Gruppe.« Zum Glück scheuchte der Pelzmann die aufgebrachte Meute in die Unterkünfte zurück. Eine Unterredung unter vier Augen verbat er sich energisch.

Der Treffpunkt war Brielitz genau beschrieben, der Weg dorthin anhand eines Meßtischblattes erläutert worden. Die Vereinbarung schloß auch die Dauer des Auftrags ein: die Morgenstunden sollten eingehender Erkundung und Vermessung dienen, die Mittagspause einem Besuch im Nachbarabschnitt (wo schießfreudige Bayern großzügig einen Schlag Milchreis mit Dörrobst gewähren sollen!). Unterwegs sollten Zielpunkte der russischen Artillerie beseitigt, Minengassen markiert, die Ergebnisse ihrer Sondierung in leichtfaßlicher Form skizziert werden. Man hatte ihn frühzeitig von dem Unternehmen in Kenntnis gesetzt. Er war überrascht, daß man ihm und nicht dem ehrgeizigen Poßnitzer die Begleitung antrug. Er verbarg es allzu vordergründig: das Angebot des Pelzmanns ehrte ihn.

Als Brielitz sich marschbereit auf den Weg machte, dämmerte es gerade. Die düsteren Pyramiden des Wacholders waren noch kaum zu unterscheiden. Blattkarges Immergrün, sich sperrig herandrängend, entließ Nebel und Schatten nur sehr zögernd. Spät erst kam die Sonne heraus, hob sich schwerfällig, wie in Blut getaucht, aus rauchigen Schleiern. Brielitz weigerte sich zunächst, das alles wahrzunehmen. Er wehrte der Empfindung vager Beklommenheit und wies alle Anfechtungen energisch von sich. In ihnen regte sich etwas, was seine Berechnungen jäh durchkreuzte – ein dunkles, schwer erkennbares Verhängnis, irgendein mörderisches Faktum, das seine hochfliegenden Ambitionen umwarf. Aber noch widersetzte er sich dieser Wahnvorstellung und gab sich zeitweise der schmeichelhaften Vorstellung hin, es stehe ihm eine Begegnung bevor, die nicht ohne Folgen bleiben würde für seine militärische Laufbahn. Erleichtert sah er nun auch, wie die Sonne sich vom Horizont löste, und frei im Raum schwebte, ein gediegenes Bündel Licht. Brielitz verfehlte den Treffpunkt natürlich nicht. Zur vorgesehenen Zeit erschien er am Rand einer vom Gegner überschaubaren Lichtung. Er verkrümelte sich unauffällig und hielt Ausschau nach dem Pelzmann. Als er nach wenigen Minuten schon schmerzhaft die Kälte spürte, trat er fahrlässig aus der Deckung, hüpfte kindisch im Kreis herum und überließ sich seinen liebsten Hirngespinsten: »Der Wohnraum – am besten IGLU-Bauweise – soll ganztags Sonne bekommen, der Schlafraum, den ich mit einer Annuschka zu teilen gedenke, ausschließlich Morgenlicht –– Die Heizung selbstredend durch Körperwärme ––« Aber bald befiel ihn eine schlimme Vorahnung. Er verwarf zwar immer noch energisch, was ihn hartnäckig anflog. Aber schon gelang es ihm nicht mehr, den Unbefangenen zu spielen. Nach Ablauf einer Stunde hallte die Lichtung von seinen zaghaften Standlauten wider.

Der Pelzmann aber lag stumm und ohne Bewegung. Brielitz entdeckte ihn in einer Nische, die halb vom Flugschnee zugeweht war. Er mußte wohl einem Spähtrupp der Russen in die Hand gefallen sein. Die Vermutung, die Vielzahl seiner Waffen sei ihm zum Verhängnis geworden, fand rasch ihre Bestätigung. Es war ein ungemein stilvoller Anblick – wie er dalag und den zerbrochenen Karabiner hielt, die Arme abgewinkelt, in dieser Pose verhinderter Gegenwehr. Brielitz, regungslos über den Toten gebeugt, betrachtete ihn mit einer Art sachlicher Neugier und einer Verwunderung, die Tränen ausschloß. Es gab Grade des Verstehens und Mitempfindens. Dieser makellose Abgang verwehrte ihm die Regung des Zorns ebenso wie die des Mitleids. Es blieb ihm nichts als die überscharfe Optik seiner Wahrnehmung, die wunderlichen Arabesken um Mund und Augen des Toten und seine Empfindung, eine Legierung aus Trauer, Wahnwitz und abstraktem Schrecken.

Hartwick, einem Suchtrupp zugeteilt, der den halb steif gefrorenen Schwaben auf Totenwache überraschte, unterdrückte seinen schlagfertigen Sarkasmus. Mitgefühl bekundend, meinte er nur: die Enttäuschung über den Fehlschlag dieses Karrieresprungs – den er liebend gern Poßnitzer gegönnt haben würde – werde den natürlichen Fluchtdrang künftig in Schach halten. Militärischer Ehrgeiz sei halt ein Schleudersitz!

Poßnitzer – eine drittklassige Charge?

Poßnitzer war nicht das, was man guten Gewissens einen fairen Spieler nennen konnte. Wenn man nicht allzu genau hinsah, hatte man einen korrekten jungen Mann vor sich: intelligent, aber nicht klug, von einer altersmäßig unüblichen Beschlagenheit, aber nicht wirklich gebildet. Nicht muskulös genug, um als athletisch zu gelten, stand er doch ganz entschieden auf der Seite der Jäger, nicht der Gejagten. In seinen Bewegungen lag eine gewisse vierschrötige Eleganz. Voreingenommenheit könnte ihn leicht unter die böswillige Formel stellen: Tüchtigkeit, Verschlagenheit, Indolenz. Doch damit wäre ein Feindbild entworfen, nicht ein Charakter! Und die nicht viel schmeichelhaftere Formel: verkörpertes Faustrecht plus kaltem Charme ergäbe auch nur einen Popanz.

Er stammte aus einer nicht eben begüterten, aus dem Sächsischen zugezogenen Beamtenfamilie: die Mutter – aus einer Artistensippschaft abgesprungen – im zwielichtigen Ruf ihrer Schönheit; der Vater Inspektor, eine langdienende Charge, leicht vertrottelt; die beiden Schwestern minderjährig. Sein Onkel mütterlicherseits eine Parteigröße, Absolvent der Ordensschule, NS-Führungsoffizier, einer der schneidigen Sorte, schlagfertig mit Schlagworten, schnarrte vom Notwehrrecht der Rasse. Sein Onkel väterlicherseits ein verwitweter Oberst, der irgendwo im Thüringischen ein Gut besaß und ein flottes Leben führte. Poßnitzer hatte dort den größten Teil seiner Sommerferien verbracht. Das Jahr über besuchte er im nahegelegenen Naumburg das Gymnasium. In eigener Regie lernte er einen Abriß der neueren Militärgeschichte kennen, die Sagen nordischer Götterhelden und eine Volksausgabe der ILIAS. Sein Lieblingsgesang der Zweiundzwanzigste: der siegreiche Achill schleift den getöteten Hektor durch den Staub.

Gewöhnlicher Ehrgeiz war ihm suspekt, das Normalmaß menschlicher Entwicklung und Reife eine Kümmerform, weise Selbstbeschränkung Ausdruck spießigen Kleinmuts. Unter gefährlichen Anwandlungen, zu Höherem berufen zu sein, war ihm eingebleut worden: den Tüchtigen ziere allein Härte; Gutmütigkeit, Rücksichtnahme seien Tugenden der Schwächlinge. Der Versager sei kenntlich an einem Mangel von Angriffslust und Durchsetzungsvermögen. Eine respektierbare Grenze setze nur der Stärkere und der Lebenstüchtigere. – Nicht daß Poßnitzer sich den braunen Machthabern kriecherisch andiente. Seine beiden Onkels – ein grobschlächtiger Schleifer der eine, ein schneidiger Kavallerist der andere – hatten ihn früh einem Härtetest unterzogen. Sie waren dem Zeitgeist nicht nur gewachsen, sie waren ihm voraus. Typen ihres Schlages hatten ihn ja hervorgebracht. Poßnitzer war also nicht ein Günstling, er war ein Exponent dieser Zeit, die sich in Schlagstock-Argumenten gefiel.

Das Horst-Wessel-Fieber legte sich zwar bald. Das von Runen und Flammenzeichen durchsetzte Braun wechselte in ein schlicht sich gebendes Tarngrau. HJ-Führerkordel und Ehrendolch wanderten unter den Glassturz. Für Poßnitzer aber blieb das Ganze ein einziger Höhenrausch, ein fortwährender Wechsel von Schauplätzen und Tagesparolen: »Was dich nicht umwirft, macht dich hart! – Meine Ehre heißt Treue!« In seinen Ohren die nachhallenden Trommelwirbel des Saluts, die Bannerstürme Berlins, der Fahnenkatarakt Nürnbergs. – Und nun die lautlosen Wirbel des Frosts gegen die Schläfen, die infame Trommelei der Stille und der leidigen Ereignislosigkeit!

Hartwick schätzte seine Lage völlig falsch ein, wenn er glaubte, Poßnitzers militärischer Ehrgeiz wäre gebrochen, schlicht durch Kälte, seine Karriere die tiefgekühlte Leiche einer Illusion! Die Entbehrungen dieses ersten Frontmonats waren nur der unvermeidbare Auftakt, eine Abhärtungskur. Bald würde er aus der Gruppe ehrgeizloser Schwachköpfe ausscheren und eine schärfere Gangart vorlegen. Er würde diesen unverbesserlichen Zivilisten den Rücken kehren, sie in einer schwindelnden Spirale des Aufstiegs hinter sich lassen. – Der Krieg im Osten als Hohe Schule der Bewährung! Poßnitzer dachte bereits in heroischen Kategorien: für ihn war der Krieg eine Art Zentrifugalkraft. Nicht umsonst hatte ihm sein Oheim den Blick für Säkulares geschärft und ihn zum Mitwisser seines gefährlich mißglückten Ruhms gemacht. Abgestecktes historisches Terrain: das Verhängnis an der Marne, die Fehlschläge vor Verdun, die gescheiterte Ludendorff-Offensive, das »Unternehmen Michael«, der ums Haar geglückte siegreiche Friede. Namen und Orte auswendig gelernt, die seinem Oheim nicht mehr aus dem Kopf wollten: Schlachtorte wie Maubeuge, Douaumont, Toter Mann, zermörserte Städte wie Arras und Amiens. War nicht sein Gehirn vernebelt durch die nie ganz ausgeschwitzte Illusion: »Im Felde unbesiegt?« Hatte er nicht seine Lehrjahre unter der Pickelhaube abgedient? Nicht sein Gesellenstück verfertigt an einem französischen Küraß in den Ardennen? (Bei Gravelotte hab' ich weiß Gott meinen schärfsten Parcour geritten!)

...Auf dem Gut seines Oheims waren seit Sommer Vierzig französische Gefangene einquartiert. Es kam schon mal vor, daß der zu Handgreiflichkeiten neigende Oberst die Gefangenen in ihrer Baracke aufsuchte, um eine Zuhörerschaft zu haben für sein in der burgundischen Etappe aufpoliertes Schulfranzösisch. An einem gewittrigen Juliabend (der Wehrmachtbericht meldete eben die Einnahme von Smolensk) hörte Poßnitzer im Stimmengewirr, das aus dem Pritschenraum drang, das heiser krakeelende Organ seines angetrunkenen Oheims. Sich über die Brüstung der umlaufenden Veranda schwingend, sah er hinter den vorgelegten Läden des Oheims mächtigen Körperschatten. Einen Laden aufstoßend, gewahrte er vor den Doppelstockbetten die im Halbkreis stehenden Gefangenen. Im scharf gezirkelten Licht die eindrucksvolle Gestalt seines randalierenden Verwandten.

He, Korporal! schrie er und hielt die Pfeife unter das Kinn eines kleinwüchsigen Bretonen. – Kennen Sie die Argonnen? Mai Fünfzehn – unser Regiment lag bei Dieusson. Und der Franzmann – er grinste, sich schwerfällig um die eigene Achse drehend –, der Franzmann »Siegreich wollen wir, man darf's nicht sagen!« keine fünfzig Schritte vor unserem Graben. Unser Zug verratzt und verkauft! aber wir immer frei weg. Mit ganzen dreizehn Musketieren stürmte ich. – Er schwankte bedrohlich; sein Bursche sprang hinzu, ihn zu stützen; aber er schob die hilfreiche Hand unwirsch beiseite. – Wir immer frei weg, sag' ich Ihnen. Und der Poilus, der auf mich anlegte –– Er nahm seine Pfeife, zielte mit ihr auf den Bretonen, der blaß werdend, vor dem rotgesichtigen Deutschen stand, der ihn um Kopflänge überragte – der hatte die gleichen dummen Schafsaugen. – Er rülpste und tippte dem Franzosen auf die Stirne. – Ich sage Ihnen, der hat auch so gezwinkert, als ich ihm die volle Ladung verpaßte. – Er hob im Übermut des Suffs die Hand mit der zielenden Pfeife, wollte partout demonstrieren, wie er im Mai Fünfzehn bei Dieusson ––. Sein Bursche aber bugsierte ihn kurzerhand aus dem Schlafsaal. Poßnitzer hörte noch, wie der blutsverwandte Trunkenbold, schon schlaff und halb weinerlich, nachmaulte: Ein halbes Dutzend Poilus hab' ich fertiggemacht...

Poßnitzer, schwankend zwischen Verachtung und Mitleid,

schätzte solche Handgreiflichkeiten nicht sonderlich. Sie waren für ihn ein antiquiertes Mittel der Gegnerschaft. Er persönlich würde es strikt vermeiden, einen Gegner anzusprechen. Auf die klassische Attitüde des Zweikämpfers, »der das Weiße im Auge des Gegners sieht«, legte er keinerlei Wert. Seinen Tötungswillen verwies er beherrscht in den Bereich der Abstraktion, der Zernierung, Liquidierung, der statistisch erfaßbaren Dezimierung! In diesem Punkt unterschied er sich deutlich von dem Älteren, der noch die ritterlichen Kampfformen bevorzugte: das faire Duell vor Sekundanten, die Jüngersche Heldenpose! Kriegerische Praxis erschöpfte sich für ihn im Bajonettangriff, im Aufrollen eines Schützengrabens mittels Handgranaten. Ästhetischer Höhepunkt oder – um es mit den Worten des alten Haudegens zu sagen: »innerer Vorbeimarsch« (fast so schön wie ein Geschlechtsakt!) –: die Kavallerie-Attacke mit gezogenem Säbel!

Als Schachspieler, mit einem Faible fürs mondänere Tennis, liebte Poßnitzer Ausdrücke wie: Schlag aus der Rückhand, Schachmatt in drei Zügen, taktische Finte, artilleristische Rochade. Als Amateurstratege, als Experte der Typenerkennung, bluffte er vor seinen unwissenden Altersgefährten. Die Heimsuchungen der Kälte und des Hungers wies er mannhaft von sich. Seine Schmerzunempfindlichkeit machte Eindruck: wie er eine Blutblase an der Ferse ignorierte, wie er einen Streifschuß mit einem Pflaster verarztete! Kalte Brillanz, bescheinigte ihm Brielitz, dem waffentechnisches Wissen durchaus imponierte. – Gefährlich entwickelter Ehrgeiz, auf Stelzen gehende Großmannssucht! schwächte Hartwick ab, die Faszination fürchtend, die von solch phantasieloser Härte ausging. – Wieso fürchten, konterte Brielitz, wo er sich doch lächerlich macht?

Poßnitzers Fronteinsatz ließ sich recht undramatisch an. Der Abschnitt der 255er-Pioniere war kein Vorzeige-Objekt für Kriegsberichterstatter. Die Sowjets in ihrer Tarnmanie blieben weitgehend unsichtbar. Die lautlose Art der sibirischen Schneehemdler Krieg zu führen, ging ihm gegen den Strich. Schmerzlich vermißte er die von Siegesfanfaren begleiteten Panzerraids Guderians, die im Wehrmachtsbericht erwähnten Kesselschlachten des Sommers Einundvierzig. Ihm wurde zugemutet, in einer ruhmlosen Infanterie-Division – die bis jetzt keinen einzigen Ritterkreuzträger vorweisen konnte – langweiligen Wachdienst abzuleisten. Die von zimperlichen Genossen angewinselte Kälte erstickte jede eigene Initiative, dämpfte empfindlich seinen kämpferischen Elan.

Notgedrungen ließ er sich zum Wacheschieben, zum Essenholen, zum Infanterie-Einsatz vergattern. Von Extravaganzen abgesehen – er liebte es, rasiert vor die Front zu treten, wenn andere ihre unappetitliche Putzwolle unterm Kinn trugen –, hielt er sich klaglos ans vorerst stumpfsinnige Reglement. Er setzte die eigenen Akzente nur sparsam, wenn er durch militärisches Wissen die Ignoranten ihren Bildungsnotstand spüren ließ. Niemand nahm Anstoß an seinen Marotten, solange er sich strikt an den Dienstplan hielt. Aber die Freuden und Tröstungen pädagogischer Eskapaden waren ein schwacher Ersatz für die entgangene Heldenrolle. Rascher, als er es wahrhaben wollte, kam in ihm Verdrossenheit auf. Er fand diese Art hinhaltender Kampfführung, die nicht alles auf eine Karte setzte, unmännlich und ehrenrührig. In voller Kriegsbemalung ins flimmernde Weiß starren, seinen Ehrgeiz buchstäblich auf Eis legen!

Um nicht als Spielverderber in Verruf zu kommen, ließ er sich zeitweilig auf Zerstreuungen ein. Fortner – dessen Schlafsucht er als kriminell einstufte – führte wieder einmal seine Gähn-Oper vor, Liebschner, humoristisches Leichtgewicht, füllte die Knobelbecher Richters mit Ofenruß. Poßnitzer verlangte den sofortigen Abbruch dieses albernen Spiels. Aber da hatte er gleich das lautstarke Gebuhe der Meute gegen sich. Seine Standpauke – auf Sachbeschädigung folge Wehrkraftzersetzung! – löste maulenden Protest aus. Poßnitzer wollte sich erheben, aber die nur schulterhohe Abdeckung des Bunkers hinderte ihn, sich zu Respekt gebietender Größe aufzurichten. Liebschners angeborener Sinn für Komik vereitelte jeden würdevollen Abgang. Von da an mied Poßnitzer die halbhohen Unterstände als Autoritätsfallen.

Es folgte für ihn eine Phase der Demütigungen, der versteckten Maßregelung, der planvollen Aufsässigkeit. Schon die nicht zu umgehenden Zweistunden-Wachen mit Hartwick waren eine Zumutung. Wie herausfordernd er dastand und Männchen in den Schnee zeichnete! Sein ungehöriges Scharren mit der Stiefelspitze glich einer Waffenprobe nach geworfenem Handschuh. Es war wie ein Abtasten der Verletzlichkeit des Rivalen. – Er begreife allmählich, sagte Poßnitzer mit der Hochfahrenheit eines Spielers, der eine entscheidende Partie eröffnet: Wer am Zug bleiben wolle, müsse seine Trümpfe überlegt ins Spiel bringen. Wer frei sein will von defaitistischen Anfechtungen, muß aufrecht stehen. Entsänne er sich seines Führers und der Elite seiner getreuen Gefolgsleute, dann wüßte er keinen, der schwächlich kniete, der sein Schicksal nicht kühn aus den Sternen läse. Wer an diesem Titanenkampf teilnehmen wolle, müsse alle moralischen Skrupel über Bord werfen. – Das sei doch längst geschehen, konterte Hartwick, indem er sein Strichmännchen mit unwirscher Fußbewegung auslöschte. – Über ihn sei das letzte Wort auch noch nicht gesprochen. Sein Zynismus käme ihn noch einmal teuer zu stehen. Dieser Feldzug fordere nicht den gemeinen, sondern den braven Mann ohne Vorbehalt und Winkelzüge (der im Bedarfsfall schafsfromm seinen Hintern zukneife!)

Poßnitzers Siegeszuversicht wurde auf eine harte Geduldsprobe gestellt. Im öden Achtstunden-Trott von Wachablösung, Außendienst und Waffenappell sah er sich hämischer Frotzelei ausgesetzt, einer einzigen Parodie auf alles, was für ihn soldatische Zucht und Ordnung ausmachte. Er rannte gegen eine Übermacht von Albernheit, Aufsässigkeit und Infantilität an. Liebschners ›glubschäugige Begriffsstutzigkeit‹, Fortners affiges Nachplappern von Parolen und Tageslosungen, nahmen ihm jede Handhabe, disziplinär gegen sie vorzugehen. Seit er beim Pelzmann Sympathien einbüßte, dessen Waffenspleen mit seiner unverhohlenen Vorliebe für Sowjettechnik ihn brüskiert hatte, fühlte sich Poßnitzer in der Gruppe isoliert, ja kaltgestellt. War es nicht unverzeihlich, seine Meldung über Mataschs Selbstmordversuch einfach abzuschmettern, als ob es höheren Orts keine richterliche Instanz mehr gäbe? Er würde ihnen schon noch zeigen, wem der Wind den Rücken steifte und wem er ins Gesicht blies.

Der mit Sperrfeuer eingeleitete Angriff kam für Poßnitzer wie gerufen. Als einziger Waffenträger von Format, erschien er kampfbereit im MG-Stand Fortners, inspizierte mit seinem Visierblick das Schlachtfeld, das zu seinem Bedauern nicht eben beste Sichtverhältnisse aufwies. Die Begleitumstände, unter denen sich der Angriff entfaltete, mißfielen ihm. Mit diesem auf Sparflamme gedrehten infanteristischen Einsatz ließ sich keine Heldenkür laufen. Ein Eisernes Kreuz, als Vorstufe künftigen Waffenruhms, war in Gesellschaft dieses Schlafgängers nicht zu gewinnen. Er entsann sich eines beschämenden Vorfalls auf ihrem Marsch zur Front. Während er in tadelloser Haltung Schritt hielt, hatten sie abseits ihre Notdurft verrichtet. Fortner hatte gestöhnt, als plagten ihn

Geburtswehen und nicht Blähungen. Nicht einmal als Augenzeuge taugte er, geschweige denn als Sekundant seiner Schießkunst. Seine Teilnahmslosigkeit war beispiellos. Poßnitzer lüftete den Helm, um die Kampfgeräusche besser lokalisieren zu können. – Infanteristisches Kroppzeug! dachte er und sah angewidert zur Seite.

...Noch als Schüler der Obersekunda hatte Poßnitzer damit begonnen, sich in der Schießkunst zu üben. Während seine Mitschüler auf Spatzen, Tontauben, Papierblumen schossen, unterwarf er sich einer strengeren Disziplin. Auf dem Schießstand seines Onkels lernte er über Kimme und Korn zielen. Ringscheibe und Pistole wurden zu vertrauten Requisiten seiner erwachenden Männlichkeit. Später tauchten die ersten Pappmänner auf, unförmige Gebilde, die mechanisch zur Seite kippten. Mit der Uniform handelte er zugleich die neuen Modelle und ein größeres Kaliber ein. Das ernste Spiel wurde um eine Variante reicher: die Pappmänner, auf die er jetzt schoß, warfen die Arme hoch. Das machte die Sache zu einem Spiel auf Leben und Tod. (Aber war er nicht unter diesem ehernen Gesetz angetreten?) Im übrigen kannte er die Spielregeln. Was mit tödlicher Logik ablief, entzog sich der Kompetenz des Spielers, war eine Frage der Mechanik, des Rückstoßes, der Federkraft – die Würfel seines Schicksals rollten. »Du bist nichts, dein Volk ist alles!« (Wie aber vertrug sich das mit seiner Absicht, Karriere zu machen?)

Fortner lag gelangweilt im Anschlag. Er ließ sich viel Zeit, weil er nicht einsah, warum er durch Streufeuer die Russen auf sich lenken sollte. Zudem löcherte ihn die Wichtigtuerei dieses Strebers. Dem Pelzmann nahm er übel, daß er ihm diesen Scharfmacher als Aufpasser auf den Hals geschickt hatte. Das eigentlich Störende aber war seine Reibeisenstimme, die ihm den letzten Geduldsspan von der Seele raspelte –: Schieß doch! Idiot, wo zielst du hin? Ein Daumensprung links, wenn du weißt, wo links ist. Verdammt, rechts hoch abgekommen. Siehst du denn nicht, Zwickauer Transuse, daß die Schweine das Feuer unterlaufen?

Fortner aber sah keine Schweine; er dachte an Flöhe, an Wasserflöhe, Fliegen, Kakerlaken, Läuse, die da in seinem Zielfernrohr über die Ebene purzelten. Lästiger als diese Läuse war ihm die Stimme dieses Strebers, sie tötete ihm den Nerv, während die Läuse im Hosenbund eine vergleichbar harmlose Plage waren. – Schießen! schrie er verärgert und riß den Abzug durch. Dann sah er mit kindischem Entzücken, wie das »Kroppzeug flutschend auseinanderstob«.

Wie zu erwarten, hielt Fortners Tollheit nicht lange vor. Poßnitzer, ihn ungehalten vom MG scheuchend, klemmte sich jetzt hinter den Kolben und ging kaltsinnig in Anschlag. Mit kennerhafter Akkuratesse zielend, beschämte er Fortner mit einer Serie punktgenau sitzender Schüsse. Hinter halb geschlossenen Augenlidern sah Fortner, wie die Russen mit hoch über den Köpfen geschlagenen Armen zu Boden stürzten. Er gewann den depremierenden Eindruck, Poßnitzer setze sich mit der Waffe nicht zur Wehr, vielmehr erteile er Lektionen in schulmäßigem Töten!

Brielitz – mit Hartwick auf Nachtwache. Aus zunächst zögernder Sprechbereitschaft entwickelt sich ein scharfer Disput. Brielitz meinte in seinem schwer verständlichen Idiom: Der Mensch, ursprünglich einmal, unterm Aspekt der Heilsgeschichte –– »Hoppla, das geht ja ans Eingemachte!« sei zur Karikatur geworden, »als Gattungswesen entartet«. – »Vorsicht, Brielitz, du schmückst dich mit einer NS-Vokabel!« – Als Sozialwesen unfertig bis zur Peinlichkeit, als Kanonenfutter indes denkbar geeignet, sei er zum bloßen Spielmaterial der Strategen verkommen. »Vorsicht, Brielitz, auch Bunkerwände haben manchmal Ohren!«

Die militärische Einheit, wie sie Poßnitzer vorschwebte, sei nichts anderes als eine Organisationsform des legalen Totschlags. – Er sähe den Krieg, meinte Hartwick beschwichtigend, ja auch unter dem Vorzeichen des Chauvinismus, der völkischen Hybris, die das Gewissen von jedem Verbrechen freispräche, »ausgenommen dem der Nestbeschmutzung«. Nur warne er ihn, seinen rabiaten Geistesbruder, den durch Hunger, Kälte, Langeweile und Einsamkeit verursachten Groll in offene Rebellion ausufern zu lassen. Wie er ihn einschätze, sei Brielitz für einen Rebellen nicht abgehärtet genug. Meuterei und politische Gegnerschaft verlangten »ein anderes Kaliber«. Solch momentaner Courage, von genüßlichem Schauer durchmischt, verschlüge es schnell die Stimme, wenn Kleinmut oder Hinterlist ihr ein Bein stellten.

Welches Rezept er ihm vorschlage? fragte Brielitz betreten. – Er habe nur eines für den Eigengebrauch: er kitzle den Alten Adam in sich wach, der sich den Sündenfall ironisch verkneife. Wer mit dem Teufel Fraktur rede, müsse verrückt sein oder lebensmüde! – Als Hartwick im ratlos verdunkelten Blick seines Partners nur noch Eigensinn rumoren sah, nicht aber kämpferischen Mutwillen und Entschlossenheit, sagte er ruhig: »Gib dich keiner Täuschung hin, aber mach dich auch nicht zum Narren! Du wirst das Schlamassel nicht aufhalten, aber auch nicht an ihm zerbrechen!«

Sein großer Reibach

Richter war ein bulldoggenhafter Typ. Diese Charakterisierung ist frei von beleidigender Absicht. Sein Körper, von leichtem Mißwuchs gezeichnet, ruhte auf stämmigen, fast gedrungenen Beinen. In den Schultern eingesunken, saß sein unförmiger Kopf. Jochbogen und Stirne übertrieben ausgeprägt, die Nase breitgedrückt, der Haaransatz spärlich, die Haut pickelig. Hinter merkwürdig flachen, ausdruckslosen Augen ein gelbes, kränkliches Feuer. In den Bewegungen nervöse Unrast, ein ständiges Auf-dem-Sprung-Sein, als müsse er Angriffen zuvorkommen oder auch nur Anpöbelungen.

Mit jungen Jahren sich selbst überlassen, von Gleichaltrigen gemieden, herzlosem Gespött und übler Nachrede ausgesetzt, begann er früh den lichtscheuen Wandel eines Außenseiters. Dumpf, illusionslos, in kindlichem Trotz befangen, mit zwiespältigen Gefühlen, trieb er durch das Brackwasser unausgelüfteter Knabenträume, spann ein gefährliches Garn, entdeckte seine in allerlei kleinen Tricks geübten Hände und wurde ein Dieb. Sein Vater, verwitwet, kränklich und durch jahrzehntelanges Feilschen korrumpiert, hatte in späten Jahren einen Handelskontor eröffnet und ihn zum Erbhalter seines zweifelhaften Wohlstands bestimmt. Mit fünfzehn gab er ihn zu einem Handelspartner in die Lehre. Auf diese Weise vertauschte er die Gassen und Hinterhöfe des sächsischen Provinznests mit der stickigen Enge eines Leipziger Möbelspeichers und lernte dort die Gepflogenheiten seines neuen Standes kennen und hassen. Ein Vorfall absonderlicher Art machte seiner Lehre ein unrühmliches Ende. Zu seinem Vater zurückgekehrt, laborierte er erfolglos an einer häßlichen Wunde, die er sich, wie sein Lehrherr beschrieb, bei einer selbstverschuldeten Züchtigung habe zugezogen. Sein Vater fand, daß sein leiblicher Sohn nun zur Genüge gelernt habe. Lebenstüchtig, wie er ihn einschätzte, überschrieb er ihm schon mit siebzehn den elterlichen Betrieb.

Als Richter unfreiwillig genug, den Mantel des Junior-Chefs mit dem Uniformrock des Soldaten vertauschte, war er neunzehn. Er machte der Fahne, unter der er diente, wenig Ehre. Er fand es läppisch, auf dem Kasernenhof den Hampelmann zu spielen. Die Wichtigtuerei der Gefreiten lächerte ihn, die Unterwürfigkeit der Strebertypen ödete ihn an. Nicht lange und er entdeckte, daß es auch im penibel verwalteten Leerlauf des Militärs Schlupfwinkel gab für zivile Praktiken, die sich soldatischer Einfalt entzogen. Das waren für ihn Pfiffigkeit, Agilität und kleptomanische Tücke.

Kopitz war ein schlanker und mit phantasievollen Vorstellungen behafteter Mensch. Er besaß ein mädchenhaft weiches, nicht unschönes Gesicht, große, leicht Basedowsche Augen und ein bemerkenswert unterentwickeltes, muskelloses Kinn mit abfallenden Partien. Um seine Stirne geisterte mitunter ein Zug tragischer Weltverlorenheit. Das brachte ihm früh den Spitznamen »der Seher« ein. Zweifellos eignete ihm eine gewisse Hellsichtigkeit. Er sah mehr als andere, deren leichter, ablenkbarer Sinn die Dinge nur streifte. Nicht selten litt er unter Anfällen von Melancholie. Dann wieder barst er förmlich vor überzogener Nächstenliebe, als müsse er sich etwas beweisen, was niemand von ihm verlangte: Offenheit unter Heuchlern, Menschlichkeit unter Wölfen!

Tagträume suchten ihn heim. Es konnte ihm passieren, daß er mitten im Dienst innehielt und starr auf etwas hinsah, so daß sich seine Kumpel bedeutungsvoll anstießen und zu kichern begannen. Poßnitzer, als einziger neben Hartwick in der Antike bewandert, benützte solche Augenblicke immer zu hochtrabenden Demonstrationen seiner Belesenheit. »Kommt her, meine Brüder!« rief er, »Hier spricht das Delphische Orakel! Pythia weissagt unserem Freund die Zukunft!« Und mit dröhnender Stimme, die in den oberen Lagen kippte: »He, Kuhauge, kannst du uns verraten, wie lange wir noch diese Bulldoggen-Visage ertragen müssen?« Er wies dabei auf Richter, der merklich in sich zusammensackte und sich unter dem Gelächter der schadenfrohen Meute klammheimlich verdrückte.

Vielleicht war es ihr gemeinsames Schicksal, als Außenseiter abgestempelt zu sein, was in Kopitz ein Gefühl zwanghafter Solidarität weckte. Obwohl er dem bornierten Duckmäuser sonst lieber aus dem Weg ging, erklärte er sich spontan zu dessen Fürsprecher. Als die Meute das widerwärtige Spiel verschärfte und Richter zur Zielscheibe ihrer inferioren Gelüste machte, meldete er sich bei Kopitz zur ersten gemeinsamen Frontstreife. Es war eine mondhelle Nacht. Die gegnerischen Horchposten lauerten in Handgranaten-Wurfweite. Aber weder der naive Kopitz noch sein eingeschüchterter Kompagnon ahnten, in welch prekärer Lage sie sich befanden.

Zunächst waren es nur die Zehen und Fingerspitzen, die die Kälte taub und fühllos machte. Dann aber spürten sie, wie sie sich in ihnen festfraß, Arme, Beine, Schenkel erfaßte, die Atemwege blokkierte und schließlich den ganzen Körper ergriff. Ein kaltes, teuflisches Fieber breitete sich in ihnen aus. Sie hatten beide nie zuvor eine ähnliche Beklommenheit verspürt. Der Kälteschock peinigte sie, ließ sie die Arme im Takt und in zunehmender Panik um die Schultern schlagen.

Kopitz duldete Richter nur solange in dieser animalischen Komplizenschaft, als die Kälte sie festnagelte. Nachdem es ihm unter der gymnastischen Folter allmählich warm zu werden begann, komplimentierte er ihn unter dem Vorwand militärischer Notwendigkeit aus dem Kampfstand hinaus. – Kopitz, der von Gefechtsordnung und Feindverhalten wenig verstand, wurde rasch unsicher. Um dies zu überspielen, begann er wild zu schaufeln. Sooft er den Klappspaten hochschwang, erschien das rautenförmige Blatt über dem Rand der Böschung, schmal umflossen von einer stäubenden Aureole. Aber weder er noch Richter sahen etwas davon. Ihre Warmhaltemanöver hinderten sie an der Wahrnehmung von Schönheit.

Richter wurde nicht aufsässig. Schweigend hielt er sich an die törichte Weisung seines Stallgefährten. Er war es gewohnt, daß man ihn mied und auf Abstand hielt. (Hochmut und Standesdünkel haben schon immer die dauerhaftesten Zäune errichtet!) Die Gitterstäbe machten es ihm leicht, die Zähne zu zeigen und seinen Raubtierinstinkt wachzuhalten.

Obwohl er sonst nicht gerade ungeübt war in der Handhabung von Werkzeug, kämpfte Richter verbissen mit der Masse von Schnee. Es war vergeblich, denn immer wieder rieselte das firnweiße Pulver die Böschung hinab und unterwanderte tückisch das Spatenblatt. Das lähmte seinen Willen. Der Arm, der den Spaten eben noch schwungvoll hochgehoben, sank kraftlos herab. Gleichzeitig überfiel ihn ein wütender Hunger. Der halbe Kanten gefrorenen Brots, den er seit Stunden auf der blanken Haut getragen, um ihn aufzutauen, war noch immer hart wie ein getrockneter Lehmklumpen, und als er ihn kauend zerkleinert hatte, fühlte er die Kälte bis hinab in den Magen. Doch die Bestie seiner Gier verlangte knurrend nach mehr. Noch lange glomm in seinen Augen ein schwefelgelbes, flackerndes Licht.

Als der erste Feuerschlag schwerer Feldhaubitzen über sie hereinbrach, hatte Kopitz die gespenstische Vision eines Karpfen-Massakers vor Augen: im malachitgrünen Grundwasser der Angst japsende Fischmäuler, aufgerissen zu riesigen Schlünden des Entsetzens. Eine der großkalibrigen Granaten hatte einen mit Verwundeten beladenen Schlitten durch die Luft gewirbelt. Von ihnen fand sich nicht die geringste Spur. Das klapperdürre Pferdchen aber landete mit gebrochenem Rückgrat in einem Bachlauf. – Kopitz, unter dem Eindruck dieses Elends, beschloß, Richter fortan nicht mehr zu kränken, seinen Widerwillen großmütig zu unterdrücken, vor allem aber – über seine Machenschaften ein wachsames Auge zu halten.

In den darauffolgenden Tagen fiel es ihm nicht sonderlich schwer, diesem Vorsatz treu zu bleiben. Einem ersten Treuetest wurde er unterzogen, als er Augenzeuge eines mißglückten Diebstahls wurde. Die wachfreie Gruppe lag in ihrem provisorischen Unterstand und döste vor sich hin. Kopitz sah seine Pappenheimer, wie sie kindlich, mit an die Brust gewinkelten Armen dalagen und schnarchten. Er streifte die Fäustlinge ab, verschränkte die Arme im Nacken und begann vor sich hinzubrüten. – Plötzlich bemerkte er auf der Pritsche nebenan eine verdächtige Handbewegung. Die aufdringlichen Finger hinterließen auf der Decke ein eigenartig schleppendes Geräusch. Der Siegelring am Mittelfinger war wie ein züngelnder Natternkopf. Kopitz gewahrte, wie mit artistischem Geschick ein Riemen aus der Schlaufe gezogen und ein Schachteldeckel behutsam abgehoben wurde. Er rührte sich mit keinem Muckser und blieb mit angehaltenem Atem, steif vor Abscheu, auf seinem Platz liegen. Der Gedanke, Alarm zu schlagen, schien ihm so kindisch wie die Vorstellung entwürdigend, den Dieb beim Handgelenk zu fassen und ihn auf frischer Tat zu ertappen.

Liebschner – wie Kopitz wachliegend, nur mit dem Unterschied, daß er nicht Abscheu, sondern ein schadenfrohes Vergnügen empfand – löste das Dilemma auf Komikerart: er stellte dem Langfinger schlicht eine Falle. Richters panische Furcht vor Ungeziefer dramaturgisch nützend, ließ er eine tote Ratte von der obersten Pritsche herunter. Der Effekt war durchschlagend. Der geschockte Langfinger entzog sich mit einem wilden Fluch dem eigenen Schrecken und damit der rabiaten Gruppenjustiz.

Niemand in der Gruppe verdächtigte Kopitz, die Machenschaften Richters feige geduldet zu haben. Zugegeben, seinen Nimbus als Hellseher würde er glänzend bestätigt haben, hätte er dem Dieb entschlossen das Handwerk gelegt. Wäre es nicht ein überzeugender Beweis seiner Nächstenliebe gewesen, ihn still bei der Hand zu nehmen, bevor er noch der Versuchung nachgeben konnte? Allzu lange hatte er unschlüssig dagelegen, wie paralysiert von der Vorstellung der sich selbständig machenden Hand. Nicht gerade eine beispielhafte Demonstration seiner Hilfsbereitschaft.

Richter lag währenddessen im Schnee und kühlte die Platzwunde in seinem Gesicht, die er sich beim Sprung von der Pritsche zugezogen hatte. Ihm war es mit einem Mal, als wäre er mit seinem Artistenlatein am Ende, als gäben nie wieder Gepäckstücke ihr Geheimnis preis unter den Saugnäpfen seiner Finger. Dabei war ihm erst gestern noch ein glänzender Fang geglückt. Im Sanitätsbunker war er auf eine raffiniert getarnte Fourierkiste gestoßen und hatte sie weidlich ausgenommen. – Ach, diese bescheuerten Habenichtse, die annahmen, er kenne keine Empfindung als die des Hungers und keinen Gedanken als den der Stillung primitiver Bedürfnisse! Sie waren naiv genug, in dem unsichtbar wirkenden Meister der Enttarnung einen Kleptomanen zu sehen!

Mit einem Schlag rückte das Störfeuer wieder näher. Schneefontänen schossen auf. Ein Rauchpilz spannte seinen Schirm auf. Und Richter war es, als risse ihn der Sog einer nicht endenwollenden Spirale ins Dunkel zurück...

Auch damals, als er mit einer geliehenen 250er-BMW von der Fahrbahn geriet und ins Schleudern kam, umzingelten ihn seine Widersacher, diese erfinderischen Quälgeister. Einer von ihnen, starkknochig wie ein kapitales Kalb, hatte sich zum Wortführer der Lästermäuler gemacht. Aber gerade als sie ihn in die Mangel nehmen wollten, kam sein Vater und knüpfte sie sich der Reihe nach vor. Einer von den Galgenvögeln kam dabei ins Stolpern und gleich darauf ins Schwitzen. Er bezahlte auch noch für das Gelächter und den Schmähvers der Schnelleren, die es vorzogen, vor soviel erzieherischer Schlagkraft das Feld zu räumen. – Wo aber blieb der Vater jetzt? Warum kam er nicht wie früher, ihn herauszuhauen? Kleinlaut in die Unterkunft zurückkehrend, kam er sich reichlich belämmert vor. Als Pechvogel am Pranger machte er keine sonderlich gute Figur.

Richters Abstieg begann so dramatisch wie unverhofft. An diesem Morgen, als ihn der mißglückte Fischzug ins gegnerische Artilleriefeuer trieb, bemerkte er mit Unbehagen, wie das Pendel anfing, zurückzuschwingen. Eine gegenläufige Bewegung setzte ein, unmerklich, kaum wahrnehmbar. Aber der Umschwung war nicht zu verkennen; die Glückssträhne riß ab. Plötzlich gab es geradezu lachhafte Pannen. Ein Riegel klemmte, ein Schloß sperrte, eine Schlaufe sträubte sich. Auch die Umstände verschworen sich gegen ihn. Die Tage wurden heller, die Verpflegung knapper. Bald gab es keine arglosen Verschwender mehr, keine Schlupfwinkel für Langfinger – nicht einmal für einen Mann seines Kalibers.

Er war nicht wie die Anfänger seiner Zunft auf bloßen Mundraub aus. Seine Lebensgewohnheiten waren die eines Feinschmekkers. Er fand es widerwärtig, wie sie stillos ihr Kommißbrot hinunterwürgten und den Eintopf – das Kochgeschirr in Kinnhöhe – gierig löffelten. Er handhabte sein Besteck mit Dezenz, ließ in kultischer Ergriffenheit auf der Zunge zergehen, was er sich beherrscht zuführte. Peinliche Erinnerung an seine erste Nachtwache mit diesem sympathischen Schwachkopf, der sich als Schutzengel aufführte. In seiner Gegenwart hatte er sich den Fauxpas geleistet, einen mühsam aufgetauten Kanten Brot einfach hinunterzuschlingen – barbarisch! Er konnte es sich nur so erklären, daß die schockartige Kälte ihn alle guten Manieren vergessen ließ.

Der Höhenweg über dem Fluß war von Bunkern und Unterständen flankiert. Palisaden aus Fichtenreisig tarnten die Erdaufwürfe und das Zickzack-Muster der Laufgräben. Es taute schon mächtig in den Mittagsstunden. Das sperrige Geäst der Tannen war schwarz vor Nässe. Jeder Axthieb brachte Lawinen durchnäßten Schnees zum Absturz. Gefährlich war es nun, am hellichten Tag einen der südwärts gelegenen Hänge zu überqueren. Der Gegner schoß auf die geringste Bewegung. Selbst die von Sichtblenden verstellte Schlucht zu passieren, war riskant geworden. Scharfschützen hatten sich auf die Gefällstrecke eingeschossen. Wer sie überqueren wollte, machte das besser auf allen vieren. Es gab auch eine Brücke. Kopitz sah sie zum ersten Mal, als er, die Axt geschultert, an einem Aprilmorgen auf dem Holzplatz erschien. Er sah sie aus der schwindelerregenden Perspektive eines Jagdfalken. Sie hatte ein zweibögiges Spannwerk aus Rundholz, ein bordhohes Geländer und eine einspurige Fahrbahn von zweifelhaftem Wert.

Seit an den Ufern der kleinen WORJA der Schnee dahinschmolz, an Nachmittagen, die nun schon mitunter ganz durchwärmt waren von den Strahlen einer zaghaften Sonne, regten sich in Richter die verhinderten Instinkte. Die Ufer – so lautete ein Gerücht, das seit Tagen im Umlauf war – seien gespickt mit Blindgängern, Ausbläsern und Irrläufern verschiedenartigster Waffensysteme und Kaliber. In Gedanken war Richter wohl schon dabei, den Uferstreifen mit Beschlag zu belegen, ihn als Privatgelände zu markieren, ein eigenes Territorium sich unter den Nagel zu reißen, mit Hoheitsrechten und großer Schürflizenz. – Mittags, als sie in einem Erdbunker einen Schlag Erbsen ohne Speck verdrückten, setzte sich Kopitz unauffällig neben Richter und sah verwundert, wie dieser blindlings in seinem Eßnapf zu stochern anfing.

Richters Neugier lief wieselflink zwischen Bunkerscharte und spielzeugkleiner Brücke hin und her. Nach der Essenspause, die eine Viertelstunde selten überschritt (sie zogen die frühzeitige Rückkehr ins Biwak einem Sonnenbad vor, das die Scharfschützen der Russen ins Fadenkreuz nahmen!), schlich sich Richter unauffällig, wie er annahm, vom Holzplatz. Doch wie zufällig lief ihm sein Aufpasser über den Weg, winkte ihm leutselig, als vermisse er ihn bereits schon. Seine Aufmerksamkeit indes wurde von einem Zwischenfall abgelenkt, der Kopitz betroffen machte, Richter aber offenbar kaltließ: Am Ausgang der Schlucht, akkurat an der Gefällstrecke, fanden sie einen Essenholer im Kradmantel, der leise vor sich hinstöhnte. Sein jungenhaftes Gesicht war über und über mit Blut beschmiert. Sein Mund schien geborsten und wirkte wie ausgefranst. Im Schnee verstreut ein Koppel voller zerschossener Kochgeschirre. Reis quoll daraus hervor, eine milchige Brühe, die augenblicklich gefror.

Nach diesem Vorfall wirkte Kopitz verstört wie seit langem nicht. Denn er war dem Essenholer Minuten vor dem Fangschuß noch begegnet, hatte ihn nicht einmal gegrüßt. Nicht die leiseste Vorahnung hatte ihn gewarnt. Er taugte als »Seher« so wenig wie als Schutzengel, sonst läge der fremde Soldat jetzt nicht so anklagend vor ihm. – Kopitz beobachtete sich mit wachsendem Unmut. Mußte Richter erst einen Ausbruchsversuch unter seinen Augen starten, um seine Wachsamkeit zu wecken? Von jetzt an wollte er sich ihm an die Fersen heften, ihn regelrecht beschatten, auch wenn er sich Richters Argwohn zuziehen sollte. – Während dieser selbstkritischen Befragung hatte Kopitz kräftig zugepackt. Die mächtige Rottanne, die ihm als Tagespensum zugeteilt worden war, lag entästet, eine zweite ähnlichen Umfangs, zum Fällen angekerbt. Die Axt, die er mehr gutwillig als sachverständig geschwungen hatte, klebte voller Harz. Der Baumriese, nackt über den verwachsenen Pfad geworfen, hatte zahllose Wunden.

Wie um seine Wachsamkeit Lügen zu strafen, verpaßte Kopitz prompt eine der üblichen gehässigen Keilereien. Richter war gegen die Spanischen Reiter abgedrängt worden. Die Meute – wie Mastgänse hatte er sie ausgenommen! – stellte ihn hechelnd. In den Zerrspiegeln ihres Gelächters erkannte er seine Häscher. Die Erregung, die Kopitz beim Anblick der Streithähne befallen hatte, hielt unerklärlicher Weise länger an, als die alberne Balgerei es rechtfertigte. Kopitz ließ den leidigen Film noch einmal vor sich abrollen –: er sah den zänkischen Kläffer, seinen Schützling, wieder über dem Eßnapf brüten, sah die Hand, wie sie zeitlupenhaft auf- und abstieg wie der Adamsapfel hinter der schlaffhäutigen Kehle. Er vernahm die clownesken Rülpser Liebschners. Die unaustilgbare Vorstellung von blubberndem Morast drängte sich ihm auf. Richters sondierender Blick durch die Bunkerscharte. Dahinter ein schwarzgepunktetes Nichts, belanglose Chiffren im Treibsand.

Von amphibischen Trugbildern genarrt, flüchtete er sich in den Stammschatten des geschändeten Riesen. Hier lief man lautlos wie auf Moospolstern. Die Zweige und Äste lagen in federnder Schicht. Die handtellergroßen Narben klebrig vom zähen Goldharz. Weiß leuchtete das Holz aus der zerspellten Rinde. Kopitz verlor sich förmlich in den Anblick der Jahresringe. – Sollte er den diebischen Widerling vor einer Verfehlung warnen? – Ich verstehe nicht, dachte er voller Mißmut, daß ich Mitleid verspüre, wo Abscheu am Platz wäre. Später auf dem Marsch zum Biwak besänftigte er sich: Es ist wohl nur, weil ich mit einer Anteilnahme, die mir lächerlich erscheint, ein fremdes Schicksal verfolge, das mich im Grunde kaltließe, wäre da nicht jene zwanghafte Konstellation oder – wie ich selber pathetisch formulierte – diese »animalische Komplizenschaft«.

Vorwitzige Neugier, Schnüffelei waren Charaktermängel, die er bei anderen als Marotte gelten ließ, bei sich selber aber rigoros unterdrückte. Aber irgend etwas an der Anordnung der Gepäckstücke, die er auf Richters Pritsche entdeckte, veranlaßte ihn, eine Etage tiefer zu klettern und eine Tragtasche mit verräterischen Ausbuchtungen einer Visitation zu unterziehen. Während er mit Widerwillen eine Schlaufe löste und die ledergesäumte Klappe zurückschlug, fiel sein Blick auf einen Meißel und einen gewöhnlichen Küferhammer. Nichts Mysteriöses also, nichts, was die Einbildungskraft, durch Argwohn aufgescheucht, hätte beflügeln können. Kopfschüttelnd steckte er die nichtssagenden Werkzeuge in die Tasche zurück. In seinem Gehirn flackerte nicht einmal vager Verdacht. Dabei hätte er ums Haar – wenn nur seine kriminalistischen Energien nicht so schnell verpufften – den Schlüssel zu Richters abstrusem Geheimnis entdeckt. Unter einem Paar gewaschener Hemden lag ein engbeschrifteter Zettel, die Federzüge zittrig, ein krakeliges Sütterlin. Es war die unverschlüsselte Offerte eines Händlers an seinen Kompagnon. Von »fetter Beute« war da die Rede – Anspielungen, die eigentlich ausgereicht haben müßten, Hammer und Meißel in einen schlagenden Zusammenhang zu bringen.

Der Zufall fügte es, daß Kopitz – wie schon so oft – mit Richter auf Zweistunden-Wache zog. Aber selbst jetzt wagte er nicht, an Richters Vernunft zu appellieren, sich jeder provokanten Aktion zu enthalten, die sporadischen Sticheleien der Gruppe gutmütig zu schlucken oder durch eigenes Wohlverhalten eine Phase entkrampfter Beziehungen einzuleiten. Er blieb so stumm wie Richter abweisend. Einsilbig starrten sie vor sich hin, liefen mit umgehängtem Karabiner aufeinander zu, machten rekrutenhafte Kehrtwendungen auf dem Absatz, als stünden sie auf einem Kasernenhof, nicht aber in einem feindnahen Waldlager. Als böiger Fallwind aufkam, der die Wipfel der Rottannen zu ächzenden Verbeugungen zwang, atmete Kopitz erleichtert auf.

Gegen die von Treibholz umkreisten Pfeiler der Brücke aber drängte der mühsam gebändigte Fluß. Kopitz schien es, als hole er tief Luft, die lästige Fessel abzustreifen und das spinnwebdünne Gestänge zu einem wirbelnden Knäuel von Bruchholz und Kehricht aufzutürmen. Unter dem Eindruck drohenden Eisgangs schwieg selbst die Front. Kein Luftzug bewegte sich. Zwischen Inseln von Schnee lag das besänftigte Land, die schwärzliche Krümmung eines von Krähen beflogenen Sturzackers. Auf der Brücke Gedränge und fahrlässiges Überholen. Eine Nachhut im Anmarsch; ein Oberst armschwenkend im offenen Kübelwagen; zugeknöpfte Ordonnanzen, flunkernde Gefreite, ein heisergeschriener Feldwebel – Worthülsen, Wasserwirbel, ein Schwarm von Gründlingen, ein rotflossiger Barsch (nachts bei Mondaufgang – hörte Kopitz sagen – seien die Gewässer von Fischen wie verlassen!)

An diesem turbulenten Vormittag wich Kopitz nicht einen Augenblick von der Seite seines Schutzbefohlenen. Lustlos schwang er die Axt; seine mit Blasen markierten Finger brannten höllisch. Die Stunden vergingen unter eintönigem Sägegeräusch, das seine Wachsamkeit ebenso einschläferte wie seine Gewissensbisse. Die Mittagspause, angefüllt mit dem monotonen Klappern der Blechbestecke, verlief ohne jede Panne. Richter aß mit stoischer Ruhe. Sein manierliches Kauen wirkte aufreizend. Aber nicht einmal Poßnitzer nahm es zum Anlaß eines Tadels oder einer mokanten Floskel. Ein von Bataillonsmeldern mutwillig in Umlauf gesetztes Gerücht, die Kompanie würde im HARTSTEINWALD infanteristisch eingesetzt, machte selbst ein Großmaul wie Liebschner lammfromm. Kleinlaut hockten sie in ihrem Machorka-Mief, als müßten sie den Schrecken, der ihnen in die Knochen gefahren, durch ein Räucherritual übertönen. – Richter aber sägte auf Teufelkomm-raus, als leiste er mit einem doppelten Sägepensum vor der kuschenden Gruppe Abbitte.

Als Kopitz in einem Augenblick nachlassender Wachsamkeit die Axt sinken ließ, ging Richter blitzschnell in die Hocke, ließ sich mit der Lautlosigkeit eines Marders den Abhang hinabgleiten. Kopitz, sich ahnungslos herumdrehend, sah Richters leeren Platz, stürzte kopflos hinter ihm her, eher vom Instinkt als von Voraussicht geleitet. Noch vor dem Waldrand holte er den Ausreißer ein. Er sah die gefleckte Iris in den Augen Richters und erschrak vor seiner eigenen Courage. Er spürte, wie sein Gaumen trocken wurde vor nicht gesprochenen Sätzen. Ungläubig sah er, wie sich in Richters gehetztem Blick der Ausdruck des Ärgers in puren Schalk verwandelte und wie er mit unmißverständlicher Bewegung den Mantel auseinanderschlug: »Nicht mal 'ne Stange Wasser kann ich kaltstellen, ohne daß sich mein zweiter Schatten mir an die Fersen heftet!« – sprach's und entleerte sich auf die ungenierteste Weise.

Der Nachmittag begann mit nervösem Gefechtsgeplänkel. Zum Tumult steigerte es sich, als sowjetische ILJUSHIN im Tiefflug das Flußbett heraufkurvten und ganze Alleen von Feuerbäumen in den Schwemmsand pflanzten. Als über ihrem Holzplatz Schrapnells verpufften, drehte Kopitz durch und stürzte ein zweites Mal den Abhang hinunter. Am Ufergebüsch angelangt, wurde seine Aufmerksamkeit von einem Vorfall angezogen, der sich den anderen wohlweislich entzog: auf einem mit Schilf bestandenen Seitenarm der WORJA trieb einsam ein russischer Mushik daher. Der verdatterte Strandläufer sah ihn anlanden und mit seinem Blut den Ufersand röten. Sein Puls schlug nur noch schwach. Die Diagnose des Kompaniesanitäters lautete: ein Späher mit einem Lungensteckschuß, der schwimmend über den Fluß kam. Kopitz folgte seinem Abtransport mit Tränen in den Augen.

Richter aber schritt zögernd den eisfreien Abhang hinunter. Unschlüssig blickte er sich um, und eine Zeitlang schien es sogar, als ob er sich besinnen und kehrtmachen würde. Allein er ging, was immer an diesem schleppenden Gewiege Bewegung sein mochte, und er erreichte – von keinem Schmähruf erschreckt, von keinem Schutzengel angeödet – den mit Trümmern und Treibholz bedeckten Ufersaum. Mit einem Blick erkannte er: dieser Platz war eine Fundgrube!

In seiner Manteltasche das ziehende Gewicht des Hammers und Meißels. Er stemmte die hohle Hand dagegen, um zu verhindern, daß das Taschenfutter einriß. – Die Brücke ächzte und stöhnte jetzt schon hörbar in ihren hölzernen Gelenken; die Pfeiler und Widerlager seufzten in Erwartung der herannahenden Flut. Im ausgedehnten, wundgescheuerten Bachbett der WORJA trieb gewaltsam das Eis. – Die ersten Schläge führte Richter aus bloßer Ungeduld, aus verständlicher Neugier. Sie galten einem verklemmten Zünder, der von weitem einem Kreisel ähnlich sah, wie er ihn als Schuljunge übers Trottoir gepeitscht hatte. Aber bald schon schürfte er einen prachtvollen Irrläufer frei, der nahezu verdeckt unter einem schwarz verquollenen Jochscheit lag.

Der mochte in präziser Parabel über den Fluß geflogen sein und entgegen aller ballistischen Regel unrühmlich seine Kometenfahrt auf dem Bauch beendet haben. Der aus endlosen Himmeln niederstäubende Schnee hatte im Verlauf weniger Wochen eine schützende Decke über den Findling gebreitet. Frost hatte die Decke befahrbar gemacht. Die ersten Gespanne waren über ihn hinweggerollt; ein Fahrweg war entstanden. Eines Nachts hatte eine zufällig auftreffende Granate Gespann samt Fahrer und wackerem Pferdchen ins Dunkel geblasen. Nur das Jochscheit war übriggeblieben; es war mit dem dahinschmelzenden Schnee in die Tiefe gesunken, hatte sich rittlings auf den schlanken Findling gesetzt, war schwer und schwarz geworden vor Nässe, und in gefährlicher Nachbarschaft lagerten nun die Blindgänger inmitten von Trümmern, Treibholz und gefrorenem Schlick.

Im Zwielicht der einsetzenden Dämmerung nahmen die steuerlosen Geschosse recht sonderbare Formen an. Fische, vom jähen Rücklauf der Gewässer an den Strand gesetzt, haben mitunter die gleiche düstere Verlorenheit. Doch davon sah Richter so gut wie nichts. Dieses Ufer barg einen Schatz an verwertbaren Edelmetallen, der nicht unausgebeutet bleiben durfte. Sein Vater besaß in Taucha ein sehenswertes Arsenal an Weltkrieg-Eins-Trophäen, an Kartuschen, Geschoßköpfen, Zündern und Führungsringen. Wenn er seinerseits ein solches Arsenal anlegen könnte, den Vater noch übertrumpfend durch systematisches Sammeln und Katalogisieren – niemand würde ihn hindern, seinen »großen Reibach« zu machen.

Zielstrebig-umsichtig ging er auf das Prachtstück zu, beugte sich profihaft nieder. Das schwere, mit Resten einer primitiven Halfterung versehene Jochscheit war schnell beiseitegeräumt. Richter fuhr mit der Spitze seines Fingers den breiten Kupferring entlang. Deutlich unterschied er die schräglaufende Prägespur des Geschoßdralls von der Patina des nachgedunkelten Metalls. An der Spitze des Irrläufers saß unversehrt der Zünder. – Nicht allein die längst fällige Flucht vor der Gruppe, die ihn mit ihren boshaften Nadelstichen bis aufs Blut gereizt, hatte ihn zum Einzelgänger bestimmt, der auf Schatzsuche ging. Ihm war auch die Beschattung durch seinen Fürsprecher lästig geworden. Er hatte die Gelegenheit, sich von ihm zu trennen, humorvoll wahrgenommen – und nun zählte nur noch die Geschicklichkeit seiner Hände. Mit Armspangen aus massivem Kupfer, geschmückt wie ein König der Hinterhöfe, würde er zurückkehren. Er würde den Hochmut der Gruppe endgültig brechen, sie durch seine Funde beschämen oder ihr nie mehr unter die Augen treten.

Mit einer Mischung aus Selbstvorwürfen und Erleichterung nahm Kopitz zur Kenntnis, daß sein Schützling von der Bildfläche verschwunden war. Doch dann stürzte er – ohne Alarm zu schlagen – aus dem Unterstand, setzte über den Graben hinweg, der den Höhenzug säumte, schrie Richters Namen mäßig laut in die knisternde Dämmerung. In mächtigen, sich überschlagenden Sprüngen rannte er den Abhang hinunter. Die Gruppe, durch sein Verschwinden stutzig geworden, setzte sich gleichfalls in Bewegung. Ein lebhaftes Gedränge und Gestürze entstand.

Als Richter den Hammer ergriff, um den ersten, tastenden Schlag zu führen, vernahm er einen langgezogenen, fast flehentlichen Ruf. Das Echo weckte eine Folge absonderlicher Laute. Eine Art schlaffen Taumels befiel ihn und lotste ihn in strudelnde Schlünde der Erinnerungen. Er widerstand dem Sog nicht lange.

...Das Magazin lag am Ende eines schmalen, fensterlosen Korridors. Ein paar Stufen führten in einen luftigen Speicher. In langen, zehn Fuß hohen Regalen türmte sich Hamsterware, eine düstere Fracht. Richter hielt sich hier als Lehrling stundenlang versteckt. Er fürchtete seine gleichaltrigen Kumpane, mehr noch sich selbst, seinen Haß gegen den Lehrherrn, das Diktat der strengen Hand und die milde, überhebliche Sanftmut lediger Kontoristinnen. Sie nannten ihn zärtlich Dicker oder Zwerg-Nase, sagten anzüglich: »Na, Kleiner, möchtest du dir nicht mal die Borsten stutzen? So was wie dich läßt man doch nicht an knusprige Täubchen ran!« – Einmal, als das liebestolle Gekichere einer hochbeinigen Lehrjungfer durch den Korridor hallte, überfiel er sie in dem Augenblick, als sie geblendet in den Speicher gerannt kam. Er warf sie roh auf einen Stapel schmutziger Jutesäcke, erstickte ihre kleinen, gurgelnden Kehllaute, züchtigte sie am Ort ihrer zugeflogenen Vögel...

Während er nach der günstigsten Ansatzstelle für seinen Meißel suchte, schäumte unter der brüchigen Eisdecke der kleinen WORJA die tosende Flut. An den Stützen und Streben der Behelfsbrücke bildeten sich gefährliche Wirbel. Der Druck gegen die Barriere verstärkte sich. Über die letzten zusammenhängenden Eissegel spannte sich ein Netzwerk unzähliger Risse und Schründe.

Als Kopitz in den Fahrweg einschwenkte, der zur Brückenauffahrt führte, begann sich ein Teil der Brücke wie eine Rangierbühne um die eigene Achse zu drehen. Ein dumpfer, klagender Knirschlaut. Durch die Dunstschleier der Dämmerung schob und wälzte sich eine riesige Flutwelle. Splitternd barst das Gestänge entzwei. Kopitz, nun schon ruhelos und verstört vom nutzlosen Suchen, und naß vom Sprühregen, blieb abrupt vor der Brückenrampe stehen. Dem in Sprüngen heranhetzenden Rudel der Gruppe berichtete er stockend, was ihn veranlaßt habe, sich dem entschwundenen Richter auf die Fersen zu heften. Durch Richters Finte geblufft, habe er sich an der Nase herumführen lassen. Sie sähen ja nun selbst, was von seinen seherischen Fähigkeiten zu halten sei. – »Kein künstliches Selbstmitleid, bitte!« unterbrach ihn Hartwick, und mit einem Unterton ironischen Respekts: »Als Gruppenorakel bist du unersetzbar. Aber den Beweis deiner Hellsichtigkeit bleibst du vorerst noch schuldig!«

Den Vorschlag Poßnitzers, bei Mondaufgang eine Schützenkette zu bilden und das Gelände nach dem Vermißten zu durchkämmen, wies er empört zurück. Er meinte nämlich, es wäre menschlicher, das sofort zu tun. Aber die Gruppe lief bereits lustlos auseinander. Die Möglichkeit eines Floßsack-Einsatzes auf dem Hochwasser führenden Fluß beschäftigte sie weit mehr als die Suche nach einem Kumpan, dem niemand eine Träne nachweinte, falls er je verschütt ginge. Poßnitzer unter dem Beifall Liebschners: »Dem Dicksack wird schon nichts passiert sein. Fett schwimmt bekanntlich oben!« Kuskat, der am Schweißband seines Kragens Läuse spürte, sagte übellaunig: »Vielleicht dramatisieren wir einen Vorfall, der sich bald als harmlos herausstellt.« – »Ja, vielleicht ist er nur ein wenig baden gegangen«, Liebschner verschluckte sich fast an seiner eigenen Lachsalve, »ein geübter Untertaucher war er ja schon immer!«

Wenn Richter von seiner Arbeit aufsah, nahm er wie durch Dunstschleier das unsinnige Gestürze der Gruppe wahr. Ihn sonderten zum Glück Eisbarrieren ab, bizarre Geschiebe, schalltote Schichten, die ihre Eingreifabsicht, ihre Fähigkeit, ihn aufzuspüren, Schachmatt setzten. Mit aller gebotenen Umsicht hatte er sein Beutedepot angelegt: Geschoßhülsen, Messingkartuschen, Zünder, Kupferringe – und sie vor der Neugier durch Strandläufer klug getarnt. – Also, nicht lange auf das alberne Getue der Gruppe hinhören. Nicht darauf achten, was sie sich – durch ihren faden Wortwitz munter gehalten – über ihre Köpfe hinweg zubrüllen. Nicht aus der Ruhe bringen lassen durch ihr kindisches Benehmen. Macht haben, das spröde Metall zu zwingen, die Ansammlung großkalibriger Ringe zu vermehren, mit denen er seine Herrschaft krönen wird. »Das Massel haben, das Glück beim Schopf zu pakken.« Als Krösus heimzukehren, dem Vater mit seinem Kriegsschatz zu imponieren. Die »knusprigen Täubchen« tanzen zu lassen, um die Demütigungen zu vergessen. Den Mumm haben, stillzuhalten, mit ruhiger Hand den Meißel zu führen, mit jagenden Pulsen auf des Messers Schneide.

...Die Allee war von Pensionären und Liebespaaren besetzt. Richter – stutzerhaft daherschlendernd, ausstaffiert wie ein überkandidelter Juniorchef – erschrak zunächst, als er hinter seinem Rücken Schritte vernahm. Er meinte natürlich, ehemalige Mitschüler oder Lageristen hätten ihn in seinem Aufzug erkannt und machten sich nun einen Spaß daraus, ihm nachzustellen. Aber dann verlangsamte er seine Schritte. Eine leichte Brise wehte heran und bauschte seinen Staubmantel. Mit den Fingern seiner Rechten die Taschenuhr schlenkernd, den Atem drosselnd, erotische Signale auffangend, spürte er eine überholende Bewegung. – Ihr Haar war das einzig Helle an ihr. Sie hatte es eilig, wollte gleich zur Sache kommen. Das löste in ihm eine erhebliche Konfusion aus. Obwohl es sommerlich warm war, bestand er – ganz Ehrenmann! – auf einer förmlichen Einladung. Leichtfüßig hüpfte sie vor ihm her, sagte unvermittelt schroff: »Daß du dich ja nicht unterstehst, in meiner Bude Licht zu machen!« Sie strich ihm mit entwaffnender Offenheit über sein heißes Gesicht. Als sie die Narbe auf seiner Wange spürte, zuckte sie zusammen wie bei der Berührung eines Insekts: »Huch, wo hast du nur diese häßliche Schramme her?«

In diesem Augenblick bekam er den ersten Warnschuß vor den Bug gesetzt. Er überhörte ihn dickfellig, folgte ihr benommen durch Gassen und Hinterhöfe, über Gänge und Flure – ständig auf spöttische Zurufe gefaßt –, bis er in einer schäbig möblierten Mansarde gegen ihre Schulter stieß. Dieser unabsichtliche Körperkontakt löste in ihr einen zärtlichen Impuls aus. Sie unterwies ihn in der Kunst, anstelle eines Kraftakts Fingerfertigkeit vorzuführen. Weil er diese Lektion aber gründlich mißverstand, bestrafte sie ihn mit Liebesentzug. Als Richter erwachte, war es dämmrig in der Mansarde. Sich die verquollenen Augenlider reibend, schälte er sich aus dem zerwühlten Deckbett. Er sah, wie die Scheiben aufgehellt wurden durch die regnerische Blässe des Morgens und sah im Dämmern des Tages, wie schön sie war. Sie schlief noch immer. Sein Pech war, daß ihm beim Versuch, sich unbemerkt in die Klamotten zu stehlen, ein Schuh aus den Händen fiel und mit Gepolter auf dem Fußboden landete.

Hysterisch schreckte sie aus dem Schlaf, als vermute sie hinter dem Paravant einen Einbrecher oder Lustmörder. Ein Rascheln des Vorhangs – Richter bewegte sich nicht. (Wenn sie nur nicht auf die Idee kommt, die Deckenbeleuchtung anzuknipsen!) Aber da stand sie auch schon breitbeinig neben ihrem Bett. Licht flammte auf. »Ich möchte doch sehen, mit wem ich heute nacht das Vergnügen hatte!« Er stand wie betäubt in der kalkweißen Helligkeit des unaufgeräumten Zimmers. »Ah, dachte ich's mir doch!« Sie warf sich den Morgenrock über und wich unter die Dachschräge zurück. »Sieh bloß zu, daß du in deine Hosen kommst, mickriger Knülch!« Sie stieß ihn, barfuß, wie er war, vom Bettvorleger und lüftete hausfrauenhaft das Plumeau. Dann lief sie unsicher zur

Türe, lauschte angestrengt, kam erleichtert zurück, musterte ihn mit einer Neugier, in der sich ängstlicher Widerwille und Mitleid abwechselten. »Los, beeil dich gefälligst! Ein bißchen plötzlich, wenn ich bitten darf.« Daraufhin sah sie ihm zu, wie er wortlos und eingeschüchtert in seine modischen Stiefeletten stieg.

Aber dann begann sie unvermittelt loszulachen, riß einen Spiegel von der Wand, kam furienhaft auf ihn zugesprungen: »Weißt du eigentlich, Fatzke, was du mir zugemutet hast?« – Richter, im ersten Moment perplex, erwies sich durchaus als fortschrittlicher Held. Er wich vor dem Spiegel nicht wie vor einer Waffe zurück, sondern hielt dem Gegenblick minutenlang stand. In seinen Augen wechselte der Ausdruck des Mißbehagens mit dem einer naiven Gläubigkeit, als erwarte er die unverzügliche Klärung eines Irrtums. Vielleicht daß der Spiegel, wenn erst die Erblindung durch seine Atemluft schwände, ein properes Jungengesicht enthüllte. Sie aber zeigte nicht die mindeste Geduld und lachte unflätig. Da ergriff er den Spiegel und schlug in blinder Wut zu. Klirrend hing ihr der leere Goldrahmen um die nackten Schultern. –

Er aber taumelte verwirrt durch die Morgenfrühe. Die Parkbänke leer, Mitschüler, Spielgefährten, Lageristen (ein verhaßter Chorus) – der sonore Predigerton seines Lehrherrn: »Richter, Sie bluten ja, haben Sie sich beim Rasieren geschnitten?« – Ja, er habe sich wohl ein wenig geschnitten, geringfügig verletzt. Sie aber blutete schon einen ganzen Herbst und Winter hindurch – das Goldhaar in Scherben – eine gerahmte Schönheit!... Das Dunkel der Gänge und Alleen aber weicht zurück. Ihn stören keine Korridore, keine Speicher, keine Mansarden mehr. Da ist ein stürmischer Apriltag. Raben krächzen, Eissegel treiben. Über das Wehr donnert ein stäubender Katarakt. Er aber sitzt in moderatester Lage, allen Nachstellungen entrückt, und schwingt seinen Hammer...

Der Rauchpilz, der Sekunden später in die Höhe stieg, war nur schwach zu erkennen. Der Wind zerfaserte ihn und trieb ihn den Fluß hinunter. Niemand von der Gruppe ahnte, daß Richter es war, der da luftig dahintrieb: fessellos und besänftigt...

Noch vor Einbruch der Dunkelheit trafen die Floßsäcke ein. Seit die Brücke in den Wildwassern versunken war, fehlte jede Verbindung mit dem nur schwach besetzten Brückenkopf. Die Sowjets wußten davon und drückten mit Macht auf diesen gefährdeten und isolierten Frontsektor. Die stromabwärts treibenden Trümmer hatten sie alarmiert und in einen Zustand nervöser Kampfbereitschaft versetzt. Nun feuerten sie wild und planlos auf die vermeintlichen Landeplätze. Steile Fontänen schossen hoch, ein Spalier weißen Gischts: wirkungslos verpuffende Feuerschläge, von den Wasserfluten geschluckt.

Um nicht mit dem Treibeis in Berührung zu kommen, dessen scharfkantige Schollen in gefährlicher Nähe vorübertrieben, hatten sie die verletzlichen Wülste mit Brettern verschalt. Die schmalen Blätter der halblangen Paddel tauchten in gleichbleibendem Rhythmus. Das Heckwasser der Gummiboote gurgelte in ziehenden Wirbeln. –

»Werden wir die Suche nach Richter wieder aufnehmen?« fragte Kopitz mit schlechtem Gewissen. »Aufnehmen?« fragte Hartwick sarkastisch: »Haben wir denn schon nach ihm gesucht?« Er beugte sich ungehalten über die Bordwand, dirigierte das Boot mit kraftvollen Schlägen seines Ruders und sah erleichtert wie das Ufer näherrückte. »Natürlich suchen wir!« setzte er halblaut hinzu. Prompt fiel Kopitz auf ihn herein, fragte: »Morgen, wenn es hell wird?« – »Ja, morgen«, sagte Hartwick verbittert, »morgen, wenn es zu spät ist!« Er riß mit einer unbeherrschten Bewegung das Steuer herum; das Schlauchboot mit den Brotsäcken, Munitionskästen und dampfenden Kanistern legte sich längsseits, trieb scheuernd an der Böschung entlang und blieb mit hochgestellten Paddeln vor einer Schilfinsel liegen.

Kurz nach Mitternacht stellte der geprellte Gegner sein Feuer ein. Die Gruppe stand durchnäßt im Halbkreis. Liebschner hüpfte vor Ort, rieb sich die Knöchel warm, hielt seine klammen Finger in den dampfenden Atem. Fortner stellte sich schlafend. Kopitz und Hartwick entdeckten nahezu gleichzeitig einen treibenden Schatten auf dem Wasser. Sie glaubten erst, die Strömung hätte ein Boot vom Strand gespült, unbemannt, wie es den Anschein hatte. Dann erwogen sie, ob nicht der gewitzte Richter ein Boot gekapert habe. »He«, schrien sie, mit den Schalltrichtern ihrer Hände die Stimme verstärkend, »wir wissen schon, daß du gern im Trüben fischst! Aber komm jetzt endlich zurück. Die Fische beißen heut' nicht an.« Doch da peitschte auch schon eine gezielte MG-Garbe über ihre Köpfe hinweg. Noch bevor sie in Deckung lagen und das Feuer erwidern konnten, war das schemenhaft aufgetauchte Boot verschwunden.

Die Hemd-Affäre

Es gab Attacken, die erst einsetzten, wenn die Waffen schwiegen, Attacken, aus dem Hinterhalt der Nähte geführt, taktisch kluge Manöver auf der Haut. Es gab auch Methoden der Abwehr: das Aussetzen der Gefangenen, die nicht immer wirksame Nachhilfe des Frosts; dann die ›Arbeit am Stier‹, die Handhabung von Rapier und Degen; schließlich ein Verfahren, das Perfektion mit einem Höchstmaß an Hygiene verband: das Sieden in flüssigem Wachs, der Vollzug des Tötens aus der Perspektive der Köche.

Kuskats Krieg gegen die Läuse begann, als das Stadium experimenteller Neugier längst durchlaufen war. Zunächst ließ sich die Plage recht harmlos an. Das Wandern unterm Hosenbund und in der Kragenbinde löste kaum Unwillen aus. Sich an Türkanten scheuernd, vertrieb man leicht den Juckreiz und das Frösteln unter der Gänsehaut. Später nahm man die Gewehrstöcke zu Hilfe, stocherte zwischen Hals und Kragen, ließ sie kühl zwischen den Schulterblättern hinabgleiten, sprengte vielleicht schon einmal, von fiebrigen Schauern erfaßt, mit scharfen Nägeln die Siedlungen rings um den Blutschorf. Zunächst aber war das eher ein unterhaltsamer Zeitvertreib. Im Schein der Herdglut die rotglänzenden Rücken, der Schattenspuk fuchtelnder Arme auf dem Estrich. Wie Häuslerinnen über den Stickrahmen gebeugt, das glattgespannte Hemd zwischen den Knien, spießten sie die Plagegeister mit Nadeln auf, knackten die Einzelgänger. Oder ihr gereizter Mutwille streifte ganze Kolonien in die Schmortöpfe der Talglichter. Vom Summton des Wasserkessels übertönt das Knistern der Flammenzungen, das Platzen der Chitinpanzer. Aber die Brut wuchs schneller als ihre erfinderische Ausmerzung.

Kuskat spürte mit wachsendem Unbehagen, wie sein Hemd zu einer zweiten Haut wurde. Zwischen den Wachen lag er unruhig auf seiner Pritsche und führte gespenstische Vorhutgefechte im Nesselgewebe. Es war ihm auf einmal, als schlösse sich ein dichtes Geflecht winziger Krustentiere um ihn. In seinen Freiwachen spürte er das unaufhaltsame Sinken. Mächtige Ablagerungen von Flügeldecken durchstieß er, schlug sich durch Dickichte von Insektenbeinen, von ineinander verfilzten Saugrüsseln und Tastfühlern. Er war in die reglosen Schwärme von Blutsaugern eingetaucht, in das Maschenwerk dünnbeiniger Strickerinnen verhakt. Wenn er an nächtlichen Exekutionen teilnahm, wich vorübergehend seine Beklommenheit. Er sah die wasserhelle Substanz der Talglichter mit ihren Dochtschwimmern. Er hörte das anzügliche Geflachse der gutmütigen Henker, das trockene Knacken unter den Daumennägeln. Als er aber eine Lupe zur Hand nahm, und unter dem Glas ein Untier hervorkroch, das nun fortan durch sein Bewußtsein tappte, als er von Richtstätten und Blutflüssen träumte, dem Nadelspalier der Aufgespießten – war es mit dem gemächlichen Sitzen am Feuer vorbei.

Würde er sich je wieder von diesem Alpdruck freimachen können? Auf seiner Pritsche kauernd, auf der Suche nach Schlaf und Vergessen, öffnete sich vor ihm das Panorama seiner Hirngespinste. Er sah das von Läusen okkupierte Hemd mit den unwegsamen Tundren verfilzter Maschen. Die Talglichter in ihren Bottichen: Garküchen des Todes. Die wandernden Heerzüge zwischen den Feuerzonen, die Randläufer abgedrängt, unter die Hitzeglocke geratend. Die Wespenhand darüber, die Fünffinger-Hornisse, niederstürzend in sinnlosen Anflügen. Don Quichotte auf dem Flügelroß, die Schabracke Rosinantes von Blut gesprenkelt, ermattet von zahllosen Paraden: Hieb und Stich, im Alleingang gegen eine tausendfüßige Phalanx – in Fechtgängen nicht zu schlagen. Die Köche waren die besseren Henker.

In einem genial anmutenden Einfall riß sich Kuskat das Hemd vom Leib, rollte es zusammen, öffnete seine Gasmaskenbüchse, stülpte sie um und stieß das Läusebündel in die geräumte Trommel. Liebschner blieb verwundert stehen. »He«, rief er mit seiner Schnepfenstimme, »kannst du mir vielleicht verraten, was das werden soll, wenn es fertig ist?« Kuskat, ihn frostig-spröd zurückweisend, machte sich am Ofen zu schaffen. Er verschloß die Trommel, knüpfte den Tragegurt von den Ösen und schob den Behälter mit dem Hemd in die abgeräumte, noch immer lohheiße Feuerkuhle. – »Wenn du dichthalten kannst«, sagte er – in seiner Stimme regte sich wieder die gewohnt warme Gutmütigkeit – »Ich bin gerade dabei, eine gegen Hitze resistente Läuserasse zu züchten!« Dieser Entschluß wirkte ungemein befreiend. Es war ihm, als schnellte aus dem Gestrüpp eine sich häutende Schlange, eine glänzende Neugeburt, verwandelt im Blitz einer Erleuchtung. Die Brut würde ausgelöscht, das Hemd gereinigt: eine neue Haut schlösse sich um ihn. – Am anderen Morgen, als Kuskat in aller Frühe, bevor noch die Russen Feuer machten, die Trommel aus dem Ofen zog und einen Blick ins Innere der Retorte warf, wurde er blaß vor Schrecken. Die Trommel war so schwarz wie leer. Auf ihrem Grund lag nichts als ein Häufchen schmutzig-grauer Asche...

Tags darauf wurde die Pionier-Kompanie verlegt. Kuskat, ängstlich darauf bedacht, die Spuren seines Mißgeschicks zu verbergen, befand sich unter einem Trupp Nachzügler, welche die Schlitten mit Fußkranken beluden. Er sah nun selbst, wie wenig es zählte, die lästige Brut beseitigt zu haben und spürte schon jetzt die Vorboten aller nur erdenklichen Komplikationen. Später, als sie ihr neues Quartier bezogen, wich vorübergehend das peinliche Unbehagen einem Zustand neugieriger Verwunderung. Der Erdbunker, in den sie eingewiesen wurden, lag am Rand einer Lichtung. In seiner Anlage, seiner Abmessung und angeblich beschußsicheren Abdeckung glich er dem Dutzend anderer, die durch Flächen locker stehender Birken getarnt, abseits der Rollbahn nach Sheltushino lagen. Einziges Kuriosum: die etwas verunstaltete Eleganz eines langen Blechkamins, gebastelt aus leeren Konservendosen. Übertrieben dankbar nahm Kuskat von diesem Unterschlupf Besitz. Ihm mißfiel es keineswegs, in dämmrige Begrenztheit und Bunkermief hinabzusteigen. Über zehn ausgetretenen Lehmstufen betrat er den stickigen Schlafpferch und versteckte die blatternnarbige Trommel in einer unübersichtlichen Ecke. Er beschloß, vorerst den Verlust seines Hemdes geheimzuhalten, sich mit dem einzigen zu behelfen, das er am Leib trug, und den Tatbestand der fehlgeschlagenen Selbsthilfe erst dann zu melden, wenn es sinnlos würde, ihn länger zu verschweigen. Liebschner, zum Küchendienst abkommandiert, brauchte er vorderhand nicht zu fürchten. Inzwischen aber mochte Unvorhersehbares passieren: ihr Bunker konnte Feuer fangen, ihr Gepäck dabei verbrennen. Durch einen jener unvorhersehbaren Wechselfälle des Glücks mochte er in den Besitz eines neuen Hemdes gelangen. Es gab unerwartete Möglichkeiten, auch abseits des Legalen – zum Beispiel die des Plünderns von leerstehenden Russenkaten.

Dem Vorkommando zugeteilt, das den Flecken Guljajewo zu sondieren hatte, stieß Kuskat bei seinem Erkundungsgang auf eine zerschossene, gebrandschatzte Schule. Über die Schwelle stolpernd, stand er tagblind in einem Verhau von Trümmern und zurückgelassenem Hausrat. Als er den Deckel einer Kiste aufschlug, die im Hausflur stand, gewahrte er zwei Hinterglasbilder, akkurat auf weißes Linnen gebettet. Das eine zeigte den Apostel Andreas, rücklings auf ein liegendes Kreuz geworfen, das andere eine Teufelsbeschwörung in naiver Strichmanier. Das Linnen abhebend, fiel sein Blick auf ein totes Kind. Es lag zusammengekrümmt in der Haltung gewaltsamen Schlafes; der Körper schien unversehrt, die Schläfen schimmerten bläulich wie zersprungenes Milchglas. Kuskat verließ den Hausflur rückwärts wie ein bei einem Sakrileg ertappter Sünder...

Unweit des Trampelpfades, der zur fischreichen UGRA hinabführte, stand eine verwahrloste Bauernkate. Sie stand in so augenscheinlicher Blöße auf einer freien Pläne, daß sie nicht nur die Aufmerksamkeit umherstreunender Soldaten auf sich zog. Wie der Rücken eines Kampfstiers die Lanzen der Picadores, zog sie die Geschosse weitreichender Haubitzen an. Fortner wollte von Meldern des Bataillons erfahren haben, daß es im Vorraum eingelegte Gurken gäbe und im Keller Tontöpfe mit gestandener Milch.

Ein zweiter Schneidergang also an einem stürmischen Apriltag. Als Kuskat in den zugigen Vorraum eindrang, fand er dort zwar das besagte Faß, nicht aber, was ihm unter Umständen ein Tauschobjekt an die Hand gegeben hätte. Unsicher tappte er im Dunkeln umher, stieß mit dem Knie empfindlich gegen eine scharfe Profilkante. Weil er keine Taschenlampe bei sich hatte, drückte er gewaltsam den Laden auf. Licht platzte herein. Mit vor Erregung blinden Augen stand er vor einer Wäschetruhe. Den massiven Deckel aufklappend und mit seinen Händen hineingreifend, begierig, in Wäsche und Weißzeug zu wühlen, fand er die Truhe leer. In einer Ecke spiralte schwarz ein vergessener Wacholderzweig. Staub lag auf den verdorrten Nadeln, die wenigen Beeren, eine nutzlose Frucht, erschienen riesengroß im Blickfeld des Getäuschten. Lange stand er regungslos. Das Licht stäubte in blendenden Kaskaden in den Raum herein. Seine Hände hingen schlaff an ihm, wie nicht länger brauchbar. Als er sich von der Truhe weg ins Freie wandte, rotierte im Rahmen der offenen Türe die Kugelgestalt des feurigen Elias...

Dabei war es ihm, als bewege er sich in einem Wirbel hüpfender Kreise. Der Wind nahm ihm fast den Atem. Ohne sein Wissen gelangte er in offenes Gelände wie auf einen Präsentierteller. Es kam ihm vor, als begänne nun ein regelrechtes Scheibenschießen auf ihn. Doch bald erkannte er, daß nicht er, sondern das Haus mit der Truhe unter Beschuß lag. Der Gegner mußte entdeckt haben, wie Kuskat – unter Mißachtung simpelster Vorsichtsregeln – den Laden aufgestoßen hatte. Nun wütete er mit Blitz und Geschoßknall über tausend Klafter hinweg...

Seit Wochen nun schon steckte Kuskat in ein und demselben Hemd. Längst hatte es sich wie das erste in eine brennende zweite Haut verwandelt. Manchmal kam es ihm vor, als wuchere darunter die üppige Fauna winziger, flügelloser Schmarotzer. Er konnte kaum noch hoffen, dem Spuk ein Ende setzen zu können. Mit der Apathie des Glücklosen ergab er sich in seine vorläufig hoffnungslose Lage.

An einem Nachmittag mit böigen Fallwinden und launischen Versteckspielen der Sonne, erschien der neugebackene Gefreite auf dem Holzplatz. Lässig hob er die Grußhand und ließ sich auf einem der halbhohen Stapel gefällter Birken nieder. »Na, ihr lebt ja hier wie in einer Sommerfrische.« Genießerisch sog er die würzige Luft ein. »Und so was nennt sich neuerdings Pioniereinsatz!« – Mit der Stiefelspitze stöberte er in einem der vorjährigen Ameisenhügel, legte verschüttete Gänge und Brutplätze frei. Plötzlich schwang er sich mit einem eleganten Hechtsprung über den Stapel hinweg, zeigte – während er in turnerischer Pose dastand – den silbernen Winkel am Oberarm. Kuskat, mit dem Rücken zu ihm stehend und im Takt hämmernd, gab nicht zu erkennen, ob er die selbstsicheren Bewegungsabläufe dieses Auftritts überwachte oder ignorierte. Zwar spürte er gleich –: das Interesse des unerwünschten Besuchers galt niemand anderem als ihm.

Doch die kitzelnde Neugier hielt vorerst noch seinen instinktiven Widerwillen gegen den hoffärtigen Gefreiten in Schach. Aber schon verriet die Unterbrechung des Taktschlags seine Beklommenheit.

Der Gefreite, den man außerhalb des Kompaniebiwaks kaum je zu Gesicht bekam, bückte sich nach einem der schiefwinkligen Gestelle. Er sei gekommen, ihm einen Vorschlag zu unterbreiten. Seinen Einwand, daß andere Flanderzäune und Spanische Reiter machten, während er mit Vorschlägen komme, kenne er im voraus. Doch sei es wohl besser, es mache jemand brauchbare Vorschläge, als hingepfuschte Spanische Reiter. Eines der Andreaskreuze hochhaltend, näherte er sich dem Arbeitsplatz Kuskats. Er habe weiß Gott nichts gegen seinen handwerklichen Eifer einzuwenden. Aber auch ihm könne nicht ganz entgangen sein, daß große Ereignisse ihre Schatten vorauswürfen. Zwar wolle er sein naives Gemüt nicht mit operativer Planung belasten. Aber er könne nicht umhin, ihm gewisse Schlußfolgerungen nahezulegen, als erstes Pensum sozusagen – –.

Kuskat sah den Ohrenbläser auf sich zukommen. Er fühlte wachsendes Unbehagen bei dem Gedanken, Adressat strategischer Schaumschlägerei zu sein. Nicht seine Bestechlichkeit fürchtete er, wohl aber seine Anfälligkeit für Illusionen. Also keinerlei taktische Bücklinge vor dem sich anbiedernden Gefreiten! Solange das Geräusch einer Säge ihn wohltuend ablenkte, solange er halbwegs Takt hielt mit dem Echo der Spechthiebe vom nahen Windbruch, konnte ihn nichts aus der Ruhe bringen. Diesen Schutzwall, den er mit primitiv gezimmerten Kreuzen abschirmte, durfte er nicht verlassen. In dem mit Nachsicht und Spott gepaarten Lächeln des Gefreiten saß die geheime Niedertracht eines Verführers. Als er geringschätzig die Augenbrauen hob, überspielte er nur mühsam sein leicht störbares Selbstwertgefühl. Instinktiv aber fühlte er das Zuschnappen einer Falle.

Er leugne nicht, hörte Kuskat, daß nur die Kenntnis gewisser peinlicher Vorfälle ihn in den Stand versetze, sich ihm gefällig zu erweisen. Ein Gerücht, das ihm zugetragen worden sei, habe sein Mitgefühl geweckt. »–– Mitgefühl geweckt«, hörte Kuskat und bremste augenblicklich den Sturz gesägter Birkenhölzer. Aber das kam fast schon einem Akt der Übergabe gleich. – Er belud sich mit den armdicken Knüppeln, legte sie kreuzweise übereinander, trieb mit gezielten Schlägen Eisenstifte ins saftstrotzende Weichholz. »Zeuge seines Mißgeschicks«, vernahm er im Zischlaut der Säge, »–– nicht wünschen könne, daß ihm ein Fallstrick gedreht würde, –– einfach nicht das Herz habe, untätig zuzusehen, wie eine rigorose Militärjustiz ihm das Kreuz bräche.«

Rommel stehe im übrigen in der Cyrenaika, von Manstein habe die Krim erobert. Der Krieg sei im Grunde schon entschieden. Worauf es jetzt ankomme, ihn mit Soldaten zu beenden, die vorschriftsmäßig eingekleidet seien! – »Nachtigall, ich hör' dich flöten!« sagte Kuskat scherzhaft, während es ihm vor kaltem Schauder die Stimme verschlug. – »Was mich betrifft, so bin ich für Flandernzäune und Spanische Reiter!« – »Und für ein zweites Hemd!« warf der Gefreite listig ein. Er umkreiste den betroffen innehaltenden Kuskat und verschränkte grinsend die Arme. – Er sei schließlich beschäftigt und nicht zu Flachsereien aufgelegt! Jeden Moment erwarte er den Trägertrupp. Durch ein Übersoll handwerklicher Maßarbeit suche er Eindruck zu schinden. Immerhin, eines sei unbestritten: das härene Büßerhemd kleide ihn vorzüglich. Nur käme er mit ihm schwerlich durch den angesagten Frühjahrsappell. Sein Argwohn sei übrigens aus der Luft gegriffen. Er verdanke sein Wissen keinem Vertrauensbruch, sondern ziehe lediglich Schlüsse aus seinem Verhalten. Zudem habe er seit langem eine ausgesprochene Schwäche für ihn. Freilich stoße er auf herzlich wenig Gegenliebe, aber das werde sich bald schon ändern. Kuskat, vorerst kaum begreifend, wie nachhaltig sich seine Lage verändert hatte, entgegnete mit gespielter Lustigkeit: Bis jetzt habe er ihn für einen Gefreiten gehalten. Nun stelle sich heraus, daß er ein Hausierer sei! »Wieviel verlangst du denn für ein gewöhnliches Militärhemd?« – »Ach, nichts, was du denkst!« wehrte sich der Gefreite, blies ein unsichtbares Staubkorn von der Schulterklappe. – »Ich möchte nur, daß du dich mir gegenüber bei Gelegenheit erkenntlich zeigst!« Und fort war er, im Dickicht verschwunden, das sich hinter seinem Rücken schloß.

In diesem Augenblick trat der Trägertrupp geräuschvoll auf den Platz. Kuskat wollte dem Gefreiten nachstürzen. Aber schon sah er sich von seinen Leuten umringt. »He, Kuskat«, schnarrte Liebschner, »wo sollen wir mit dem Plunder hin? Willst du den Stacheldraht zuerst oder die Knüppel? Kannst du jetzt schon Krampen und Nägel brauchen?« – »Zum Teufel, nein!« sagte Kuskat ungehalten. »Ihr seht doch, daß ich beschäftigt bin.« Er fischte eine Handvoll Nägel aus der Tasche, ergriff ein Andreaskreuz und hielt es in die Höhe. Von der nahen Feldschmiede herüber tönte wieherndes Gelächter...

Abends während der Befehlsausgabe bemerkte er mit Schrecken, daß sich seine Vermutungen zur Gewißheit verdichtet hatten. Für den kommenden Tag war vom Kompaniechef ein Großreinemachen angesetzt. Der genaue Zeitpunkt war freilich nicht bekannt, entsprach es doch einer hassenswerten Gewohnheit, solche absurden Maskeraden willkürlich abzuhalten. Kuskat blieb folglich nichts anderes übrig, als sich unverzüglich eine glaubwürdige Ausrede zuzulegen oder auf die Offerte des Gefreiten einzugehen. Aber kannte er sie denn? Gesetzt den Fall, er erklärte sich bereit und gewänne ein neues Hemd. Dann wäre er endlich befreit von diesem Gewissensdruck, und die Verstrickung löste sich. Gesetzt den Fall: aber worauf ließe er sich da ein? Wenn er die Fessel nur sprengte, um eine ungleich straffer sitzende einzuhandeln? Wenn er in seinem Stolz getroffen würde und unversehens in ein Verhältnis schuldbewußter Abhängigkeit geriete? Der Gefreite war wohl kaum der Mann, der aus einer Laune heraus den Wohltätigen spielte. Sein Angebot konnte nur ein schlau ersonnener Schachzug sein, eingebettet in ein undurchsichtiges Wechselspiel von Scharfsinn und Infamie.

Beim Verpflegungsempfang kursierten wilde Gerüchte. Major Hunger käme höchstpersönlich zu einer Besichtigung und Ordensverleihung. Dem Zeremoniell voraus gingen gründliche Waffen- und Kleiderappelle. Nachlässigkeit und Schlamperei würden mit verschärftem Arrest bestraft. Mutwillige Sachbeschädigung zöge ein Strafverfahren nach sich. Kuskat schwante bereits, mit welch unnachsichtiger Strenge der Verlust seines militärischen Ausrüstungsstücks geahndet würde. Mit allen erdenklichen Vollmachten ausgestattet, zu einer Stunde, viel zu hell für Hemden, Hosennähte und Gewehrläufe, träten die Herren Unterführer vor die Kompanie, um die wehrlosen Opfer bloßzustellen.

Der Gefreite stand, als Kuskat ins Freie trat, bereits vor dem Bunker. In seiner Rechten hielt er ein zusammengerolltes, weißgraues Bündel. Kuskat streckte die Hand aus, fühlte ergriffen die Weichheit des Gewebes. Er fand, er habe nie zuvor etwas ähnlich Weiches und Reines betastet und dachte: Ich fiebere diesem Hemdenwechsel entgegen, als tauschte ich nicht ein beliebiges Stück Stoff ein, sondern die Haut eines neuen Menschen! – Zu dem Gefreiten aber sagte er nur: »Ich glaube, das paßt mir wie angegossen.« – »Der Kragen ist wohl etwas eng«, meinte der Gefreite, »und die Ärmel dürften eher zu kurz sein.« Doch Kuskat, nun wild entschlossen, das Hemd zu nehmen, sagte: es sei angenehmer, die Gelenke freizuhaben, denn er schwitze leicht. Schon als Junge habe er lange Ärmel und Manschetten gehaßt. – Der Gefreite rollte das Hemd amüsiert zusammen und warf es Kuskat zu. Wieder fühlte er die unvergleichliche Frische und Reinheit. Vor Besitzgier bekam er ganz trockene Lippen. Doch dann besann er sich und warf das Hemd energisch zurück: »Erst den Preis, mein Lieber, erst den genauen Preis!« – »Bin ich ein lumpiger Händler, der um Pfennige feilscht?« fragte der Gefreite, Gekränktsein heuchelnd, und machte sich grußlos mit dem Hemd davon.

Tags darauf gab es wider Erwarten Außendienst. Der Appell war noch einmal zurückgestellt. Der Kommandeur sei unpäßlich, hieß es. Die geplante Verleihung des »Gefrierfleisch-Ordens« würde auf einen späteren Zeitpunkt verlegt. Ein Großteil der Pionierkompanie war auf dem Holzplatz handwerklich eingesetzt. Axthiebe hallten. Das Gekreisch der Sägen fraß sich durch das Gelächter der ewigen Spaßmacher. Mächtige Stapel frisch gefällter Birken lagen unter dem sprossenden Laubdach. Als der Gefreite auftrat, wurde anzüglich gehüstelt. Er trug ein nagelneues Hemd (Kuskat, der verdrossen hämmerte, konnte es nicht übersehen). Mit aufreizender Gemächlichkeit lief er über den mit Spänen und Sägemehl bedeckten Platz. Liebschner, in den letzten Wochen arg vom Fleisch gefallen, erregte sich über diese provozierende Art zu gehen. Seine Kritik löste eine Schmähflut lang unterdrückter Zoten aus, und vor dem Geschniegelten öffnete sich eine Gasse höhnischer Aufsässigkeit. Mit einem einzigen schnellen Schlag streckte er den schlaksigen Herausforderer zu Boden. Liebschner sah sich rücklings auf eines der schiefwinkligen Gestelle geworfen. Nur schwerfällig kam er wieder auf die Beine, las sein Schiffchen aus den Sägespänen, rückte sein Koppel zurecht und verließ wortlos den Holzplatz. Am Abend fand ihn Kuskat zu seiner Verwunderung »quietschfidel«.

Unfaßbar! Und er glaubte immer noch an eine faire Übereinkunft, als handle es sich um die Forderung eines Händlers, nicht eines Erpressers. Er meinte noch immer, mit kühl berechnender Zurückhaltung und Beherrschtheit könne er dem Dilemma entkommen und ein Hemd gewinnen, ohne sein Geheimnis und seine Ehre zu verlieren! Es war naiv von ihm zu glauben, im Aufschub, im Verzögern würde sich die Gefahr einer Überrumplung verringern, der Makel seiner Verfehlung bliebe unaufgedeckt, und seine Abhängigkeit hielte sich in Grenzen. Wenn er genauer in sich hineinhörte, wußte er, daß er längst in der Falle saß. Er hatte gar nicht mehr die Wahl, das Anerbieten charaktervoll auszuschlagen!

Nach dem Morgenappell, den ein Störfeuer des Gegners wirkungsvoll verkürzte, benahm sich der Gefreite, als wäre zwischen ihnen nicht das mindeste vorgefallen. Kuskat, der unruhig geschlafen hatte, sah sich ängstlich um, ob sie beobachtet würden. Doch die Gruppe war bereits im Bunker verschwunden. So konnte er sein Angebot ohne lästige Mitwisser unterbreiten –: In den nächsten Tagen seien ihm bei den Panzerjägern eine Anzahl Spanndrahtminen zugesichert. Für jede aufgenommene und entschärfte Mine bekomme er einen Riegel Schokolade. Ihm persönlich wären ein paar Freistunden lieber, aber so laute nun einmal die Abmachung des Chefs. Er gäbe ihm also die ganze Schokolade. Ob das nicht ein vernünftiger Vorschlag sei? – Vernünftig für einen, der solche Leckereien liebe! meinte der Gefreite. »Besser ist, du gibst mir gleich die Minen. Für Süßigkeiten geb' ich das Hemd nicht her.« Er nahm das Hemd, das er hinter dem Rücken versteckt gehalten hatte und warf es Kuskat blitzschnell zu. »Fang, und über das Nähere reden wir, sobald die besagte Aktion gestartet wird!« – »Welche Aktion denn?« rief Kuskat verständnislos, während er wieder mit Ergriffenheit das reinliche Gewebe fühlte. – Der Kerl wird mich doch nicht am Ende zum Narren halten, mich zum Gespött der Gruppe machen? –

Nach dem Antreten stürzten die Gruppen panikartig in die Unterstände zurück, denn überschwere Granatwerfer bepflasterten die Birkenlichtung. Ein wildes, verzweifeltes Bürsten setzte ein, obschon unter den dichtliegenden Einschlägen Lehmstaub von der Decke rieselte und die dreifache Lage aus Rundhölzern bedrohlich ächzte. Kaum hörte der Beschuß auf, als auch schon die ersten Pioniere den Abhang hinunterliefen, um am eisfreien Bachlauf ihre Hemden zu schrubben. Auch Kuskat befand sich unter ihnen. Verschämt unter einem unerwarteten Glücksgefühl trug er sein neues Hemd mit den zu kurzen Ärmeln. Das alte, ein häßlicher Läusefladen, trieb mit Schmutzfahnen im glasklaren Wasser. Er schwenkte es kräftig hin und her, rieb es mit Kernseife halbwegs sauber und hängte es zum Trocknen auf die Leine.

Als der Kleiderappell ohne jeden Anpfiff überstanden war, kehrte Kuskat erleichtert in seine Unterkunft zurück. An den Gefreiten dachte er mit der Gemütsruhe eines Schuldners, der vorerst einmal Luft hat zum Atmen. Mochte er also kommen und seinen Preis fordern!

Die Tage, die dem Großreinemachen folgten, standen noch ganz im Zeichen pedantischer Reinlichkeit. In der warmen Frühjahrsluft flatterten Wäschestücke. Das Blattmuster der Tarnbezüge wurde vom kräftig sprießenden Birkengrün abgelöst. An den gelüfteten Waffenröcken leuchteten die fabrikneuen Ordensbänder. Wie struppiges Herdenvieh in der Schwemme, standen die wenigen, über den Winter gekommenen, Troßfahrzeuge in der gestauten Bachfurt. Aus allen Ritzen und Löchern krochen die Kommandierten hervor. Ein spürbarer Hang zum häuslich Biederen machte sich bemerkbar, verbunden mit einer blasierten Geringschätzung des Todes. Wenn morgens die Kompanie vollzählig antrat, ergänzt durch herausgefütterte Drückeberger und plötzlich dienstfähige Invaliden, bot sich dem kritischen Betrachter ein kurioses Bild –: Zwischen tadellos ausgerichteten Formationen, deren gepflegtes Feldgrau aufgehellt war vom rosigen Widerschein rasierter Gesichter und Glatzen, zeigten sich die tristen Kader der Einsatztrupps. Allzu sichtbar vom Krieg gezeichnet, hatte es den Anschein, als zählten sie überhaupt nicht zu diesem wohlgeordneten Verband. Die blassen, übernächtigten Männer, die vom Sperrenbau und verlustreichen Stoßtruppunternehmen zurückkamen, standen in ihren verdreckten Knobelbechern und etwas linkisch in ihren von Dreiangeln übersäten, ausgefransten Mänteln. Mit ihren Viertagesbärten machten sie nicht gerade den Eindruck von Helden.

Nicht daß man darauf verzichtet hätte, Krieg zu führen. Aber man führte ihn gewissermaßen aus zweiter Hand, sah mehr das Sportliche an ihm, fuhr im Zweispänner an die Front. Da man die Feuerintervalle des Gegners kannte, wählte man die ruhigen Stunden. Vor der Abfahrt im Regimentsstab gab es dann immer Anrufe wie bei einer Party: »Hallo, Hasemann, haben Sie Lust, mich nach Babinki zu begleiten? Einverstanden? Den Tee also bei mir in Charbitschewo und den Skat bei Haustein! – Aber natürlich, wir werden prächtiges Jagdwetter haben. Tolle Sichtverhältnisse, sag' ich Ihnen. Der Gegner so gut wie an die Wand gespielt. Da schießen Sie wie auf einem Anstand, mein Lieber. Liegend aufgelegt, stehend freihandig – in allen Disziplinen. – Sache des persönlichen Geschmacks und der Nerven. – Also abgemacht! Ich erwarte Sie gegen fünfzehn Uhr.«

Ja, und nun standen die Herren also im vordersten Graben und kamen sich wichtig vor. Alberne Faxen, ein Tuscheln und Wispern:

»Na, Piefke, lassen Sie mich doch auch mal ran, mein Kleiner! – Donnerwetter, die hausen ja in erbärmlichen Löchern. Ich sagte es Ihnen ja schon früher: die machen das nicht mehr lange. Alles marod, letzte Zuckungen.« Ein Preisschießen war im Gang. – Fahrer Lempke hörte die Herren ihre Treffer notieren: »Alle Achtung, Oberst, ein klarer Blattschuß!«

Auch Lempke war unlängst aus seinem Bunker gekrochen, hatte das erste warme Sonnenbad mit einem exakt gezogenen Mittelscheitel absolviert. Lempke war nicht das erstemal an der Front, wohl aber das erstemal in vorderster Linie. Er war nie besonders neugierig gewesen. Seine Meldegänge hatten ihn immer bestimmte, vorgezeichnete Wege geführt. Er war von Gefechtsstand zu Gefechtsstand gewechselt. Die letzten paar hundert Meter, auf die es im Krieg ankam, hatte er sich, vom Glück begünstigt, geschenkt. Nun aber lehnte er in einer vorgeschobenen Sappe und blinzelte schläfrig in die Sonne. Vor ihm war der Kampfstand zu einer Art Ausguck erweitert. Etwas Blattgrün lag davor. Er sah nicht eben viel, als er seinen Kopf in die schießschartenähnliche Luke zwängte. – Werden mich schon nicht gleich entdecken, dachte er und schob das Tarnlaub beiseite. – Viel kann nicht los sein mit ihnen, sonst ließen sie nicht zu, daß sich die Herren über sie lustig machen! – Er hörte noch, wie ihn jemand anrief. Er kannte die Dringlichkeit dieser Stimme und brauchte sich nicht umzudrehen, um sich zu vergewissern, wer da spielverderberisch zum Aufbruch drängte. Noch während er überlegte, ob er antworten oder lieber wortlos aus der Sappe treten sollte, bekam er einen Schlag vor die Stirne. Er fiel fast sanft. Lautlos kippte er gegen die Grabenwand, glitt schräg an ihr nieder – eine sparsame Pantomime, keine Bewegung zuviel! Nicht einmal ein Ausruf der Verwunderung blieb ihm. Gebrochenen Blicks fiel er auf die Grabensohle. – Die Herren notierten eifrig weiter –.

An einem beliebigen Aprilmorgen kam der Gefreite in die Unterkunft gestürmt. »Hallo!« sagte er und hob gönnerhaft die Grußhand. – »Erschrick nicht, ich bin's. Wir sind zusammen zum Chef bestellt!« Kuskat, nachdenklich in einem Brief blätternd, erhob sich gefaßt, sagte nichts weiter als: »Zahltag!«, und folgte dem Gefreiten mit gemischten Gefühlen in den Bunker des Hauptmanns. Dieser, ein Mann von federnder Eleganz, noch jung an Jahren, saß in einem Sessel aus Birkenholz und rauchte. Kuskat, erklärter Verächter des Nikotins, kannte so manche Raucher-Physiognomie, aber diese Art Besessenheit war ihm neu. Dieses systematische Produzieren von Qualm zum Zweck der Sichtbehinderung war wirklich eindrucksvoll. Als Kuskat sich gemeldet und mit dem Gefreiten Platz genommen hatte, begann der aus Schwaden aromatischen Rauchs nur gelegentlich hervortauchende Offizier ein unverbindliches Geplauder.

Kuskat mit seinem Argwohn, die Hemdaffäre wäre ruchbar geworden, rutschte unruhig auf seinem Hosenboden hin und her. Vielleicht war er in diesen Gefechtsstand beordert worden, um ein

Geständnis abzulegen – vor einem Zeugen, der ein Erpresser war. Erleichtert nahm er zur Kenntnis, daß der Plauderton echt war, daß den exakt geblasenen Rauchringen das vordringliche Interesse galt. Der Hauptmann rührte mit keinem Wort an dieser heiklen Angelegenheit. Vielmehr ließ er durchblicken, daß er sich ihm gegenüber erkenntlich zeigen wolle. Aber nicht das allein sei der Grund für dieses Privatissimum. Die besagte Aktion zu starten sei zunächst einmal wichtigstes Anliegen. Sein wohlerwogener Vorschlag: daß er – Kuskat – »das Unternehmen infanteristisch absichere«, während sein Begleiter – er machte eine Geste in Richtung des Gefreiten – die »eigentliche Drecksarbeit« zu verrichten habe. Er halte diese Arbeitsteilung für angezeigt, schon um dem Gefreiten, der ein »hohes soldatisches Prinzip« verkörpere, die Chance zu geben, sich zu bewähren. Kuskat, der nur mehr mit halbem Ohr gelauscht hatte, sah befremdet die beiden Figuren, ihre von Rangordnungen bestimmten Posen: Günstling und Gönner in einem abgekarteten Spiel, er als Dritter in dieser Konstellation aus Allmacht, Ehrgeiz und schuldhafter Ergebenheit. Mit einem Unterton versteckter Drohung wiesen sie ihm seine Rolle zu. Aber die Linien des Spiels verwirrten sich wieder: gesprächiges Abschweifen, alles verlor seine Eindeutigkeit. War nicht der Hauptmann arglos und er selbst in klarer Übereinkunft mit dem Gefreiten? Leerlauf der Phrasen und Gesten, zerfließende Rauchringe, verlegenes Husten unter der Einwirkung von Tabakrauch. Unter der Bunkertür stehend, sah er, was dies alles zur Farce machte: die Spanndrähte in Knöchelhöhe, die meisterhafte Tarnung im Dickicht. Das Entschärfen unter Feindbeschuß enthöbe ihn aller weiteren Illusionen. Im unzimperlichen Überspielen aller Wehleidigkeiten läge der von ihm zu entrichtende Preis.

Und Kuskat zahlte – er zahlte eine geschlagene Stunde lang. Er entrichtete den Preis sechzig qualvoller Minuten im Atemhauch des Todes. Achtzehn Schützenminen grub er aus und sicherte sie – siebzehn gingen auf Rechnung des Gefreiten, die letzte aber erhielt er von ihm zum Geschenk. – »Damit du im richtigen Licht erscheinst«, sagte er, von seiner eigenen Großmut gerührt. »Ich möchte nicht, daß sie dich bei der Kompanie verkennen!«

Kuskat, über dessen Gesicht ein merkwürdiges Lächeln huschte, wischte sich gelassen den Schweiß aus der Stirne. Mochte der Gefreite getrost seine Späße treiben. Was immer er auch über ihr »gemeinsames Unternehmen« sagen, in welcher Spielart der Eitelkeit er sich versuchen würde, er erreichte ihn nicht mehr. Er war endgültig von ihm geschieden, durch die Kluft einer einzigen verscherzten Stunde. Er war ausgeschlossen, obwohl er ihm einmal – als sein Schuldner – nahegewesen war durch einen ungleichen Handel. – Als Kuskat mit der Last der entschärften Minen in das Waldlager zurückfuhr, überdachte er noch einmal diesen folgenreichen Morgen –: Um sieben bereits hatte ihn der Gefreite, der seltsam aufgekratzt wirkte, aus dem Unterstand gescheucht. Sie waren im Panjewagen in den Nachbarabschnitt gefahren, hatten sich bei einem Leutnant der Panzerjäger gemeldet und das betreffende Stück Niederwald – eine einzige Wildnis, wie es Kuskat vorkam – in Augenschein genommen. Schließlich hatte er sich – unauffällig das Kreuz schlagend – an die gefährliche Arbeit gemacht. Jetzt, in der tröstlichen Gewißheit, alles hinter sich gebracht zu haben, sah und empfand er es noch einmal, in unwirklicher Gefühlsleere, chronologisch abspulend –: die tauige Kühle des Morgens, die holprige Fahrt im Panjewagen, der von seiner Würde geblähte Gefreite im Herrensitz, Wegspur zum nahen Fluß, lauernde Wachsamkeit zwischen den Fronten, die Polsterung schaumigen Bodennebels, der heillose Verhau von zersplittertem Knieholz, der erste spinnwebdünne Draht in Knöchelhöhe...

Entgegen aller hochheiligen Beteuerung hielt sich der Gefreite merklich zurück. Er spielte eine ziemlich bescheidene Rolle in diesem »Unternehmen Flatterkopf«, wie er es später allzu gerne nannte, und sein gelegentliches Hüsteln und Sich-Räuspern hinter vorgeschützter Wachsamkeit verriet nur wenig von dem, was einen »großen Spieler« auszeichnet. Immerhin genoß er bei ihrer Rückkehr zur Kompanie das Vergnügen, vom Hauptmann mit Handschlag empfangen zu werden. Auf der Liste der Anwärter fürs Eiserne Zweiter Klasse rückte er einen beträchtlichen Schritt nach oben.

Kuskat, seinen Trostpreis schamhaft hinterm Rücken verbergend, lächelte auf eine maliziöse Weise, die niemand begriff. Schon während des Handschlags hatte er begonnen, selbstvergessen an seiner Mine herumzufingern. Mechanisch löste er einen Teil der Schraubsicherung. Die gewohnte, hundertfach geübte Drehung verführte ihn dazu. Federnd glitt der Stift aus seiner Halterung. Weil ihm der Hauptmann »in Anerkennung Ihrer Haltung als infanteristischer Begleiter« einen freien Tag versprochen hatte, kehrte Kuskat nach dieser peinlichen Lobhudelei in seine Unterkunft zurück. »Solch wackere Assistenz« verdiene »ein dickes Lob«, hörte Kuskat noch, »der eigentliche Beifall jedoch« gelte dem Gefreiten, der ein »rühmenswertes Beispiel soldatischer Unerschrockenheit« gesetzt habe. Kuskat stieß die Bohlentür auf, deren selbstgebastelter Riegel wieder einmal klemmte, lief zur Pritsche und ließ sich entspannt auf den Strohsack nieder. Ein schwacher Zischlaut wurde vernehmbar. Merkwürdig genug, daß er erschrak. Hatte er nicht die Minen eigenhändig entschärft? Was also konnte schon passieren? Daß der Treibsatz die Springmine in die Höhe schießen ließ? Aber diesen Vorgang hatte er ja oft genug selbst herbeigeführt – mutwillig, wenn sie einmal ohne Aufsicht waren. Doch das war es gar nicht, was ihn mit einem Mal in Panik versetzte. Wie aber, wenn er versäumt hätte, die Sprengkapsel zu entfernen? – Fieberhaft drängte er zur Türe, warf sich, als der Riegel wie erwartet sperrte, mit der Schulter ungestüm dagegen. Aber sie gab nicht nach. Spielerisch, in schlafwandlerischer Fingerfertigkeit, in Gedanken gleichsam und ohne jede Absicht, hatte Kuskat die Mine zur Entzündung gebracht. Das Letzte, was er sah, war der hochspringende Topf vor den beiden Hinterglasbildern über seiner Pritsche. Eines von ihnen, das anziehendere, zeigte den Apostel Andreas, wie er gekreuzigt wird. Er vermochte es nicht mehr ganz zu erfassen. Ein Hagel von Geschossen schlug ihn rücklings gegen die Bohlenwand. – Tags darauf hatte die Kompanie ihren ersten Offiziersbewerber.

Ostwärts von Guljajewo

Wer von der gespentisch anmutenden Kolonne, falls einer darin aufsah, den unscheinbaren Soldaten an der Spitze wahrnahm, unter dessen wortkarger Führung sie nun schon seit Wochen im Zweitageswechsel marschierten, bepackt wie Maulesel und doch auf spürbare Weise leicht und unverdrossen, fiel nicht aus dem Gleichschritt, verlor nicht den Anschluß an seinen Vordermann. Ihr Anführer, ihr Leithammel ging nicht übermäßig schnell, aber mit müheloser Ausdauer. Sein wenig markantes Gesicht verriet die immer gleiche Bekümmernis und Reserviertheit, die seine Leute belustigte. Etwas ungemein Beruhigendes ging von ihm aus, eine unzimperliche Festigkeit und Verläßlichkeit. Nichts in seinem Benehmen deutete auf Spannungen oder innere Brüche hin.

Als einziger in der Kolonne schleppte er keine Minen. Aber nicht, weil er sich vor der Plackerei drückte. Weil man Wert auf seine Sehkraft legte, schonte man seine Tragkraft. Er besaß eine außergewöhnliche Sehschärfe und Nachttauglichkeit; sie erst machte die Trupps einsatzfähig. Ihm ging der Ruf voraus, den Abschnitt des Regiments wie kein zweiter zu kennen. Er verfügte über einen Orientierungssinn und eine Witterung für Hinterhalte, die frappierte. Er kannte die neuralgischen Punkte der Front. Mit ihm auf Sichtkontakt im Niemandsland ließ Angstgefühle gar nicht erst aufkommen. Man traute ihm die Nachtschlüpfigkeit einer Katze zu.

Was sie zunächst nicht recht glauben wollten: er war ohne jeden blickeheischenden Ehrgeiz. Seine Leistungen vor versammelter Mannschaft gerühmt zu wissen, hätte ihn in Verlegenheit versetzt. Für ihn waren Mineneinsätze Routinearbeit. Offenbar spürte er das Bedürfnis, dem Krieg in permanenten Fließbandschichten die »Heldenpose zu vermasseln«. Spektakuläres verabscheute er, aber beim ersten Trillerpfiff war er zur Stelle. Ihn kostete es wenig Überwindung, sich einem Ranggleichen unterzuordnen, solange seine fachliche Kompetenz gewahrt blieb. Er beurteilte den einzelnen nicht nach seinem militärischen Sachverstand. Eitelkeit war ihm fremd. Er wandte Fähigkeiten an und setzte Kenntnisse ein, Wissen, Instinkt –: wie man die Koordinaten eines Minenfelds mittels Kompaß festlegte, wie man sich russischen Vorposten näherte, ohne durch Eigengeräusche den Standort zu verraten, wie man anhand gewisser Markierungen sich den Rückweg durch Minengassen offenhielt.

Unterwegs ließ er die Mannschaft in verlassenen Unterständen für eine Zigarettenlänge pausieren. Geduldig wartete er, bis die letzten Lahmärsche ihre Teller- und Riegelminen aufnahmen und sich in Marsch gesetzt hatten. Das lief nicht immer ohne Widerspruch und Gereiztheiten ab. Einige Großsprecher, deren Ehrgeiz ihrer Tauglichkeit spielend den Rang ablief, hatten eigene Ansichten über Wert oder Unfug solcher Einsätze. Harmlose Meuterer, die ihren sporadischen Mißmut als Couragiertheit auslegten, die eine vorlaute Lippe riskierten, sobald ihnen die Vorgesetzten den Rücken kehrten.

Daß sie ihn mitunter aufzogen, ihn zum Kasper machten, stand auf einem anderen Blatt. Streng trennten sie Dienst und Freiwachen und machten in ihrer krampfhaften Lustigkeit jedes nur erdenkliche Zugeständnis, sofern sie nur auf ihre Kosten kamen. Im ungelüfteten Gruppenbunker, wenn sie zufällig einmal vom Innendienst verschont blieben und der Hafer sie stach, stellten sie ihre plumpen Fangfragen. Rasch war dabei der Grad des Zumutbaren überschritten. Er litt nicht unter ihrer Zudringlichkeit, aber es verdroß ihn doch, zur Zielscheibe solch unterkühlten Spottes zu werden. Ferkelei mit Tiefsinn, die immer gleiche Masche – und es war vorauszusehen, daß einmal der Zeitpunkt kommen würde, wo Ausflüchte nicht mehr verfingen, wo er entweder Farbe bekennen oder sich ihre Anmaßungen energisch verbitten mußte. – Man hatte herausgefunden, daß Kettensendungen der Feldpost nicht den Absender seiner Mutter trugen, sondern den eines Mädchens. Er hatte sich über seine Beziehungen zu ihr ausgeschwiegen, so daß es bald scherzhaft hieß, sie mache sich mit Dörrgemüse und Trokkenpflaumen über ihn wohl lustig. Das alte, nie auszuräumende Mißverständnis, daß unkameradschaftlich handle, wer die Meute um ihr Vergnügen bringe. Ein so auf Ellbogen, Hüfte und Knie beschränktes Wohnen und Hausen erfordere Offenheit, nicht Verschwiegenheit!

Daß es einfach nicht in ihren Kopf wollte, daß jemand sein Taschengeld zur Post trug, ohne triftigeren Grund als den eines kriegsbedingten Mitleids. Ein Brief an seine Mutter, worin von »barbarischem Kohldampf« die Rede war, machte aus seiner Jugendliebe einen wahren Engel der Wohltätigkeit. Sie belagerte ihn förmlich mit Liebesgaben aus der Heimat. Längst war in Hungervisionen zerstoben, was einmal platonische Verstrickung war. Der auf die Elementarbedürfnisse von Essen, Trinken, Schlafen reduzierte Soldat war kein Ansprechpartner in Sachen Eros. Die Geschlechterliebe war zum bloßen Phantom geschrumpft. Dabei hatte er selber einmal die blühendsten Illusionen!

...Im Unterricht hatte er fast täglich ihre geflochtenen Haare vor sich, in schweren, honigfarbenen Zöpfen, die an ihrem flaumlosen Nacken herabfielen. Wenn er sich vorbeugte, um die Feder ins Tintenfaß zu tauchen, war er der gestärkten Hemdbluse, den Schulterblättern, die sich darunter abzeichneten, und den knisternden Zopfenden aufregend nah. Nie gab sie durch Blicke oder Gesten zu verstehen, ob seine Versuche, sich ihr bemerkbar zu machen, bei ihr verfingen. Ihr durch nichts zu störender Lerneifer, ihre engelhafte Entrücktheit! Seine Bank grenzte an den gußeisernen Ofen, dessen Wartung ihm in den Wintermonaten häufig übertragen wurde. Wenn er, was auffallend oft geschah, die Ofenklappe anhob, fiel der Feuerschein nicht nur auf seine Hände und Knie, sondern auch auf die Hände und bloßen Knie des Mädchens. Sie aber tat nichts, sich seinem Wunderkerzen-Blick zu stellen...

In der Kompanie den Unabkömmlichen zu spielen, den Mustersoldaten, war eigentlich gar nicht seine Absicht. Ihm lag nichts daran, sich beim Kompaniechef lieb Kind zu machen, durch Pflichteifer, der an Anbiederung, oder durch Beflissenheit, die an Unterwürfigkeit grenzte. Niemand hatte ihn aufgefordert, freiwillig ein doppeltes Pensum zu leisten. Aber er haßte jene Pannen und Leerläufe, welche die nächtliche Minenbuddelei zu einer Schinderei ausarten ließen. Solange die Dunkelheit seine Leute zu blinden Hühnern machte, nahm er sie unter seine Fittiche und kanzelte sie erst dann (wohlwollend) herunter, wenn sich im wachsenden Tageslicht ihre handwerkliche Tollpatschigkeit als Schlitzohrigkeit entpuppte. Seinen Tadel und seine zupackende Direktheit schluckten sie mit jenem gespielten Unmut, der auch berechtigte Anpfiffe grinsend einsteckt.

...Wenn er das Klassenzimmer betrat, saß sie in der Regel bereits über ihren Schulheften oder schlug, wenn er eine Annäherung herbeiführen wollte, wie zufällig den Pultdeckel hoch. Sie benahm sich keineswegs ungezogen, übersah ihn nicht demonstrativer als andere Mitschüler (was freilich seiner verletzten Eitelkeit entging). Was nützte es ihm da, wenn er, an seinen Schnürsenkeln herumnestelnd, die rosige Haarmuschel ihrer Achselhöhle, die Halbmonde der Schweißränder an ihrer Bluse und die kräftig entwickelten Brüste vor Augen hatte? Sich ihr unbefangener, direkter und ohne poetische Krücken zu nähern, wäre wohl klüger gewesen. Was hätte ihr denn imponieren können? Das verschämte Gehüstel hinter ihrem Rücken, das Auf-der-Lauer-Liegen an den wenigen Sonntagnachmittagen, die ihm blieben, um das Maß seiner Blamage vollzumachen?...

Extratouren, Sonderschichten, Einsätze in Minen-Räumkommandos – davon machte er keinerlei Aufhebens; es war das ihm angemessene Leistungssoll, wie eine selbstgesetzte Norm. Was andere als Heldentat rühmten, gehörte für ihn zu den Selbstverständlichkeiten. Eine unter Feindeinsicht liegende Schneise überquerte er stets als erster. Meßtrupps, die mittels Blinkzeichen Koordinaten festlegten, nahm er, weil sie ihm wehrlos vorkamen, unter seinen persönlichen Schutz. Sie konnten Wetten abschließen, daß er die Arbeit unterbrechen ließ, falls feindliches Störfeuer das Minenverlegen zum Vabanquespiel machte. Meist sahen ihn die Vorposten der Infanterie, wie er – nicht übertrieben aufrecht – übers freie Feld davonstakte, unheldisch, wie jemand, der zum Schichtwechsel geht. Manches Gerücht schon hatte ihn voreilig totgesagt oder als vermißt gemeldet. Wenn er dann kurz vor dem Hellwerden im Gefechsstand erschien, oft schwer angeschlagen, aber unverwüstlich, konnte sich selbst ein heimlicher Rivale wie Poßnitzer ein anerkennendes Grinsen nicht verkneifen.

...Nicht die Umstände waren es, die einer Liebesbeziehung im Weg waren. Er selber war das größte Hindernis auf seinem Gang zu ihrer Sandburg. Als Hitler das Saarland heimholte (noch hielt er sich bei Vorspeisen auf, aber der Appetit kommt bekanntlich beim Essen!) – hatte er gerade seine Lehre hinter sich gebracht. Sonntag für Sonntag pilgerte er an den Badestrand von Eythra. Er konnte nicht schwimmen, stand linkisch und mit verschränkten Armen an der Absperrleine für Nichtschwimmer. Sie aber hatte sich mit ihrem Hosenmatz von Bruder in der Sandburg verschanzt. Er sah ihre mit Spielzeugkanonen bestückte Seefestung, sah ihr blaugepunktetes Nichts von Badetrikot, das er für den Mittelpunkt der bewohnbaren Welt hielt. Ihm aber standen auf einmal die Strandkörbe zu dicht. Zu viele Beinscheren, Armschlingen, Fingerkrebse lagen im Sand vergraben. Herren mit lächerlichen Brustzotteln suchten mit Feldstechern den Strand ab nach lohnender Beute. Er vertröstete sich auf einen späteren Auftritt, meinte, daß es günstiger sei, die Dämmerung abzuwarten, den allgemeinen Aufbruch, die Heimkehr im vollbesetzten Omnibus, den Jahresball ihrer Klasse, die Musterung, den ersten Garnisonsurlaub. Er hätte wissen können, daß es Zeitgemäßeres gab, als sich an aussichtslose Liebeleien zu hängen. Aber er war so auf ihre blonden Zöpfe fixiert, daß er wenige Tage vor seiner Abfahrt an die Front als Bittsteller bei ihrer Tante anklopfte.

Die Erinnerung an diese fehlgeschlagene Werbung brachte sein Blut nicht gerade in Wallung, aber die Demütigung saß fest wie ein Angelhaken, die eine Hitzewelle verletzter Eitelkeit bewirkt hatte, die Blutleere mißachteter Gefühle. Ihr kindliches Ansinnen auf einen Pakt platonischer Freundschaft, was er phantasielos mit geschlechtslosem Flirt übersetzte. Bei ihr war wohl mehr patriotischer Überschwang im Spiel. Eine Feldpost-Liebschaft anzuzetteln, tätige Nächstenliebe zu üben, einen Frontsoldaten zu betreuen mit dem Wortschatz aus dem Poesie-Album – das kam damals gerade in Mode.

Er war auf Fronturlaub gekommen. In der Bahnhofshalle von Stötteritz überraschte ihn Fliegeralarm. In das winselnde Vorwarngejaule der Sirenen mischte sich das Dröhnen niedrig fliegender Feindgeschwader. Ein Ortsfremder in Knickerbockern faselte von einem »Störanflug auf die Außenbezirke Leipzigs«. Als ob es dieser Beschwichtigung bedurft hätte! Die Allee hinaufstürmend, sah er einen wabernden Feuerschein über dem Villenviertel. Er glaubte schon, die Gegend, in der seine Mutter wohnte, sei getroffen worden. Als er aber die rauchverhüllte Straßenzeile vor sich hatte, sah er, daß nur ein einziges Haus in Flammen stand: das Haus seiner Jugendliebe. Brandbomben hatten das Mansardendach durchschlagen und das Obergeschoß in Brand gesetzt. Er erkannte sie schon von weitem, obwohl ihn ihre Aufmachung irritierte. Rußgeschwärzt, in der Kletterweste einer BDM-Führerin, schleppte sie Hausrat in den von Scherben und Flugasche verwüsteten Garten. Wortlos stellte er sein Urlaubergepäck ab, stürzte, ihren halb erstaunten, halb verzweifelten Blick im Rücken, in das lichterloh brennende Haus.

Was er all die Jahre vergeblich versucht hatte, mit der Mitschülerin in vertrauten Kontakt zu kommen, gelang ihm jetzt auf Anhieb und ohne jede Verrenkung. Nachbarn in ihrer hilfsbereiten Neugier nahmen die Obdachlosen auf. Den auf zwei Wochen befristeten Urlaub verbrachte er bei seiner bettlägrigen Mutter, in Gesellschaft der jungen NS-Funktionärin, assistiert von ihren Tanten. In dem notdürftig verbretterten Musiksalon, wo ein angesengter Flügel stand, saß er in der prekären Feierlichkeit eines Antragstellers. Das unaufhörliche Klappern von Stricknadeln verschmolz mit dem Geklirr von Tassen zu einem beängstigenden Crescendo gelangweilter Wohlanständigkeit.

Nachdem der Gesang des Jünglings im Feuerofen verklungen war und die Dachdecker ans Werk gingen, tauchte ein »sporenklirrender Strammarsch« auf; der seine »künftige Verlobte« auf ein Gauturnfest der Partei entführte...

Als er den ersten, kaum nennenswerten Widerstand spürte, blieb er geistesgegenwärtig stehen. Es war ihm, als wäre er gegen ein großmaschiges, in Kniehöhe gespanntes Netz gestoßen. Nichts von Beklemmung oder gar Erschrecken – ein behutsamer Schritt zurück und die Umgarnung löste sich, die Verstrickung gäbe ihn seufzend frei. – Doch einmal Nägel mit Köpfen gemacht, Menschenskind! Was meinst du wohl, zu welchen Turnübungen sie dem Partei-Obmann ans ideologische Hochreck folgte? Dir blieben eben doch nur die regelmäßigen Kettensendungen der Feldpost: Dörrgemüse und Trockenpflaumen für einen abgeblitzten Freier! Denn zwischen dir und ihrer Turnerklausur lagen, bevor du noch Zeit fandest, ihre Unversehrtheit anzuzweifeln, an die zweitausend russische Werst. Mit Mutmaßungen über den aktuellen Stand ihrer Keuschheit war dir nicht länger gedient. Auf Vierstunden-Wache schwieg es sich schlecht, wenn die Stallgefährten offenlegten, was sie Herz, Gemüt oder auch ironisch »Johannestrieb« nannten. Auf Ellbogennähe aneinander gerückt, hören Geheimnisse auf, Geheimnisse zu sein. – Ja, gewiß, ich weiß, du hast dich – wenn ihnen die Brunst aufs Gemüt schlug – mit deinem bissigen Sarkasmus gerettet.

Jetzt gäbe er ein Königreich für solch geschmähte Menschennähe! Es war leicht, den Unnahbaren zu spielen, den Einzelgänger aus Passion, solange einem der Schlafpferch der Meute offenstand, solange man Schulterschluß und Kniekontakt witzig verlästern konnte. Schillers Spruch: Der einzelne sei am mächtigsten allein! Jetzt stoben die großen Worte wie Spreu davon. Was gäbe er jetzt nicht alles, wenn einer dieser liebenswerten Schlappschwänze aufkreuzte und ihm Gesellschaft leistete! Jede gewünschte Intimität plauderte er aus, gäbe Schüchternheit, Scham samt moralischen

Grundsätzen bedenkenlos preis, nur um nicht allein in diesem Netz zappeln zu müssen.

Er spürte jetzt am eigenen Körper, wie wirkungsvoll diese Waffe war, die nicht selber tötete, die einen nur bewegungslos machte, sozusagen schlachtreif. Er saß wie die Fliege im Spinnennetz. Freilich: er konnte die Schlingen an seinen Knöcheln, an seinen Knien, seinen Handgelenken, dünn wie Engelshaar, elastisch wie Saiten, einzeln abstreifen, falls er vor dieser Sisyphusarbeit nicht zurückschreckte. Sicherlich waren bereits mehr Schlingen um ihn gelegt, als er in seiner dienstlich geregelten Einmannschicht würde kappen können. Nur wenn er mit einer schon manischen Besessenheit, die seine sprichwörtliche Eselsgeduld himmelweit übersprang, pedantisch Schlaufe um Schlaufe buchhalterisch ausfädelte, mit heiterem Irrsinn, war dieser Todesfalle noch zu entrinnen.

Daß dies alles einmal ein jähes Ende nehmen könnte – die nächtlichen Pirschgänge zwischen Flatterminen, Flandernzäunen, zerfetzten Kadavern –, eigentlich war es nicht recht vorstellbar. Undenkbar, daß einmal sein Handwerkszeug – seine sehtüchtigen Augen – nicht mehr gebraucht würde. Er gehörte doch schon zum lebenden Inventar der Front. Er hatte wahrlich die sieben Leben einer Katze und war auch wie sie erst bei Einbruch der Dunkelheit in seinem Element.

Zeitweilig beflügelte ihn die unsinnige Zuversicht auf Rettung. Wäre er einer der besoldeten Schreihälse, dann könnte er jetzt von seiner Stimme Gebrauch machen. – Du wirst dich hüten, Standlaute zu geben wie ein ins Tellereisen geratener Fuchs. – Wußte er doch nur zu gut, daß er mit seinem Hilferuf lediglich russische Horchposten alarmierte. Von seinen eigenen Leuten brauchte er wahrlich keine Hilfe zu erwarten. Die lagen weit vom Schuß, nahmen sich in einem Unterstand, in den er sie selber eingewiesen, »eine verdiente Mütze voll Schlaf«. – Sei einmal ehrlich, hast du je Hilfe erbeten, je Partnerschaft gewünscht? – Nein, er hatte sie zur Untätigkeit geradezu erzogen, sie zu Statisten und Handlangern degradiert. – Wundere dich also nicht, daß dich keiner hier heraushaut. – Er mußte sich, da er die Bedingungen seiner Befreiung kannte, an die liebevolle Aufnestelung der Achterschläge, Schlaufen und endlosen Spiralen machen. – Die Spielregel verlangt nun einmal, daß haushälterisch vorgegangen wird. – Liebe will nicht gleich verschlungen, Liebe will hingehalten und gekostet werden!

Er machte sich also – einige ausgekochte handwerkliche Tricks vor Augen – an die Aufarbeitung dieser mörderischen Häkelei – ein leidiges Pensum. Der Mythos der Kugelfestigkeit wirkte noch in ihm nach. Warum also sollte er den Russen ins Netz gehen, wehrlos zu warten auf den Fangschuß im Morgengrauen? Ihm blieb der vermessene Trost, über sich nachzudenken wie über jenen, der sich selbst aus dem Morast gezogen hatte.

Münchhausen der kleinen Befugnis! – Weißt du, daß mich deine Finten schon immer kräftiger zum Lachen reizten als die phantasielosen Ausflüchte deiner Stallgefährten? Ihr biederer Anspruch auf Nahrungssuche, Nestbau, Brunst und Paarung – und im Gegensatz dazu deine subtilen Forderungen, die Ausschweifungen des geheimen Lüstlings, des Lasterhaften aus purer Gehemmtheit. Der nie so recht zu stillende Hunger des Halbsatten. Wer so wenig wie du in Händen hält, bleibt am Ende unersättlich! – Wirf also dieses zweifelhafte Geschenk deiner Rettung weit von dir. Niemand wird kommen, diesen Gordischen Knoten mit einem Schwerthieb zu zerteilen! Sträube dich nicht länger. Meine Tröstungen halten deinen Kümmernissen leicht die Waage...

Undurchdringlich, frostig, aber ohne einschüchternde Drohung, in Wurfweite vor ihm, der Streifen Niemandsland, der Korridor zwischen den Fronten. Das Pfahlgewirr eines Flandernzauns sah daraus hervor wie mit den Mastspitzen gestrandeter Frachter. Die Spanischen Reiter, am Vortag erst verlegt (er persönlich hatte sie mit Springminen gespickt). Wo sich Breschen gebildet hatten, lag die Nebelwatte mannshoch. Jenseits der beiden Stützpunkte (kein Eiserner GUSTAV und keine Feurige ANNA gaben sich hier je ein Stelldichein) bewaldete Höhenzüge: Werferstellungen der Sowjets, MG-Nester, Scharfschützenstände. Darüber ein fahlgrüner Streifen, die Handbreit Licht, die seinen letzten Morgen ankündigte.

Vor ihm in einer Geländefalte ein jämmerlich zerschossenes Panzerwrack. Aus der Milchbrühe ragend das stumpfsinnige Profil der Heckwulst, die klaffende Rohrmündung, das Fransenmaul. Weiter rückwärts, schemenhafter, ein geköpfter Baumriese, in der einzigen Astgabel Blechteile eines gesprengten Lkws. Linker Hand die vorgeschobene Sappe, die er wohl unvorsichtiger als sonst verlassen hatte. Undeutlich vor einem Hinterhang, der mit Erdhöhlen gähnte, verfilztes Knieholz. Rings um ihn – eine genaue Begrenzung war nicht auszumachen, da er längst auf den Knien kroch! –

das Drahthindernis, die Maschenfalle –. Laß dich nicht verwirren! Engelshaar hat dich in ein unfreiwilliges Weihnachten heimgeholt. Das Sommerhaar deiner Geliebten fällt über dich. Festgehakt, eingekreist, liebevoll umgarnt, erlebst du endlich deine Kapitulation. Die Häklerinnen, Strickerinnen, Klöpplerinnen frohlocken!

(Tagebucheintrag Hartwick vom 16. Juni 42: »–– zogen beim Hellwerden unseren Kolonnenführer aus dem ›Engelshaar‹, zerrten ihn mitsamt der Drahtsperre in Deckung. Die Scharfschützen beim Iwan müssen geschlafen haben.«)

Die Pioniere sind eine zwielichtige Gesellschaft, eine Handwerkerzunft lichtscheuer Elemente, militärischer Leisetreter, uniformierter Tagediebe, eine Waffengattung der Nachtschwärmer. Sind sie gezwungen, einmal bei Helligkeit auszurücken, kommen sie in der Tarnkappe harmloser Landvermesser. Wer sie ins Scherenfernrohr bekommt, reibt sich erst einmal verblüfft die Augen: Zelebriert da Hamlets mörderischer Anhang eine Bilsenkraut-Pantomime, oder tanzt da ein Ballett im Niemandsland die »Verschwörung des Fiesco zu Genua«?

Zwischen der gigantischen Häklerei der Flandernzäune bewegten sich routinemäßig Gruppen schanzender Pioniere, abgelöst von Trägertrupps, die in Abständen handliche Traglasten absetzten: Spring-, Tret- oder Kastenminen. Trotz der Kulissenhaftigkeit der Sperren und Drahtverhaue hatte der Einsatz im Vorfeld des Stützpunkts wenig Theatralisches. Es war eine normale Sechsstunden-Schicht, mit Einbruch der Dämmerung beginnend, mit dem ersten Büchsenlicht endend. Tausend Minen pro Nacht und Kompanie, im sattsam bekannten Verlegeschema: Kreuz, Knebel, Kreuz, Wechsel jeweils nach der dritten Reihe. Ein happiges Pensum für eine Kompanie mit annähernd halbierter Mannschaftsstärke. Soldatischer Lorbeer war mit solch undramatischen Auftritten nicht zu gewinnen. Die Anonymität der Nacht war Karrieren, wie sie Poßnitzer vorschwebten, nicht eben förderlich.

In der ersten Hälfte ihrer Schicht machte er sich wie die anderen nützlich. Er wies Vermessungstrupps ein und kümmerte sich um die gleichmäßige Verteilung der Minen. Hartwick und Kopitz, ein unzertrennliches Freundespaar, machten Minen scharf, tarnten die Schnittflächen der Pfähle und schlossen die Spanndrähte an. Kopitz, mit Unbehagen im Dunkeln herumstaksend, war für den nachtsicheren Hartwick kein hilfreicher Partner. Als ein Spanndraht, der im halbhohen Gras kaum zu greifen war, aus der Öse glitt und ihm tückisch aus den Fingern schnellte, geriet er in Panik. Er rutschte auf seinen Knien herum, konnte den Draht nicht finden, wußte am Ende überhaupt nicht mehr, wo er sich befand.

...Das Mädchen kicherte, als es bemerkte, wie hilflos er hinter seiner Augenbinde war. – Blinde Kuh! schrie es ausgelassen, Blinde Kuh! – Er rutschte tolpatschig auf den Knien über die Dielen, stieß mit den Händen bald gegen einen Küchenhocker, bald gegen einen Tischfuß und wußte am Ende überhaupt nicht mehr, wo er sich befand. – Mach' doch die Binde etwas locker, wenn es Dir zu duster ist! zwitscherte das Mädchen, die nackten Beine nah' vor der Blindheit des Knaben. Aber dann ließ es sich erschreckt von seinem Hochsitz gleiten, schrie entgeistert: Erich, sieh' Dich vor, da ist doch der Ofen! – Kopitz, sieh' Dich vor, da sind doch die Minen!...

Währenddessen stapfte Poßnitzer in vorbildlicher Haltung durchs Niemandsland. Seine Heldenpose – der Neid mußte es ihm lassen – war eindrucksvoll. Man sah mit einem Blick, »welch hohes soldatisches Prinzip sich hier verkörperte« (Ehrgeiz – eine legitime Form der Selbstverwirklichung. Eitelkeit – nur ihre lächerlichste Variante?). Als er an den verblüfften Waffenbrüdern vorbeikam, war es hell genug, in seinen willensgestrafften Zügen den Ausdruck milden Größenwahns flackern zu sehen. Als eine Leuchtrakete hochzischte, blieb er in dumm-dreister Fahrlässigkeit zwischen den Spanndrähten stehen. Das bloßstellende, alles enttarnende Licht berührte ihn nicht im mindesten. Es nützte auch nichts, als Hartwick sich bemerkbar machte. Um die Groteske vollends komplett zu machen, zog er den Kompaß hervor, peilte mit ihm irgendwelche magischen Zielpunkte an, um dann meditierend in Richtung des Stützpunkts zu verschwinden. – »Hilfe, mich laust der Affe!« rief Hartwick unbeherrscht. »Hast Du ihn gesehen, Kopitz? Ein Auftritt wie auf einer Bühne. Selbst die Beleuchtung klappte. Und Publikum auf beiden Seiten der Front. Und der Kriegsgott als fest angestellter Kulissenschieber! – Kopitz, Du tust gut daran, ihm künftig ehrerbietig unter die Augen zu treten. Vergiß es nie: Mit Männern seines Schlags und Formats wird Geschichte gemacht!«

Poßnitzer, der Länge nach in einer Bodensenke ausgestreckt, wartete gefaßt auf das Prasseln der Stahlkugeln. Seit er über einen Draht gestolpert war – das furchteinflößende Zischen im Ohr – konnten nur wenige Augenblicke vergangen sein. Als die Sprengung ausblieb, folgerte er mit schulmäßiger Logik, daß die Springmine nicht gezündet habe. Sie war lediglich mittels Treibsatz aus ihrem Topf gesprungen. (Kuskat bezahlte – bei einem ganz ähnlichen Vorfall – seine Unachtsamkeit mit dem Leben!) Unter kaum merklichem Kniezittern schüttelte sich Poßnitzer den Sand aus den Ärmelaufschlägen, stapfte davon, in einer Gefühlsleere, die ihn frappierte. Hartwick und Kopitz, die sich auf das Zischgeräusch hin in volle Deckung warfen, Hartwick blitzschnell, Kopitz mit Verzögerung, erhoben sich erleichtert – blaß der eine, erbost der andere. Doch die Blässe schluckte die Dunkelheit, während die Wut Hartwicks einen weiteren Merksatz parat hielt: »Auch die Pannen der Großen treiben die Geschichte voran!«

Um seine Einsatzbereitschaft zu testen, hatte Poßnitzer eine Minenreihe scharfgemacht und eigenmächtig entsichert. Peinliches Eingeständnis: Er hatte taube Nüsse plaziert, bloße Schreckschüsse. Militärisch ausgedrückt: Im Anschlag gegen die Sowjets gab es jetzt ein Sicherheitsdefizit. Ärgerliches Versagen? Eher würde er sich die Zunge abbeißen, als es vor versammelter Mannschaft einzugestehen. – Denkwürdige Dämlichkeit, dachte Hartwick bei sich, bewunderungswürdige Sturheit. »Hättest Du auch nur eine der Sprengkapseln richtig eingesetzt, glaube mir, die Danaiden hätten ihre liebe Not, Dich im Orkus mit süßer Lethe zu füllen!«

Der Zwischenfall löste zunächst Verwirrung, Befremden, ja Empörung aus. Poßnitzers Tage bei der Kompanie schienen gezählt zu sein. Es hagelte Proteste –: Poßnitzer maße sich Befugnisse an, die in die Kompetenz eines Zugführers fielen. Ein schwelendes Gerücht wurde absichtsvoll geschürt: Poßnitzer verdanke seine Ernennung zum Offiziersbewerber schlicht einer Erpressung. Aber bald schon merkten die Beschwerdeführer, daß sie am falschen Ende des Strickes zogen. Statt dem cleveren Karrieremacher eine Falle zu stellen, stolperten sie in die eigene. Poßnitzer gab das Ganze einfach als primitives Komplott einer Gruppe aus, die für ihren zivilen Schlendrian berüchtigt sei. Die strikte Weigerung der Einsatztrupps, mit ihm auszurücken, beantwortete er mit einem Gegenzug: Kaltlächelnd trennte er sich von ihnen und erschien zu ihrer Verblüffung im Gefolge des Hauptmanns. Als sie sich auch noch sträubten, mit ihm auf Biwakwache zu ziehen, wurde er der ohnedies lästigen Pflicht enthoben. Hochvornehm siedelte er in den Bunker des Kompanietrupps über, wo er Fortner antraf, leidend, jedoch mit einem Ausdruck pfiffiger Ergebenheit.

Die folgenden Wochen verbrachte Poßnitzer in der Obhut von Meldern, Putzern und Ordonnanzen. Da ihn der Hauptmann sichtlich hofierte, wechselte er geschickt – unter manch zwinkernd angehobener Augenbraue – in die gehobenen Dienste eines Bataillonsschreibers. In Stabsvisiten und Erkundungsfahrten Speck ansetzend, trug Poßnitzer jene Blasiertheit zur Schau, die den künftigen Kommißkopf verriet. Freiwillig machte er einige spektakuläre Spähtrupps mit, angelte sich ein paar Draufgänger, die gegen Marketenderware für ihn die Kastanien aus dem Feuer holten, schrieb gezielt Gesuche um Versetzung. Im Spätherbst endlich gab ihn das Pionierbataillon frei. Seine Bewerbung fand den gewünschten Widerhall bei Garnisonsoffizieren, die dem Hauptmann persönlich verpflichtet schienen. Ein Platz in einem Offizierslehrgang stand ihm offen. Unverzüglich trat der hoffnungsvolle Anwärter auf silberne Kragenspiegel die Heimreise an. Aber da durchkreuzte ein heimtückisches Fleckfieber seine ehrgeizigen Pläne. Zwar erreichte er – wie seine Marschorder es vorsah – die Heimatgarnison an der Saale, aber nicht, um sich dem Lehrgang anzuschließen, sondern den Neuzugängen des Lazaretts.

Da lag er nun entkräftet zwischen Kompressen und Schüttelfrösten, zwischen Arzneien, Dienstvorschriften und nutzloser Rebellion. Über der Stuhllehne hing unberührt sein neuer Waffenrock: die Silberlitzen fabrikfrisch auf den Schulterklappen, der Adler auf der Brusttasche, die Fänge kampflustig gespreizt, jedoch unfähig des Flugs. Die Knopfreihe so blank wie gerade. Kein Ordensband, keine Spange, kein Eisernes Kreuz! In peinlicher Korrektheit der Winkel eines Gefreiten. Die Kragenspiegel matt, die Beschaffenheit des Uniformstoffs mäßig – und er lag, mit seinem Schicksal hadernd, zur Untätigkeit verurteilt, während die Lehrgangsteilnehmer von Instruktionsstunde zu Instruktionsstunde eilten.

Dreifach gestuftes Blau

Zur Zeit der zweiten Schneeschmelze kam der langerwartete Befehl zur Ablösung. Als die Gruppe abmarschbereit heraustrat, um sich den hochbeladenen Schlitten anzuschließen, öffnete sich für Minuten der fahlkalte Märzhimmel. Im Licht der Morgensonne erschienen die Umrisse eines zarten Gewölks in großer Höhe. Niemand außer Kopitz achtete auf das Naturschauspiel. Sie sahen nicht diese hinfällige Schönheit, die etwas Rührendes hatte angesichts der barbarischen Verwüstungen. Die meisten dachten wohl nur an den bevorstehenden Marsch ins Hinterland. Nichts wie fort aus dieser Schneewüste, dieser Minenhölle, diesem Verhau von Spanischen Reitern, Flammenwerfernestern und Fallen aus teuflischem Engelshaar. Nichts wie fort aus diesem Hochwald, wo jeder Knüppeldamm, jede Lichtung im Fadenkreuz sowjetischer Scharfschützen lag. Es war höchste Zeit, diesem Stumpfsinn nächtlicher Schanzerei zu entrinnen und dieser lichtscheuen Art, Krieg zu führen, ein Ende zu setzen. Manche freilich dachten auch gar nichts, stierten nur einsilbig über den gefrorenen Saum ihrer olivgrünen Kinntücher hinweg. In ihrem eingeengten Gesichtskreis erschien fadendünn die schmale Trittspur des nach Westen weisenden Weges.

Ihr mehr als zwölfmonatiger Fronteinsatz hatte sie lediglich durch drei halbzerstörte Dörfer geführt. Von Lutschitschino sah Liebschner so gut wie nichts. Es war zusammengeschossen bis auf wenige bewohnbare Katen und Ställe (in ihnen wärmten sich Furiere und Schirrmeister »die zum Überwintern so tauglichen Hintern«). – Den Verbandsplatz Sheltushino bekam er nur partienweise zu Gesicht: Er hatte nicht das zweifelhafte Glück gehabt, sich eine Erfrierung zweiten Grades zuzuziehen. Guljajewo hatte ihm eine erstklassige Fährte gewiesen. Das Stimmengewirr furchtsamer Frauen, das unterdrückte Gekicher von Mädchen hatte ihn in einen Vorraum gelotst. Als er aber den Stimmen nachging und in einer notdürftig beleuchteten Kammer auf eine Gruppe Frauen stieß, blickte er unterschiedslos in gefaßte, ernste und bis zur Gleichförmigkeit vermummte Gesichter. Es war ihm schleierhaft, aus welchen Kehlen dieser warme Gurrlaut geflossen sein sollte. – Himmel, er war kein Hellseher wie Kopitz! Vor soviel abweisender Berührungsfurcht blieb ihm nur die Flucht aus dieser ungastlichen Kammer.

Es war ja nicht das erste Mal, daß Liebschner vor seiner eigenen Courage davonlief. Ach, diese langentwöhnte Wehmutsgeste, diese sanfte Demütigung, wenn er stelzbeinig der Spur eines Edelwilds folgte! Warum entglitt ihm mit beschämender Regelmäßigkeit, was er in seinem Jagdeifer ungestüm an sich reißen wollte? Wohl zu leichtfertig die verfänglichsten Köder aufgestöbert? Hinterhalte nicht geschickt genug umgangen, Irrtümer zwar früh erkannt, aber nicht vermieden, geradezu selbstverliebt in Fallen gestolpert? Zielansprache noch am untauglichsten Objekt? – Etwas schmal für eine Straße, die in den gelobten Westen führt, dachte Liebschner, als er an der Spitze der Marschkolonne Tritt faßte. Vielleicht war es auch nur der Schnee, der aus dieser Ausfallstraße einen Schlittenpfad dumpfer Schicksalsergebenheit machte. Sicherlich eine »untadelige« Straße, an ihrem hoffentlich nicht so schnell absehbaren Ende eine Stadt mit »einwandfreien Quartieren, Liebesnestern«. Nur so zur Auswahl und freien Verfügung »erlesene Fährten«. Liebschner, auf »verfrühtes Jungwild« angesetzt – würde wie in seinen besten Zeiten fündig werden.

...Er trug den Chorrock des Ministranten und das schwere Weihrauchfaß, schwang es durch den Jubel der Christmette. Von der Orgelempore herab wehten die Sopranschauer des Magnifikats. Schließlich kam der Augenblick, der ihm noch lange danach die Schamröte des Stolzes in die Schläfen trieb. Den Hochaltar verlassend, schritt er auf die Gläubigen zu, die Kopf an Kopf standen, und begann mit der vorgeschriebenen Zeremonie der Aussegnung. Aber da erblickte er in der vordersten Bankreihe Ann, »das holde Geschöpf«. Tränen liefen ihr übers blasse Gesicht. Er aber zögerte mit seinem Rauchfaß schon allzu lange. Der Weihrauch trieb ihm das Wasser in die Augen. Er weinte nun gleichfalls. Während sie ihm blind vor Tränen ihr Glück verriet, wankte er – ein gefallener Engel – zum Altar zurück. Hochwürden verpaßte ihm nach dem Segen eine saftige Ohrfeige, die er wie eine Auszeichnung mit sich herumtrug.

...Ann hielt nicht viel davon, sich im Holunderschatten des Alten Friedhofs zu treffen, unter dem Gehänge schlafender Fledermäuse. So blieb es vorerst bei Begegnungen, wie sie der Zufall bescherte: flüchtigen Augenproben hinter der Sakristei oder heimlichen Musterungen von Fenster zu Fenster. Was ihn unsicher machte bis zur Tolpatschigkeit: wenn sie ihm großäugig nachblickte, kaum daß er ihr den Rücken kehrte, wenn sie ihren Fensterplatz abrupt verließ, sobald ihr Herr Vater aufkreuzte.

...Einmal lehnte am Nachbarzaun ein von Ann gebasteltes Fabeltier. Sie tat zwar hinterher, als habe sie das Spielzeug nur verloren, war aber dennoch mit hochrotem Kopf davongelaufen. In dieser Nacht hatte er einen merkwürdigen Traum: Er lag auf einem Sturzacker, in der für ihn typischen Schlafhaltung. Plötzlich weckte ihn eine Stimme von unerhörtem Wohllaut. Er rieb sich verdutzt die Augen – da löste sich vom Horizont ein Schwarm Vögel. Pfeilschnell kamen sie heran, fächerten ihre Schwingen wie Sturzflugbremsen und brachen in den Acker ein. Verblüfft stellte er fest, daß sie sich mit der Perfektion einer Mechanik bewegten, die Leben ausschloß. Sie alle schienen ihm von Hand gemacht. Ihre Schwingen und Schwanzfedern bestanden aus gestärktem Tüll, ihre Fänge und Schnäbel aus farbig umwickeltem Draht. Nur die Augen schienen lebendig. Mit einer an Rührung grenzenden Verwunderung gewahrte er, daß es die Augen Anns waren. Tausend Vögel mit den Augen Anns? Während er in der Anwandlung sanften Wahnsinns dalag, erhob sich das Geschwader unter hartschlagenden Fittichen.

...Damals kamen gerade die neuen Uniformen in Mode. Auch Ann verpuppte sich auf ernüchternde Weise. Ihm fiel vor allem auf, daß ihr Stammplatz in der Kirche verwaist blieb. Sonst war er immer ihrem belustigten Spott begegnet, wenn er sich im Staffelgebet oder in den Responsorien verfing. Nun verhaspelte er sich nicht mehr im KYRIE ELEISON. Er aber wollte nicht, daß die Lücke, die ihm die Abwesenheit Anns so schmerzlich deutlich machte, durch ein beliebiges Gesicht geschlossen würde. So blieb ihm nichts, als den Meßdienst zu quittieren. Er legte den Chorrock des Ministranten ab und nahm befremdet zur Kenntnis, wie erwachsen er auf einmal war.

...Zur Rede gestellt, entwarf Ann ein zwiespältiges Bild von ihm. Er sei großherzig, lenkbar, vergeßlich. Sie teile mit ihm seine Vorliebe für Schönes, Stimmungsvolles und Edles. Was sie an ihm störe: seine Neigung, alles aufzubauschen und Verleumdungen ein allzu williges Ohr zu leihen. Aber an Verleumdungen trage nicht übermäßig schwer, wer keinen Ruf zu verlieren habe. Auch fände sie es unklug von ihm, die Zeichen der Zeit zu verkennen. Das Schöne verkörpere sich nicht zuletzt in den Idealen von Volk, Reich und Rasse. Ihr Gott sei kein Jude! (Ihm war das nichts

Neues, diese Stammbaumgottheit mit Ariernachweis!) Er aber blieb bei seiner Madonna, umzirkelt von Taubenflügen.

...Später Nachsommertag in der Lausitz. Die Klappermühlen des Ginsters, die scharlachroten Gehänge des Feuerdorns. Sie schien jung zu sein. Juliane hieß sie. Kleinlaut lag er unter ihren Küssen, bastelte unter Tränenschwüren zusammen, was sie von seinen Geständnissen übrig ließ. – Die Einberufung zu den 14er-Pionieren nach Weißenfels enthob ihn einer peinlichen Bilanz. Erstmals erschien er, vom Wasserplatz an der Saale kommend, auf Kurzurlaub, mit gekappter Lockenpracht, aber voller Flausen im Kopf. – Mitunter foppten ihn Schattenspiele der Erinnerung: das Leisnigsche Idyll an der Freiberger Mulde, die Colditzsche Lehrzeit bei einem Stellmacher. Die Backfisch-Schwärmerei der Berufsschülerinnen, ihre Milchzahnkeuschheit, die er lieber nicht auf die Probe stellte, ihre Beichtstuhl-Schreckhaftigkeit.

...Sie hatte die Angewohnheit, nach Schalterschluß in der Kantine auf einen Sprung vor die Kaserne zu kommen. Ihre frivolen Unterweisungen in Sachen sechstes Gebot stürzten ihn in echte Gewissensnöte. – Er hatte sie angesprochen, weil er ihre Blicke mißdeutete. Warum mußte sie aber auch dastehen, als habe sie alle Bitternis einer Liebesnacht in sich eingesogen? Warum gab es Gesichter, die etwas vortäuschen, was sie gar nicht empfinden? Wie ihm das Blut in die Schläfen schoß, als sie verständnislos mit den Schultern zuckte und in kaum merklicher Abwehr die Hand hob. Ihre von Leidenschaft umdüsterte Gestalt versank in den Schleiern einer rasch hereinbrechenden Dämmerung...

Wie ein fossiles Ungeheuer steckte der Beutepanzer im getrockneten Schlick, die Flanken aufgerissen, der Rohrrüssel durchlöchert, ein leergebranntes Stahlmonster, das seinen Schrecken verloren hatte, ein in die Knie gebrochener Riese – im Umkreis verstreut die Reste einer makabren Häutung. Die mit Neuzugängen halbwegs aufgefrischte Gruppe umstand das Panzerwrack im Halbkreis. Die Sonne spann lebhafte Zirren ins Gewölk. Aus dampfenden Schlammtellern ragten Huflattich und Engelwurz. Der aufsteigende Bodendunst mischte sich mit dem beizenden Geruch von Fußschweiß und Langeweile. Liebschner, obschon wach und betriebsam, war auf eine schwer zu beschreibende Weise abwesend. Man sah es seinen Vogelaugen nicht an, daß ihn dies alles – eine Panzersprengung am Schulungsobjekt – nur schwach tangierte. Es war eine Abwesenheit, die sich dem Zugriff obrigkeitlicher Neugier entzog. Sein Verhalten hatte etwas von der dreisten Unschuld verkappter Tagschläfer an sich – und es war noch nicht einmal sicher, ob Liebschner diese Interesselosigkeit nur vortäuschte oder tatsächlich auf dem Punkt war, mit der Wollust eines Säuglings in den Schlaf zu kippen.

Der diensthabende Leutnant verdeckte den Übungspanzer mit seiner Uniform, einer richtigen Körper-Attrappe. In der flimmernden Helligkeit dieses Nachmittags verschmolzen die Umrisse des Leutnants mit denen des Wracks zu einem Zwitter aus Stahl und Fleisch. – Der Unterricht im Freien war eine Marotte des Leutnants. Es gab zahllose Möglichkeiten, sich dem Verdacht vorsätzlichen Unterrichtsboykotts auszusetzen. Eifer und Wißbegier, wie Brielitz sie beispielhaft vortäuschte, waren nur unzulängliche Mittel, sich die Sympathien dieses militärischen Einpeitschers zu gewinnen. Liebschner, wenig Lust verspürend, den langatmigen Erläuterungen über verschiedenfarbige Abreißzünder Gehör zu schenken, verschanzte sich vorsorglich hinter dem Rücken Hartwicks, wo er sich lieber seiner beweglichen Phantasie überließ. In ihre Einflüsterungen stieß mitunter die verhaßte, oft auch nur lästige Stimme. Dann trieben Wortfetzen an ihm vorüber, Sprechblasen, wie Rauchwolken platzender Übungssprengsätze. Aber es fiel ihm leicht, diesen akustischen Belästigungen die Gehörgänge zu sperren. Nur die Augen brauchte er zuzukneifen und sie ein wenig in die brutwarme Sonne zu heben. Es gab Augenblicke, wo er die Kontrolle über sich vollständig verlor.

... Hatte ihn da jemand zum Vorsingen aufgerufen? Wie sollte er diesem Anprall von Stimmen standhalten, wenn ihm nicht die Zeit bliebe, sie einzeln aus dieser Partitur zu lösen? Da war erst einmal die Knabenstimme Anns, spröde, parolenhaft, wie gefangen unter dem Glassturz. – Da war der Lockruf dieses Sommervogels Juliane, der Abgründe aufriß, über die er kleinlaut hinweghechtete. – Da waren die Dorfschönen von Leisnig und Colditz, unisono in ihrem Kicher-Sächsisch. – Da war der hingehauchte Gruß Dunjas, der einzige Laut, mit dem sie verriet, daß sie das Sprechen als ein Mittel des Erkennens, des Überspringens von Fremdheit und Befangenheit, überhaupt noch zuließ. – Aber nicht nur seinen Gehörsinn wollte er an diesem Zusammensetzspiel beteiligen. Er suchte zu den Stimmen die passenden Gesichter. Brachte er die wenigen geküßten Lippen noch unter die dazugehörigen Augen? Würde er die kaltherzige Nachtschönheit, die ihm den Laufpaß gegeben, wieder erkennen, wenn er durch Zufall noch einmal ihren Weg kreuzen würde? Verfügte Liebschner in seiner Galerie noch über unterscheidbare Physiognomien?

Melancholisch die Volièren öffnend, entließ er sein verschrecktes Geflügel. Beim kreischenden Abflug blieb ein hochbeiniges Fabeltier zurück, ein Nachzügler mit auffällig künstlichem Gefieder. Von einem der Fänge hatte sich der Bast abgelöst. Der Nachhall eines Wohllauts unendlicher Süße hing in der Luft. Ah! dachte er seltsam unbeteiligt: eines der letzten Exemplare aus dem Geschwader Anns. Er machte keinerlei Kniefall, um den Invaliden zum Bleiben zu bewegen. Dunjas taubenblauer Umhang kam ihm in die Quere, löste eine Kettenreaktion lebender Bilder aus; an jedem einzelnen maß er die Schärfe seiner Wahrnehmung:

Da war der zurückliegende Winter zweiundvierzig-dreiundvierzig. Der Aufbruch bei Neumond. Das auf einer Hochfläche gelegene Waldlager über der Ugra. Die von Pferdegespannen verlassenen Splitterboxen. Guljajewo im Hochwasser, ein Katarakt strudelnder Empfindungen. Am Morgen aufklarend, bei leichtem Frost Dorki, Snamenka. Blausegel, die Mähnen der Pferde, die Glasharfe des Windes. Ein letztes Mal Filigran vor den Fenstern. – Abends in Lupi die dünnen Rauchsäulen der Kamine (sommers Insektenschwärme). – Petrowka mit seinem Klubhaus (früher einmal Krakowiak mit radschlagenden Kosaken). Jetzt Windwirbel mit Schneegestöber als letzte Drohgebärde des abziehenden Winters. – Später Kukino, auf Nachtwache mit Fortner, dem Rekordhalter beneidenswerter Schlafdisziplinen. Eine alterslose Ukrainerin, die im Dunkel ungeniert ihr Wasser abschlägt. – Bei Tagesanbruch in Sichtweite das Straflager. Auf Hungerrationen gesetzte Gefangene. Ein ehemaliger Korvettenkapitän, degradiert wegen Laschheit vor dem Feind! Denunzianten, Schnüffler mit militärischem Dienstgrad, Kriminelle im Schafspelz des Soldaten. Mitleid als strafwürdiges Vergehen.

...Unter den Ukrainerinnen, die tagsüber Schnittholz für Knüppeldämme verluden, entdeckte Liebschner ein Mädchen, das mit ihrem Umhang (er nannte ihn taubenblau) ins triste Grau der Erd- und Trauerfarben eine heitere Note setzte. Unbekümmert um die abweisende Stummheit der Älteren, winkte er ihr freundlich zu. Hinreißend seine Offerte, als sie ihm nach pantomimisch vorgetragener Huldigung verstohlen eine Kußhand zuwarf. Albern, wenngleich kühn seine offene Sympathiebekundung, eine Improvisation von fahrlässiger Anmut. Unter dem wiehernden Gelächter der Gruppe lief er im Handstand vor ihr her.

Mußte er nicht fürchten, von irgendeinem humorlosen Wichtigtuer verpfiffen zu werden? Unter diesen Wachleuten gab es sicherlich auch Ehrgeizlinge, bestechliche Opportunisten, abzuspeisen mit dem Judaslohn eines Nachschlags aus der Feldküche! Aber nicht Liebschner war es, der den Argwohn eines bewaffneten Spitzels erregte. Dunja war angeblich – so wollte es Hartwick von einem Kompaniemelder gehört haben – auf frischer Tat ertappt worden, wie sie einem Gefangenen Brot zusteckte. Liebschner erfuhr nie Einzelheiten, nur die bestürzenden Varianten eines vagen Gerüchts. War sie das Opfer eines Psychopathen geworden, eines Masochisten, dem die Demütigung eines wehrlosen Geschöpfs mehr Befriedigung verschaffen mochte als eine versuchte Liebesnötigung?

Anderntags erst sah Liebschner die Folgen einer barbarischen Nacht- und Nebelaktion: die gewaltsame Räumung des Dorfes. Unter den stummblickenden Frauen, die sich unter Trillerpfiffen und Hundegebell zu einem traurigen Elendszug formierten, suchte er Dunja vergeblich. Nur ihren taubenblauen Umhang meinte er flattern zu sehen – zwischen den Dampfstößen einer rangierenden Lokomotive. Nicht einmal ihre Hände hatte er berührt, er kannte weder die Farbe ihrer Augen noch die ihres Haars, weil sie das landesübliche Kopftuch getragen. Ihm aber war es, als entfernte sich im Taubenblau ihres Umhangs seine eigene verlorene Jugend...

Es war Hartwick, der das Brutale und Würdelose dieser Vertreibung in einem bündigen Satz zusammengefaßt hatte: Jetzt endlich zeige der Krieg sein wahres Gesicht: Kollektivhaftung für ein Vergehen, diktiert von reinem Mitleid!

Liebschner stand mit offenem Mund, als ihn der Stoß seines Hintermanns aus dem Wachtraum schreckte. Der Taubenschlag wild flatternder Bilder leerte sich. Gleichzeitig öffnete sich vor ihm eine fleischige Hand, die ein verschiedenfarbiges Paar Zünder freigab. Ihm zu Füßen eine Hafthohlladung – ein Teufelsprodukt deutschen Erfindergeistes, offensichtlich eine Falle dieses schadenfrohen Tressenheinis, der ihm seine Visionen mißgönnte! Wie hätte er auch ahnen sollen, daß er ausgerechnet ihn »auf dem Kieker hatte«? Liebschner war nicht gerade ein Experte der Panzernahbekämpfung. Nur sehr widerwillig hatte er sich in die Materie eingearbeitet. Oberflächliche Kenntnisse gewiß, aber zu abrufbarem Wissen hatte es nie gereicht. Es gab Kumpel wie den waffenkundigen Brielitz, die ehrlich um ihn besorgt waren und die spielerische Ignoranz seines Umgangs mit Explosivstoffen tadelten. Hartwick hatte sich Liebschner einmal ernsthaft vorgeknöpft: »Eine Hafthohlladung ist keine Ausgeburt der Hölle, sondern eine Erfindung fortschrittlicher Waffentechnik.« – »Mit apokalyptischer Komponente«, warf Brielitz altklug ein. »Meinetwegen, aber die ist jetzt nicht Gegenstand meiner Gemütsverfassung!« –

Nun schien dieser »Lackaffe von Leutnant«, dieser »studierte Fatzke« etwas eingefädelt zu haben, das Liebschners Absicht, dem Unterricht untätig beizuwohnen, provozierend durchkreuzte. Er begriff durchaus, daß er sich jetzt unverzüglich bücken, den Dreifuß aufnehmen und mit ihm davonstürzen müsse. Nur verspürte er herzlich wenig Lust, sich in eine beschleunigtere Gangart als die des Schlenderns zu setzen. Ihm stand der Sinn nach anderem als nach heldischer Bewährung. Schließlich aber sah er es ein: Es gab nur diese eine Möglichkeit, sich der Lärmbelästigung durch diese »Heulboje« zu entziehen – und so setzte er seine Füße gemächlich in Trab.

Als er im Schwenkbereich des Panzers stand, verflüchtigte sie sich zu einem bedeutungslosen Gewinsel. Stechmücken im Ohr geben einen ähnlich singenden Ton von sich. Aber er achtete schon nicht mehr darauf, denn die jämmerliche Zerschundenheit des Wracks zog ihn in seinen Bann. Den Befehl, sich robbend dem Panzer zu nähern, mißverstand Liebschner absichtlich. In aller Gemütsruhe stelzte er auf das Ungeheuer zu, das er in tödlicher Blässe liegen sah, musterte den durchlöcherten Rohrrüssel, unbekümmert um die hysterischen Rufe des »Lamettafritzen«. Nach einigem Zögern griff er nach dem Zünder mit der blauen Kappe. Zwar wußte er nicht mehr, welche Bewandtnis es mit der Brenndauer der beiden Abreißzünder hatte, aber seine Wahl war getroffen. Gelb war ihm von jeher zuwider. War es nicht die Lieblingsfarbe Anns und der scheinheiligen »Kirchenlichter«? So steckte er den für die Panzersprengung vorgesehenen Zünder in seine Tasche zurück und begann mit der Montage des Sprengsatzes an der rostüberzogenen Flanke des Beutepanzers.

Es gelang ihm auch jetzt nicht, den Vorgang dieser »Übungssprengung an einem Schulungs-Objekt« ernst zu nehmen. Als er den blauen Zündknopf abriß und gleich darauf ein leises Zischen vernahm, als er unter dem Protest der Gruppe gemächlich kehrtmachte, die Arme lang und schlaksig an seinen schmalen Hüften, folgte er nur einem Gedanken: daß dieses unerschrockene Gehen im unbehinderten Zustrom von Bildern, dieses aufreizende Schlendern ihn der militärischen Kuratel enthöbe und damit der Lächerlichkeit. Nur so war das dreifach gestufte Blau – das Blau des Zünders, das Blau des Himmels und das Blau von Dunjas Umhang zur Deckung zu bringen. Leichtfüßig lief Liebschner in den Tod. Sein Lebensfaden war die brennende Lunte.

Hartwick hatte auch gleich seinen Kommentar zur Hand: Der Krieg fange an, ihm zu imponieren. Jetzt räche er sich bereits an den Unschuldigen!

Tanz um die Zitadelle

Hesperiden-Traum. Lidschlag der Stille. Die weißen Fangarme des Lichts. Die Goldenen Äpfel der Hera. (Schön, wie er dahinflog, die seraphische Wölbung ihrer Brauen entlang.) Kopfüber der Absturz aus seinem Götterhimmel (samt seinem Bildungsballast). Beim Aufwachen eine richtige Bauchlandung. Eher erleichtert als ungehalten blickte er auf den Urheber dieser Schlafstörung, stieg benommen aus den Trümmern seiner selbstgebastelten Flügel: Ikarus, sich die Augen reibend. In der Hand des zudringlichen Melders, der ihn hochscheuchte, die willkommene Botschaft –: Kossilowo! Und er (durch glücklichen Zufall oder höhere Weisung?) dazu abkommandiert, diesen Erkundungsauftrag durchzuführen.

Erst dachte er sich noch gar nichts Abwegiges. Schön, das Erlebnis einer Überlandfahrt, mit mäßig reizvollen Details schnell wechselnder Szenerien von Gebüsch, dem Sommergold ukrainischer Felder, der trügerischen Fülle blattkühler Lauben, der malerischen Gehöfte. Er entsann sich einer Ferienreise in die Batschka, eines verjährten Glücks hinter Geißblatt und Bienengesumme. Gleichwohl empfand er, daß dies nur die papierdünne Schale war, die verletzliche Außenhaut einer Vorstellung, die er in einem Augenblick zynischer Anwandlung durchstoßen würde. (Blaff! machte der Ballon und sackte kläglich in sich zusammen.) Hartwick verwahrte sich energisch gegen einen Gedanken, der ihn heimtückisch beschlich. War dieses seriös wirkende Unternehmen nur arrangiert worden, um eine Schicksalslenkung einzufädeln? Versteckte sich in diesem Scheinauftrag die getarnte Einladung zur unauffälligen Desertion? (Er, Hartwick, und desertieren! – eine fast peinliche Überschätzung seiner Willenskraft.) Als ginge, was er da umsichtig vorantrieb, über die Zurüstung einer Fahrt im Rahmen des ihm gestellten Auftrags auch nur um Haaresbreite hinaus. Nein, eine so billige Handhabe zu einem Wechsel des Schauplatzes künftiger Fatalitäten wiese er als unehrenhaft von sich!

Abfahrtbereit im Seitenwagen der schweren BMW sitzend, auf den Knien die Karte mit den Markierungen seiner Route, fühlte er sich jeglichem Verdacht enthoben. Er war weder in das feinmaschige Netz einer Flucht verstrickt, noch ließ sein Auftrag irgendeine verfängliche Deutung zu. Die Hand des Hauptmanns war fest im Griff, sein Blick ohne Argwohn oder gar zwinkerndes Anbiedern. Nichts Komplicenhaftes lag in seiner Art, wie er Hartwick erholsame Tage wünschte: »Spannen Sie einmal richtig aus. Kehren Sie diesem Schwachsinn den Rücken. Sie sind doch ein kultivierter Mensch, Hartwick. Genießen Sie, was Ihnen auf dieser Reise vor die Flinte läuft!« Das war Hartwick zu salopp gefolgert. Solche Ausschweifungen gönnte er denen, die unter dem Überdruck ihres Geschlechts litten. Seine Passionen waren keuscher Natur. Die Kälte zweier russischer Winter hatte ihn zum Mönch gemacht. Das Geschenk dieser Fahrt im Beiwagen-Krad war ihm also Ablenkung, Vergnügung genug. Ukrainische Landschaft, er hatte nichts vor Augen als ihre ästhetische Chiffre.

...Chotmysk weht vom Hügel herab mit seinen barocken Schauern. Sankt Gervasius hat den Himmel mit Ikonen gepflastert...

...In Golowitschina ist es plötzlich Winter geworden. Der Flaumschnee der Gänse pulvert die Wege ein...

...Graiworon ist eine Insel aus Weißgold im Weizenmeer. Die Gassen sind durchflutet von der Dünung der Felder. Nachts ebbt durch das Ohr der Schläfer das windblütige Korn...

...Santowka, das er gegen Mittag erreicht, stöhnt unter der Hitze. Hinter gelüfteten Markisen das Fruchtfleisch gelöschter Begierde. Hartwick hätte nicht übel Lust, sich unter die Händlerinnen zu mischen. Aber die Fänge des Adlers auf seiner Brust sind eine lästige Fessel. Und das Lächeln der wenigen Mädchen ist ohne Gewähr.

...Und nun ist es doch noch zu einer Flucht gekommen, wenn auch zu einer unfreiwilligen. Ziel und Auftrag – Hartwick hat beides vergessen. Aus dem lärmenden Spalier der Staketenzäune rekken sich schlohweiße Hälse der Gänseriche. Unter wandernden Insektensäulen ballt sich Federvieh, wie eine hundertschnäblige Phalanx...

...Sein ehemaliges Quartier in Potschajewo liegt in Trümmern. Hier wehen die Staubfahnen seit Tagen auf Halbmast. Der Granattrichter, blasig, brandschorfig, eine Totgeburt der sengenden Sonne. Am Kraterrand Spuren von Hausrat, Scherben von Tongeschirr. Das Halfter einer Ziege liegt im verkohlten Gestrüpp – und Babuschkas Schemel, deren aufgezwungener Kostgänger er einmal war...

...Bei Sonnenuntergang trifft Hartwick in Terebrenow ein. Das gleiche malerische Bild verworfenen Glücks. Mit dem wachsenden Mond rückt er nach Grasnoje vor. Das Perlfeuer der Flak zeichnet lebhafte Wolkenmuster... Tags darauf dringt er stöbernd in Lipowie-Balki ein. Auch hier Bekanntes, Vertrautes, verstörend Widerwärtiges aus längst verdrängten mörderischen Mineneinsätzen... Über der Höhe 202 geistern noch immer die milchweißen Nebelfahnen der Leuchtraketen. In klaren Sommernächten streift der Nonnenspinner über die Fichtenwipfel hin. Jetzt fände er nichts als einen Speerwald geborstener Stämme. Am Teich der Kalmus, der gemischte Chor der Unken und Frösche, abgelöst vom Chor der Katjuschas –

Der dritte Juni verspricht ein heißer Tag zu werden. Mit dem ersten Sonnenstrahl prescht Hartwick nach Kossilowo vor. Das Zwitschern der Vögel begleitet ihn, die Fanfare des Schwarzkopfs. Aber nur zu bald verdrängen der trockene Mündungsknall einer Pak, das Plumpsen von Wurfgranaten und der Kampfruf stürmender Russen das kehlig-heisere Messinggeschrei (in seinem Hinterkopf). – Wenig später beobachtet Hartwick einen Trupp Gefangener. Im Frühlicht wirken sie nicht gerade furchterregend, eher gutmütig, abgeschlafft, verbraucht wie Fließbandarbeiter, die von Nachtschicht zurückkehren. Als sie auf Rufweite heran sind, sieht er, daß sie Maschinengewehre hinter sich herziehen: auf Räder montierte MAXIMS. Mit zunächst unbeteiligter Aufmerksamkeit unterscheidet er technische Einzelheiten: den wassergekühlten Lauf, die gerillte Manteltrommel, den länglichen Schutzschild, das Visier auf Unendlich gestellt: die fatale Nüchternheit dieser Tötungsmaschinerie spricht für sich selbst.

Inzwischen ist es hellichter Tag geworden. Dorfeinwärts fahrend, gerät Hartwick in eine unabsehbare Kolonne bespannter Troßfahrzeuge. Die scheu gewordenen Pferde zerren ungeduldig an den Zugseilen, gehen wild auf den Hinterbeinen hoch. Ihr vor Angst irres Gewiehere macht einige jüngere Fahrer kopflos. Bald sind die Gespanne auf der Kreuzung vor einer Verladerampe hoffnungslos eingekeilt. – Gegen zehn Uhr mehren sich die Kampfspuren erdbrauner Infanterietrupps. Ihre Staubsignale wehen vor einem wolkenlosen Himmel. Im Sichtschutz eines Maisschlags findet Hartwick einen idealen Standort für detailliertes Beobachten. Das ganze weitläufige Tal überblickend, erkennt er das Dorf samt Vorwerk, einen Teil der verstopften Aufmarschstraße und Partien des gegnerischen Hinterlandes.

Auf einer schattenlosen Pläne entdeckt er ein freistehendes Gehöft: weiß das Gemäuer aus blendendem Kalkstein, schwarz-verwittert das windschiefe Dach, grün die halbhohe Kulisse dornästiger Akazien. Ein Anziehungspunkt besonderer Art, Blickfang und Magnet in einem – die neuralgische Stelle in der überdehnten Flanke des Regiments. Hartwick muß dabei freilich mehr an ein Kaninchen denken, an ein weißes, argloses Kaninchen, und er ist nicht sonderlich überrascht, als aus heiterem Himmel, lautlos mit gespreizten Fängen, der Adler niederstößt. Die Maschine fädelt ihre Leuchtspur in das Nadelöhr der Fensteröffnung. Rauch wallt auf, Feuer springt ins Gespärr, prasselnd schlägt das Dachstroh in die Höhe.

Vom nahen Nadeshna herüber hämmern minutenlang die überschweren Maschinengewehre. Das trockene Geplapper der Füsiliere wird vernehmbar. Über die Kuppe eines benachbarten Höhenzugs huscht der Schatten des davonjagenden Adlers. – Der Hügel – in Hartwicks Augen ein halber Berg – in vormittäglicher Konturenschärfe. Von der Sonne bestrahlt, liegt er wie auf einem Präsentierteller. Unter Dampf und Donner schwitzt er Feinde aus. Rotarmisten, unter Schrapnellbeschuß liegend, brechen aus wie ein Schwarm Sperlinge! Im Schatten der Akazien sammeln sie, hinter Gebüsch und Gemäuer, bilden gefährliche Rudel und überschwemmen das wasserlose Bachbett der WORSKLA. In schulmäßiger Gefechtsordnung, die Waffe gegen die Hüfte pressend, gehen sie ins Feuer.

Seinen Standort wechselnd, bezieht Hartwick am Ortsrand von Kossilowo ein dichtes Erlengebüsch. Aschgraue Pilze von Granateinschlägen, Planwagen, von MG-Salven durchlöchert, LKW-Verdecks, von Brandspuren geschwärzt, ein unentwirrbares Knäuel von Pferden und Gespannen.

... Vor ihm auf den Knien eine feindselige Topographie. Dörfer, Kolchosen, Vorwerke, Straßenkreuzungen – artilleristische Zielpunkte in Planquadraten. Hinter hochtrabenden Decknamen Imponiergehabe. Hinter schönfärberischen Parolen nackte Notdurft militärischer Improvisation. Unter der Wölbung seines Daumens und Handballens Frontmarkierungen, der klaffende Riß zwischen zwei Welten, Blutflüsse, Feuerströme –: Rot überschwemmt braun! Im Gischt der zerstörerischen Brandung treiben versprengte Kampfverbände des Gegners. »Tod den deutschen Okkupanten!« liest er in einem dahertrudelnden Flugblatt...

Als Poßnitzer die ersten Präsentiergriffe übte, fiel noch Regen, als er die ersten scharfen Stoßtrupps befehligte, fiel Schnee. Eine Stadt wurde genommen, eine Armee ging verloren, Flußläufe wurden überquert, Frontbögen begradigt und Fähnchen umgesteckt. So geriet auch Poßnitzer endlich in den reißenden Sog der Historie. Ein mit gültigen Stempeln versehener Marschbefehl entriß ihn der Garnisons-Langeweile. Er atmete auf, als sich ihm beim Blick auf polnische, galizische und ukrainische Stationsschilder ein Schicksal großräumiger Bewegungen ankündigte. Ebenen mit grenzenlosem Horizont, Operationsfelder genialer strategischer Konzeptionen: die bewährte Mansteinsche Klammer! Sonnenaufgänge, durchdröhnt vom Röhren der Nebelwerfer, Dunkelheiten, machtvoll durchpulst vom Herzschlag der Front, der zum Sprung ansetzenden ersten Welle. Vor dem gewaltigen Aderlaß – dem Tanz um die ZITADELLE*, ein letztes Atemholen!

Der langerwartete Tag X: fünfter Juli 43. Ein Willkommensumtrunk beim Bataillonsstab der 255er-Pioniere. Der gerupfte Haufen mit den drei Unzertrennlichen: Kopitz, Hartwick, Brielitz – langlebigen Stubenlichtern. – Krasny Kutok: die vogeldichten Schwärme der STUKAS und HE 111, die nachglühenden Fensterrosen der Brände, Flüsterrufe der Parolen (auf Sieg getrimmt), Panzer mit warmlaufenden Motoren, TIGER, PANTHER (ein barbarischer Dressurakt stand bevor). Poßnitzer fand kaum eine Mütze voll Schlaf, als ihn der Kampflärm ins Freie trieb. Schrapnellgewitter über Rauchvorhängen, imponierende Feuerwalzen, Sturzkampfflieger-Ouvertüre unter Sirenengeheul. Endlich einmal ein Schlag aus der Vorhand. (Gelernt ist eben gelernt!)

Später, als das Pendel ihres Waffenglücks zurückschlug und sie ins Stolpern kamen, beim gekonnten Stoß aus der Rückhand (auch da waren sie unbestritten Meister!). Siebenfach geschürzter Knoten taktischer Hinterlist. Später die leicht durchschaubaren Taschenspielertricks von wahren Entfesselungskünstlern (Poßnitzer einer ihrer gelehrigsten Schüler).

Die ersten Umfassungsmanöver der Sowjets lösten Panik aus. Poßnitzer hatte gleich zu Beginn seine Einheit verloren, war tagelang ziellos umhergeirrt. Nur unter peinvollen Selbstvorwürfen entsann er sich der Etappen ihres überstürzten Rückzugs. Nächte hindurch war er wie ein Langstreckenläufer vor den scharf nach-

* Kennwort: Sommeroffensive 1943

drängenden Sowjets getürmt, Nächte, in denen sein Nimbus als Offiziersbewerber kläglich zerrann, Nächte, in denen er sich fragte, wozu er eigentlich das Kriegshandwerk gelernt habe. Doch dann gewannen Überlebenswille und soldatischer Ehrgeiz wieder die Oberhand. Der Spürsinn des Jägers erwachte in ihm, die Verschlagenheit des Fallenstellers. Sein angeborener Instinkt brach durch. Ein Vorfall wie dieser war ganz nach seinem Geschmack:

Er hatte sich einer leichten Flak-Abteilung angeschlossen, die seit Wochen im Erdkampf lag. Die Mannschaft, die den Verlust zweier Geschütze, ihrer Erstausstattung, noch nicht verschmerzt hatte, wirkte verstört. Als sie ihn in einer Gefechtspause ansprachen, war er gleich Feuer und Flamme. Sie machten ihm das schmeichelhafte Angebot, den verwaisten Platz des Richtschützen einzunehmen. Im Handumdrehen lernte er die Vorzüge dieser Waffe kennen, ihre präzise Mechanik, ihre Beweglichkeit, die imposante Schußfolge ihrer Doppelläufe. – Tags darauf stießen sie auf eine verlassene Vierlingsflak. Von einem Holunderstrauch prächtig getarnt, stand das auf Raupen montierte hochkomplizierte Schießgerät, das seiner Vorstellung von Liquidierung und Dezimierung auf ideale Weise entsprach. Sich im gefederten Schalensitz um die eigene Achse drehend, brachte er nur ein einziges Wort heraus: faszinierend! Im Schatten einer Remise den kümmerlichen Rest der ehemaligen Besatzung aufstöbernd, stellte er aus den lädierten Mannschaften zwei kampfstarke Bedienungen zusammen, übernahm die Mittagswache. Es war drückend heiß. Die stupide Gleichförmigkeit der endlosen Sonnenblumenfelder machte ihn schläfrig. Lustlos blinzelte er durch die Optik, lud durch, übte aus purem Zeitvertreib das Drehen und Schwenken der Zwillingsläufe. Aber dann straffte sich mit einem Ruck seine vornübergebeugte Gestalt; er wurde hellwach. Vor ihm auf dem gegenüber liegenden Hang, der mit Maiskolben spärlich durchsetzt war, erschien ein Panzer-Spähwagen des Gegners. Er kam rasch näher, ein emsig vorrükkendes, käferartiges Gebilde. Auf Steinwurfnähe blieb das Fahrzeug stehen. Die Staubwolke fiel in sich zusammen. Ein Turmluk wurde geöffnet. Rotarmisten kletterten heraus. Der Erste schien regelrecht Schiß zu haben. Ein Halbwüchsiger in einer Sommerbluse, dem besser ein Schulbuch angestanden hätte als der Feldstecher eines Spähers. Poßnitzer sah im Glas die ungesunde Färbung der pickeligen Haut, das schweißige Nackenhaar und den wie in

Atemnot aufgerissenen Kindermund. Der Zweite war gelenkig wie ein Bodenturner, balancierte übermütig auf der Panzerwulst des Drehkranzes. Der Dritte hatte ein richtiges Eulengesicht. Poßnitzer entdeckte auf seinem Uniformhemd einen roten Emaillestern. Eine Regung des Neids erfaßte ihn. Nervös schwenkte er sein Nachtglas auf den Vierten, den Spähtruppführer, der nun voll im Profil stand und genießerisch an seiner selbstgedrehten MACHORKA-Zigarette zog.

Poßnitzers eigentliches Verdienst bestand darin, daß er die Vierergruppe entschlossen aus dem Okular nahm und so die Verfänglichkeit dieser Idylle in die angemessene Perspektive rückte (in den Bereich sachlich-kühler Abstraktion). Er maß nicht länger ihre Gegenwart mit der Elle menschlicher Glückserwartung, wies auch die Regung des Neids gelassen von sich. Lehrbuchmäßig gekonnt, nahm er den Spähwagen ins Ziel, umzirkelte ihn in konzentrischen Kreisen. Nun sah er nur noch die Umrisse der Gruppe, die scharfen Konturen der Lederhelme, die Rauchringe in der Luft (die merkwürdig rund in der zitternden Stille hingen) und schließlich das Fadenkreuz, das dies alles zerschnitt...

Tagebuch Hartwick:
14. Juli 43: Die Feuerüberfälle nach russischem Exerzier-Reglement dauern unvermindert an. Das Bachbett der WORSKLA mit ihren Erosionsnarben dampft aus allen Poren. Verlassene Schützengräben, von Flammenwerfern angesengte Unterstände, schwarz wie ausgeräucherte Hornissennester. Einen beschissenen Morgen lang zusammengekauert in einem Erdloch, das unter den Einschlägen wandernder Granaten allmählich einzustürzen beginnt.
15. Juli: Bei Tagesanbruch in den Sperrfeuerraum Bubny-Gerzowka eingeschleust. Dicht aufgeschlossene Nachschubkolonnen verstopfen den Flaschenhals von Sybino und bleiben im hageldicht liegenden Werferfeuer, unter Anzeichen von Panik und Befehlswirrwarr, stecken. Als Radfahrer einer Vorausabteilung bleibe ich beim Marsch durch ein erntereifes Kornfeld mit dem Pedal an einer Strippe hängen. Im Angriff tieffliegender ILJUSHINS in Panik, verheddere ich mich im Kabelgefitze, bis ich gefangen bin wie ein Fisch im Netz...
16. Juli: Nachts in Butowo bei trostlosem Sprühregen Biwak in hastig aufgeschlagenen Viermannzelten. Zum Eingewöhnen das kat-

zenartige Gefauche der Stalinorgel, das mir durch Mark und Bein geht…

17. Juli: Ankunft beim Kompanietroß, der im Hinterland gemütlich Läuse knackt und Skat drischt. Anödende Kameraderie der Küchenbullen, Kammerfritzen und Kommißköpfe, die weit vom Schuß ihre Druckposten kaschieren mit forschem Parolengeschwafel. Klamottenwechsel und Großreinemachen unter freiem Himmel. Gegenseitiges Sich-Anpflaumen: »Wie kann man nur so auf den Hund kommen? – Wie kann man nur so Speck ansetzen und verspießern?« – Während des Wartens auf die entlausten Drilliche überfallartiger Angriff durch Tiefflieger. Nackt zwischen Uniformstapeln, packt mich blankes Entsetzen beim Gedanken an einen Fangschuß. Warum eigentlich bloß? Fühlte ich mich denn in den schweißklammen, verdreckten Klamotten kugelsicher?…

28. Juli: Wie festgenagelt auf einem von Granaten durchpflügten Stück ukrainischer Schwarzerde. Hitze, Staub, Durst, Ekel, Müdigkeit. Die einzige Wasserstelle eine Panzersuhle vom Vortag. Dort schöpfen dem Delirium nahe Pioniere Moorwasser in ihre Kochgeschirre, das Schmutzränder vorweist und Ölrückstände…

7. August, vormittags: Vor den Windmühlenhügeln von Nowo-Borissowka. Überfallartiges Hervorbrechen sowjetischer Panzerpulks, hinter wie auf Kommando kippenden Kornpuppen. Wie ein Marathonläufer keuchend um mein Leben gerannt. Mit hängender Zunge Borissowka erreicht. Auf die Küchenbesatzung einer Flakstaffel gestoßen, die ahnungslos warmes Essen austeilt.

7. August, nachmittags: Unter zeitweisem Nieselregen durch niedergetrampelte Maisschläge und über verschlammte Gretterwege. Apathisches Dahintrotten mit umgehängten Knobelbechern und zerlegtem Maschinengewehr. Ein sowjetischer Tieffliegerangriff läßt die Rinderherde, die einen Hohlweg unterhalb von Chotmysk verstopft, schlachtreif zurück. – Brielitz, einundzwanzig geworden, in einer Anwandlung melancholischer Selbstüberschätzung: er sei jetzt volljährig und nunmehr Herr seiner Entschlüsse! – Daß ich nicht lache…

8. August: Bei Sonnenaufgang am Stadtrand von Graiworon in einen Knäuel geplünderter Troßfahrzeuge geraten. Herrenlose Gespanne mit Hausrat zwischen wildgewordenen Kutschern und scheuenden Pferden. Die Sonne als Purpurqualle über den Kuppeln der Kathedrale. Zwischen den Wagenburgen eingeschüchterter Zivilisten formiert sich ein Kampfverband aus versprengten

Einheiten. Gewehrschützen feuern wie besessen auf einen russischen Nahaufklärer, der, wirkungsvoll über den Baumwipfeln operierend, alle naselang aufkreuzt...

9. August: Zwangsrast auf verlassener Kolchose. Nervöses Dahindämmern im Fliegengesumme geräumter Stallungen, die noch warm sind von frischem Kuhdung. Gutgetarnte Vierlingsflak hinter Holundergebüsch. Zwischen hitzeknisternden, staubdürren Maisstauden Schützenwagen der Sowjets, an der Flanke deutlich erkennbar der rote Fünfzack. Eine ahnungslose Kippengemeinschaft von Rauchern läßt sich für eine MACHORKA-Pause auf der Einstiegluke nieder. Dann löst ein Feuerstoß aus der Vierlingsflak in Bruchteilen einer Sekunde drei Kettenraucher in Qualm auf. Hysterischer Anfall eines Neuzugangs, der das Schwein von Richtschützen lynchen will. – Ich stehe starr vor Schrecken und Scham...

12. August: Staubfahnen vorpreschender T 34 und KW I, auf Kilometer hin sichtbar. Röhrende Abschüsse, Feuerzungen und der berstende Explosionsknall auf Panzerplatten. Die glücklose Attacke einer TIGER-Abteilung, die wegen Getriebeschaden vorzeitig das Feld räumt. Das längst langweilig gewordene Spiel mit tödlichem Ausgang: Mühle auf und Mühle zu! Stundenlanges Vor-Sich-Hindösen auf einem Munitionsschlepper. Im Stehen fast eingeschlafen und von der Deichsel gefallen. Im Blickwinkel meiner vor Müdigkeit krampfhaft zuckenden Augenlider die zerfranste, zerfledderte Peripherie von Achtyrka...

21. August: Mit einem Sicherungstrupp der Kompanie ostwärts von Weprik am lehmwassrigen PSOIL. Ohne Flankenschutz und Feuerunterstützung, in einem Hals über Kopf angesetzten Infanterieeinsatz. Mit meiner kampfschwachen MG-Gruppe im knüppeldichten Unterholz am Rand einer Waldschneise, die ein schmales Niemandsland bildet. Im Stehen eingeschlafen und über mein eigenes MG 34 gefallen...

22. August: Im Schweinsgalopp Brückenschlag über stehendes Gewässer. Im brusttiefen Brackwasser aufgedunsener Pferdekadaver, der einen penetranten Gestank verbreitet. Nach Übergabe der fertiggestellten Pontonbrücke und Einweisung der Brückenwache überstürzter Abbruch, hastiges Verladen des Pioniergeräts. Gegen 18 Uhr Ortszeit eine Kolonne der Heeresartillerie im Anmarsch auf die abgebrochene Brücke. Kommando zurück, fieberhaftes Wiederaufnehmen der Bautätigkeit. Nach Abzug der motorisierten Nachhut Brücke befehlsgemäß gesprengt. Da kommt eine Abteilung Radfahrer angeprescht, vor Sowjetpanzern flüchtend – die geht buchstäblich baden…

25. *August:* Tolldreister Anflug eines alten HENSCHEL-Hochdeckers, der sich mit dem Altersstarrsinn eines Invaliden auf gegnerische Konvois stürzt. Vor Kumulustürmen in starker Aufdrift schraubt er sich wacker hoch, verhält einen Augenblick am Scheitelpunkt der Ekliptik, kippt, stößt wie ein unwirscher Jagdfalke herab, fädelt sein langsames Bordfeuer ein, entkommt mit knapper Not im prasselnden Flakbeschuß.

1. *September:* Wieder im Feuerbereich schwerer Haubitzen- und Kanonenbatterien. Gehen in Schützenketten über ein abgeerntetes Kornfeld. Sonnenreflexe auf Hügelkuppen, von Wolkenschatten gestreift. Wanderfontänen aus hochgerissener Schwarzerde und fettem Stickstoffqualm. Über den futuristischen Häuser-Kuben von Cadjatsch eine aufziehende Gewitterfront. Blaugekalkte Lehmwände unter goldgelbem Dachstroh. Eine Untergangsstimmung – theatralisch…

2. *September:* Schon beim ersten Antreten vor der Front setzte er mich seinen kleinlichen Schikanen aus. Standesdünkel unter der Schirmmütze, der auf Rang und Dienstjahre pocht und die ordenlose Brust als ständigen Vorwurf mit sich herumschleppt. Als ob ich, der ich Kleingemüse vorweisen kann, schuld wäre an seiner Dürre. Gegen neun Uhr, Vorgehen russischer Infanterie auf gegenüberliegenden Höhenzug. Abgeschwächtes Kampfgeschrei treibt den Oberfeldwebel zu einem heroischen Entschluß: Als erste Vorsichtsmaßnahme beordert er mich kurzerhand ins deckungslose Vorfeld. Als wären Horchposten nötig, die Annäherung des Gegners zu signalisieren. Der tarnt sich nicht mehr leisetreterisch, kommt wie in einer Prozession mit Kreuz und Fahnen. – Krieche also auf allen vieren durch schlappe Krautwildnis, hebe mit eng an den Körper gepreßten Ellbogen und flach geführtem Klappspaten meine Schützenmulde aus. Stimme des Leuteschinders auch im Pfeifen der Kugeln überdeutlich an meinem Ohr. Hinter mir die ganze maulfaule Sippschaft, solidarisch in ihrer Duckmäuserei. Schlappes Hinnehmen der Schikane. Ich in meinem Einmannloch tollohrig, im Geprassel schlagartig einsetzenden Schrapnell-Feuers…

3. *September:* Unter wachsender Nervosität, unter steigenden Verlusten Wellen von Infanterieangriffen abgewehrt. Einbrüche

an linker Flanke im Gegenstoß abgeriegelt. Als Revanche pflastern uns neun T 34 einen Nachmittag lang die Hucke voll. Einer der Neuen, erst wenige Tage in der aufgefrischten Gruppe, verliert die Nerven. Schreiend und nach der Mutter rufend, springt er aus seinem schützenden Deckungsloch. Eine Panzergranate halbiert ihn mitten im Laufen.

4. September: Planloses Schanzen, fickriges In-Deckung-Stürzen unter den Splitterbomben von ILJUSHINS, in Masthöhe ausgeklinkt, die zwischen hastig getarnten LKWs explodieren. Belferndes Karabinergeplänkel gegen das klatschende Schlagen der Bordgeschosse. Erst bei Einbruch der Dämmerung dem halbierten Neuzugang, den ich nicht einmal dem Namen nach kannte, ein Begräbnis besorgt – in die Zeltbahn geklaubt, was von ihm übriggeblieben ist.

5. September: Im ersten Büchsenlicht Stellung bezogen in einem taunassen Krautacker. Stures Festhalten eines Hügelrückens, der nach meinem Dafürhalten keinerlei taktische Bedeutung mehr haben kann. Dafür am Nachmittag kampflos ganzen Höhenzug geräumt, einen Trumpf vorschnell aus der Hand gegeben, der uns ins Schleudern bringen dürfte. – Einer der Duckmäuser, dem der »Arsch auf Grundeis« geht, verkrümelt sich klammheimlich. Einer der Scharfmacher, der mich beim Oberfeldwebel verpfiff wegen defaitistischer Äußerungen, wird mir als Munitionsträger zugeteilt. Er ist so kleinlaut, daß ich seinen Angstschweiß buchstablich durch seine Uniform hindurchrieche…

5. September, spät nachts beim Verpflegungsempfang: Essenholer bringen Dosenbier in die vorderste Linie. Helmloser rabiater Funker vor seinem tragbaren Gerät, imitiert stockheiser Passagen aus einer Rede des »Gröfaz« –: »Wo der deutsche Soldat steht, da steht kein anderer!« – »Ja, wo steht er denn, der lausige kleine Racker?« – »Vor lauter Gedränge kommt er noch ins Schwitzen.« – »Ja, soll ihm denn der Iwan, wo er ihm schon in den Hintern tritt, auch noch auf die Zehen treten?« – Sarkasmus auf der ganzen Linie, während mein parteifrommer Oberfeldwebel wie ein Truthahn puterrot anläuft…

8. September: Nichtbefohlener, selbstverordneter Rückzug auf eine Bahnwärteridylle. Strohlager in geplünderter Bauernkate entdeckt und offenes Feuer gemacht. Im Schein des aufflackernden Brandes leere Wodkaflaschen gezählt, die eine fluchtartig verlassene Bettstatt umstellen. Kampfwert der eigenen Kompanie taxiert, die auf zwei notdürftig ausstaffierte Halbzüge geschrumpft ist. Unruhiger, durch die Blasenschwäche einiger notorischer Trinker unterbrochener Schlaf. Während das Bataillon planmäßig verheizt wird, eine kompaniestarke Nachhut von Infanteristen sich unplanmäßig absetzt, leiern Sprengtrupps die »Taktik der verbrannten Erde« herunter, als letzten Glaubenssatz in einem durchlöcherten Credo…

10. September: Beim überstürzten Zurückgehen aus einem Straßendorf im Stauraum Cadjatsch-Lebedin-Lochwiza, dessen Name ich schon nicht mehr behalten kann, auf Schwerverwundeten gestoßen. Mit letzter Kraft sich aus einem Gebüsch schleppend, klammert sich ein blutjunger Fähnrich an meinen Stiefeln fest, bettelt um meine geladene Pistole. Ein Sanitätstrupp, der unseren mörderischen Handel zum Glück rechtzeitig entdeckt, verlädt den Todessüchtigen kurzerhand auf einen SANKA und prescht mit ihm davon. Aufatmend über diesen gnädigen Zufall nachgedacht…

Flucht nach Kasatschja-Lisizza

Als Brielitz die Augen aufschlug, wußte er nicht sogleich, wo er sich befand. Es war jene mausohrige Frühe um ihn, wie er sie aus einer längst verflossenen, vielleicht auch nur geträumten Existenz her kannte, und er duckte sich fröstelnd in das Dickicht der Halme. Sekundenlang zögerte er, etwas wahrzunehmen. Aber dann löste sich aus dem Halbdunkel der banale Umriß seiner Knobelbecher und die kaltschnäuzige Gegenständlichkeit einer NULLACHT, die ihn an seinen soldatischen Auftrag mahnte. Sein speckiger Brotbeutel wurde sichtbar; ein wütend benagtes Keulenstück verdorbenen Pökelfleischs, unappetitlich, pomadig, mit jenem leichten Stich, der ihn zum Erbrechen reizte. Streifen um Streifen hatte er aus diesem Beutestück herausgeschnitten, Würfel um Würfel aus diesem Fettberg gestanzt; ein wahres Hungerstakkato hatten seine Finger vorgeführt. Jetzt aber saß er halb aufgerichtet, blinzelte verschlafen aus seinem Versteck. Er sah das Dachgespärr über sich, das aufgeschichtete Stroh, die leeren, flachgequetschten Fruchtstände: sein enges, von Angst umzirkeltes Refugium.

Wie lange eigentlich schon nistete er hier als Vogelfreier, als Strauchdieb, als Versprengter? Er hatte jedes Zeitgefühl verloren, wußte nicht recht, hatte er nur Stunden verschlafen oder schon ganze Tage? Eines schoß ihm siedendheiß ins Gehirn: Er war nicht zu seiner Truppe, seiner kämpfenden Einheit zurückgekehrt. Unfaßbar schien ihm, daß er den Absprung gewagt hatte. Das eindringliche Gehupe vom Ortsrand her hatte ihn lange zaudern lassen. Doch dann scheuchte es ihn nur um so tiefer in seine Ohnmacht, seine Verlorenheit. Er war hinabgestiegen in die unauffindbaren Schlupfwinkel des Schlafes. Lurch und Maulwurf, in ihr schützendes Erddunkel verpuppt, augenlos, fellumkleidet, mit Schaufelhänden ausgestattet, hatten ihn angelockt. Er würde nun graben wie sie, stumm im Wurzelwerk, in den Schichten versunkener Gräser und Farne. Er würde die herauflotende Tiefe der Wasseradern ahnen, das Wirken magnetischer Kraftströme spüren, das Wimmeln von Laternentierchen in den Blattverliesen der Stille. Aber durfte er glauben, dem Schicksal auf solch naiv-poetische Art der Verweigerung entfliehen zu können? Selbst noch im Schlaf begegnete er den Figuren seines Kummers, seiner trotzigen Verzweiflung.

...Es hatte alles damit begonnen, daß Angehörige seines Bataillons, das sich zum Angriff bereitstellte, durch Zufall und die selbstmörderische Gastfreundschaft eines Ukrainers ein Quartier bezogen, das ein wahres Juwel beherbergte. Außerhalb der Reichweite gegnerischer Artillerie liegend, stach dieses Gehöft ihrem Kompaniechef lebhaft ins kulinarisch verwöhnte Auge. Brielitz, dem Vorkommando zugeteilt, das Quartiere anwies, sah das Dach mit den Tabakschnüren unter der Traufe und wunderte sich, daß das Gehöft nicht längst belegt war. Er sah Zwiebelzöpfe vor spiegelblanken Scheiben, die das Sonnenlicht auffingen, sah dümmliches Federvieh in Sandkuhlen scharren, stand sprachlos in der Stille des Julinachmittags, als schlüge er augenblicklich Wurzeln.

Er, der nur Bunker bewohnt, sich in Kahlschlägen festgesetzt, in Schneewächten eingeigelt hatte. Er, der die Eisbarrieren von Mamushi und Moskrosenz kannte, die Lehmburgen an der kleinen WORJA, die Sandfallen von Korrowino. Er, der ein halbes Tausend mehr oder weniger exakt gewinkelter Schächte hinterlassen hatte, schrägwandig, unter den Lichtwirbeln zweier Sommer, Gruben für seine wechselnden Aufenthalte. Nie war er über freies Feld gelaufen, ohne sich vom ersten Schritt an im Fadenkreuz eines Scharfschützen zu sehen. Seine lachhafte Vorsicht, mit der er Schlupfwinkel durchsuchte oder ein Gelände auf Hinterhalte abklopfte. Erfinderisch in neuen Tarnmethoden, einfallsreich beim Ausbau von Einmannlöchern, lautete sein probater Leitspruch: »Eine Landschaft ist vollkommen, wenn sie Deckungsmöglichkeiten bietet!«

Und nun also dieses Gehöft, das er mit einer Arglosigkeit betrat, als umschlösse es einen Bezirk wunschloser Friedfertigkeit. Dabei wußte er lediglich, daß es die Nummer 6 war auf der linken Seite des Gretterweges, der das Kirchdorf mit dem Zungenbrecher-Namen in zwei gleichgroße Hälften teilte.

Shenja war dunkelhaarig, von schmalwüchsigem Typus und einer herben Anmut, die sich jeder zudringlichen Neugier widersetzte. Unter ernsten Augen hütete sie wie einen Brautschatz ihr zärtliches Lächeln. Ihr schwarzer Plissee-Rock, ihre weiße gestärkte Hemdbluse, ihre hochhackigen Schuhe zeigten eine gewisse städtische Eleganz, eine kultivierte Scheu, die unter Gleichaltrigen Neid, ja Eifersucht auslösen mochte. – Schon am ersten Tag, als er sie in Vertretung des Kompaniemelders zur Ortskommandantur begleitete, eines dringend benötigten Stempels wegen, fiel ihm auf, wie sich einige Halbwüchsige bei ihrer Annäherung grußlos abwandten. Gut, gut, ihm als Deutschen waren sie weder Höflichkeit noch Respekt schuldig. Warum aber ließen sie ihren Unmut an Shenja aus?

In den ersten Stunden ihrer Bekanntschaft – wenn er ihr belustigtes Grüßen und Kopfnicken Bekanntschaft nennen wollte – war es für ihn ein Leichtes, seine häufigen Besuche mit dringlich scheinender Ordonnanztätigkeit zu kaschieren. Zudem war sein Bataillonschef ein erklärter Liebhaber der Botanik, der seinen Kübelwagen mit Vorliebe in einer Klematislaube parkte – sicherlich nicht nur, um ihn gegen Fliegersicht zu tarnen. Brielitz konnte also zwischen den Buchsbaumrondellen aufkreuzen, ohne gleich von den Spaßvögeln als »auf Freiersfüßen befindlich« verlästert zu werden. Doch die Herrlichkeit der Anlaufphase gegenseitiger Befangenheit dauerte nicht lange. Der Stichtag X der geplanten Offensive rückte heran. Eine fieberhafte Betriebsamkeit setzte ein. Nachts rollten bei abgeblendeten Scheinwerfern die gepanzerten Kolonnen. Die Streifzüge des Botanikers in die Gartenwildnis entfielen und damit auch die Anlässe, unter dem Vorwand der Befehlsvermittlung »rein zufällige Begegnungen« herbeizuführen.

Der Hausherr, Shenjas Onkel, ein untersetzter Graukopf, kurzsichtig und von einer naiv-gefahrlichen Verehrung für alles Fremde und militärisch Pomphafte, lud – von den martialischen Aufmärschen halb erschreckt, halb fasziniert – den Kommandeur und die Herren des Stabs zu einem Umtrunk ein. Niemand hatte ihn eingeweiht oder gar ins Vertrauen gezogen. Aber er las es wohl aus ihren feierlich-verkrampften Gesichtern, daß irgend ein dramatischer Umschwung bevorstand. Er wollte sich wenigstens als spendabler Gastgeber erweisen. Den Todgeweihten Reverenz zu bekunden, war für ihn schlichte Christenpflicht. Also begann er schweigend Gläser zu wischen, Tische zu rücken, Sessel im Halbkreis aufzustellen. Abends, als die Sonne den Horizont berührte – ihr loderndes Wabern wirkte auf ihn wie ein warnendes Fanal –, entzündete er die wenigen verfügbaren Kerzen.

Brielitz, dem die haushälterische Umtriebigkeit des Alten zunächst schleierhaft vorkam, schlich sich in einem unbewachten Augenblick davon. Verwundert fragte er sich, warum Shenja, die ihrem Onkel sonst ständig zur Hand ging, sich so zurückhielt. Tadelte sie die Vorbereitungen dieser trickreich anberaumten, unnatürlichen Feier? Unschlüssig stand er auf der Schwelle ihres Zimmers. Er sah eine weißgekalkte Wand mit einer Ikone vorüberziehen. Seine Augen zukneifend, sah er einen Schatten anwachsen (es war zu seiner Erleichterung sein eigener). Im Licht der untergehenden Sonne gewahrte er eine riesige Wandkarte; er geriet in den Sog einer ungeheuren Landmasse, verfing sich in einem Netz, einem Aderngeflecht von Strömen und Flüssen, spürte die mächtige Dünung und trieb benommen weiter. Er nahm die Kante eines roh gezimmerten Tisches wahr, das geschwungene Herzstück einer Sessellehne. Zugleich sah er den rotbraunen Ast in der Tischplatte, der wie eine Insel aus dem schwammigen Weichholz ragte, und mehr noch: einen Regulator, dessen Perpendikel stillstand, den Lederrücken eines Folianten, das scharf gezeichnete Fensterkreuz, das Partien der Klematislaube rahmte – schließlich die Schmalseite eines Regals mit Puppen und Stofftieren, vor dem die junge Lehrerin stand. Ihm aber war, als schlüge sein Herzvogel wild gegen die Gitterstäbe seines Käfigs...

Der Umtrunk begann mit einem Toast auf den Gastgeber. Der Kommandeur hielt das erhobene Glas vorschriftsmäßig mit abgewinkeltem Ellenbogen in Brusthöhe: »Meine Herren, auf daß uns der Sieg nicht übermütig mache!« Sein zuprostendes Lächeln gefror ihm auf den Lippen. Die Herren seines Stabs, die ihn respektvoll umstanden, schlugen die Hacken zusammen. Sie zeigten die übliche lärmende Ratlosigkeit, mit der solche Verlegenheitsrituale anlaufen. Auf dem gutmütigen Gesicht des Gastgebers erschien eine Unmutsfalte. Trotz des Zuspruchs, den seine selbstgebrannten Liköre fanden, war er verstimmt, ja verärgert. Die Weigerung seiner Nichte, an dem Umtrunk teilzunehmen, verdroß ihn. Warum mußte sie ihm den Abend verderben?

Die Deutschen zu einem Trinkgelage anzustiften, war sicherlich alles andere als klug. Aber er haßte es, wenn man Gastfreundschaft mit Kollaboration gleichsetzte. Himmel, er hatte die »nemezki« nicht in sein Haus genötigt. Er ahnte seit langem, daß man gehässig über ihn und seine Nichte tuschelte. Konnte er dafür, daß Shenja reizvoller, liebenswerter war als die Mädchen im Ort? Anlässe zu Eifersucht gab sie freilich allein schon durch ihre Erscheinung. Aber mußte er sich den Vorwurf gefallen lassen, er kröche den Deutschen in den Hintern? Mancher sah Shenja wohl schon an die Offiziere verkauft, wo doch Shenja wie eine Nonne lebte! Er fürchtete mit einem Mal dieses törichte Getuschel, das hinterhältige Geschwätz. Er ein angeblicher Opportunist, ein ehrvergessener Kuppler und auch noch Vaterlandsverräter! Er konnte nur den Kopf schütteln vor soviel Engstirnigkeit, ahnte aber, daß irgend etwas von diesen Anschuldigungen im Gedächtnis hängen bliebe, auch wenn nun die Anwesenheit der Fronttruppe die vorlautesten Schandmäuler mundtot machte.

Es war ihm nie recht klar geworden, auf welch rätselhafte Weise Shenja an seine Adresse geraten war. Aus ihrer Heimat am Unterlauf des Don vertrieben, hatte er die Waise wie eine leibhaftige Tochter aufgenommen und ihr den Rat gegeben, sich als Lehrerin auszugeben, die vor den Sowjets geflüchtet sei. Durch ein gütiges Schicksal vor einer Deportation glücklich bewahrt, bewohnte sie seit dem Frühjahr ein Zimmer in seinem Haus, zeigte sich anstellig, hilfsbereit – und nun widersetzte sich die Närrin seinem Wunsch und verdarb ihm den ganzen Abend! Warum zwang sie ihn, unglaubwürdige Ausreden für ihre Abwesenheit zu erfinden? Als ob die Herren nicht längst ihre Nähe gewittert, nicht längst ihre vogelleichten Schritte vernommen hätten. – Verärgert erhob er sich, sah ratlos zur Tür, zuckte resigniert mit den Schultern, wandte sich wieder seinen Gästen zu, die noch immer ihre Trinksprüche klopften und den Eindruck erweckten, als kippten sie, mit ihren Gläsern voran, langsam über ihre eigenen Schatten. Der Kommandeur in einem Stadium beginnender Versteinerung: »Meine Herren, auf daß uns der Sieg nicht durch die Lappen gehe!«

Was Shenja veranlaßt haben mochte, doch noch an der Feier teilzunehmen – niemand erfuhr es je. Aber sie erschien plötzlich unter der Tür: weiß und barhäuptig. Brielitz wählte mit Absicht diese puritanisch klingenden Adjektive. Als Chronist des Abends wollte er jeden Aufruhr, jeden Gefühlsüberschwang im Keim ersticken. Doch den Herren verschlug es die Stimme. Als das sonnenwarme Destillat zu wirken begann und die Zungen löste, riefen sie gebieterisch nach einem Musikanten; der begann auf einer Ziehharmonika, die er nach Matrosenart hielt, eine sattsam bekannte Melodie zu malträtieren. Mit Ausnahme des Kommandeurs, der wie sein eigenes Denkmal konturenscharf im Fenster stand, schifften sich die Herren Stabsoffiziere nach »Madagaskar ein, hatten die Pest an Bord ––« Die lärmenden Refrains übertönten lautstark ihr rauhkehliges Gelächter. Von ihrem Ofenplatz herab kreischte eine zahnlose Alte, die die Herren mit Wehrmachtsfusel traktierten.

In einer Wachsamkeit, die nichts Gutes verhieß, saß Brielitz stumm vor einem gefüllten Glas. Er hob es nur dann an die Lippen, wenn er sich einbilden konnte, Shenja proste ihm heimlich verschwörerisch zu. Oft genug setzte er es ab, ohne auch nur daran genippt zu haben. Im Tabaknebel war nämlich nicht mit Sicherheit auszumachen, welcher ihrer zärtlich-verspielten Blicke ihn persönlich meinte und welche glatt durch ihn hindurchgingen. Vielleicht hatte sein Gesicht für sie längst die vertraute Form erkennbarer Züge eingebüßt. Vielleicht war es nur noch umrißschwaches Oval unter Ovalen – in dieser Musterkollektion von Charakterköpfen.

Eigentlich hatte er ja gehofft, Shenja werde die Aufforderung des Adjutanten, mit ihm den Tanz zu eröffnen, mit dem Geständnis abblocken: ihr erster Tanz sei bereits vergeben! Als sie am Arm des Ritterkreuzträgers die ersten Figuren eines langsamen Walzers drehte, stieß er enttäuscht sein Glas zurück. Den Wunsch, es zu zerschmettern und sich mit den Scherben zu verletzen, damit wenigstens fließendes Blut seine Leidenschaft offenbare, unterdrückte er. Soviel Selbstbeherrschung brachte er gerade noch auf; er leerte also den Rest in seinem Glas nur um eine Spur angewiderter als üblich. – Wie konnte er sich auch ernsthaft unter solche Konkurrenten ins Spiel mischen, als ebenbürtiger Rivale gegen Akademiker antreten, die allein schon durch ihren Formenkanon eine höhere Gattung Mensch verkörperten? Brielitz mußte hohnlachend an seinen früheren Leitspruch denken: »Erst kommt der Mensch mit seinem Charakter ––!« Eine demütigendere Antwort, als ihm diese selbstgefälligen Glücksritter und Postenjäger erteilten, ließ sich wohl nicht denken. Es war ganz eindeutig: Die Uniform zählte, nicht, was sich darunter versteckte!

Auch sein maßvolles Trinken zeigte allmählich Wirkung, hatte er doch am Abend vor lauter eifersüchtiger Beflissenheit das Essen verpaßt. Ihm jetzt einen Imbiß zuzustecken, vor diesen professionellen Herzensbrechern, das würde seine schmachtende Seele gelabt haben! So aber – mit leerem Magen und der Enttäuschung über das ausgebliebene Wunder – verfiel er nach und nach in Selbstmitleid. Seine Fähigkeit, das Trinkgelage in all seinen Phasen zu überwachen, litt unter seinem verhinderten Geltungsdrang. Auch seine Tauglichkeit als Chronist ließ zu wünschen übrig. Die Gemütsruhe, aus solch einem unfairen Wettbewerb auszusteigen, mußte er sich erst noch aneignen.

Einer der Gründe, warum Brielitz sich hütete, aus der Rolle zu fallen, war Shenjas untadelige Art zu tanzen. Auch die aufgekratzteren Tänzer mußten sich eingestehen, einer Unbeschwertheit begegnet zu sein, die jede Intimität von vornherein ausschloß. Keiner konnte sich brüsten, mit dieser jungen Russin Körperkontakt gehabt zu haben. Ihn tröstete, daß sie auch nach endlosen Pirouetten, wenn sie erhitzt und atemlos ihren Partner tauschte, auf Distanz blieb, von ihrer fabelhaften Kondition gedeckt. Ihn beflügelte zeitweise die verwegene Hoffnung, daß ihm vielleicht eine menschenwürdigere Form der Ungehemmtheit bliebe als das Delirium des unfreiwilligen Trinkers.

Einmal sprang er in einem Anflug von Entschlossenheit hoch. Wer ihn beobachtete, mochte meinen, er presche gegen ein unsichtbares Hindernis vor; denn er kam über die ersten überstürzten Schritte nicht hinaus. Eine Welle der Scham und Selbstbezichtigung schlug über ihm zusammen. – War nicht Mataschs wehleidige Verweigerung eine Revolte, gemessen an seinen eigenen halbherzigen Reaktionen? Hartwick hatte ihn früh durchschaut: Ihm fehlte ganz einfach die Courage, sich tapfer seinem Schicksal zu stellen, warum nicht dem eines gescheiterten Liebhabers? – Verstört zog er sich in eine der Fensternischen zurück, preßte sein erhitztes Gesicht gegen die nachtkühle Scheibe. Täuschte er sich oder flüsterte hinter dem vorgelegten Laden eine gehässige Stimme? Nun musterte ihn auch noch der beschwipste Gastgeber; sein angstvoller, gehetzt wirkender Blick streifte ihn. Doch Brielitz in seiner Gemütsverdüsterung achtete nicht weiter auf ihn. Er fühlte sich wieder einmal abgedrängt, kaltgestellt vom Schwarm enthemmter Verehrer – Shenjas Arme weiß und lianenhaft auf tadellosem Uniformtuch. Im Hausflur sein geladener Karabiner. – »Brielitz, jetzt spiel' mir bloß nicht den heimkehrenden Odysseus! Deine Penelope erwehrt sich schon selber der zudringlichsten Hände. Komm schon, schnall' ab! Der ›schändliche Übermut der Freier‹ ist nur eine Homersche Zeile in Deinem Hinterkopf.«

Eigentlich betrank sich Brielitz gar nicht wirklich. Er saß nur eben wie angeschmiedet. Mit welchem Recht nur mimte er den Gekränkten? Musterte sie nicht *alle* mit diesem anschmiegsam-verachtungsvollen Blick? »Daß sie Dir einmal heimlich einen Buchsbaumzweig auf Dein Feldbett legte, verdrehte Dir gleich den Kopf. Ein harmloses Zeichen flüchtiger Sympathie verkehrtest Du in ein Liebespfand!« – Zum Glück für Brielitz nahm die Nacht schon ab und der Tag zu; aschfarben starrte der Morgen. Die tänzerischen

Pirouetten Shenjas erstarben. Den Lippen des Adjutanten entfuhr ein unbeherrschter Seufzer. Tadelnd hob sich der Kommandeur aus seinem rauchumwölkten Sessel: »Meine Herren, ich muß doch sehr bitten, der Sieg –!«

Mitten im Schlaf überfielen ihn die Hähne. Das Erregende an seinem Traum war die Übereinstimmung mit einer wunschlosen Wirklichkeit. Brielitz war von einer rücksichtslosen Schicksalsbereitschaft. Selbst die meßbaren Zeitabläufe unterwarfen sich seiner Regie. Ihm zuliebe brach noch einmal die Nacht an. Er trat an die abgeräumte Tafel heran, sah mit Befriedigung, wie sie sich mit einer frischen Ladung Schafskäse verjüngte, wie die Flaschen anrückten, die Flüssigkeit in sie zurückrann. Er ließ die Offiziere – in schlichtes Tarngrau verpackt – ordenlos antanzen. Mochten sie jetzt zusehen, wie sie als Ranglose mit ihrer Menschlichkeit fertig wurden. Der Kommandeur – die Versteinerung war jetzt von ihm abgefallen –: »Meine Herren, machen wir uns doch nichts vor – der Sieg ist längst verschenkt!«

Mutwillig zerbrach er sein gefülltes Glas. Alle sahen, wie sein fließendes Blut seine Leidenschaft besiegelte. Sein Antrag an die junge Lehrerin war mit Scharfsinn, Phantasie und Beweiskraft formuliert. Keine schüchternen Handzeichen mehr, kein herzlähmendes Zaudern. Nein, nichts, was ihn bloßstellte! Seine demütigende Unschlüssigkeit war nun ausgelöscht, die Herren, ihrer Privilegien verlustig, schafsfromm, in ein verdrießliches Schweigen gebannt, das er nicht so schnell aufzuheben gedachte. Er aber im Duftwind ihres Haares, in der nachgiebigen Rundung ihrer Achselhöhle, die er mit zärtlichem Ingrimm in Besitz nahm, bis er ermattet herausfiel, geweckt von Hähnen, die ihn in eine triste Welt entließen...

Die Klematislaube, die Brielitz unter dem hämischen Geflachse seiner Kumpane aufsuchte, bot ausreichenden Sichtschutz. Das stäubende Licht, durch raschelndes Blattwerk gefiltert, entwarf auf seiner Zeltbahn lebhafte Muster. Umständlich zerlegte er seinen Karabiner. Die Schwärze des Laufs, die Maserung des Schafts, die Glätte des bräunierten Metalls – Brielitz kannte jede Stelle an diesem vertrauten und doch so fremden Instrument, das er seit Jahren im Schlaf beherrschte und im Grunde nie benützt, nur ständig mit sich herumgetragen hatte. War es bei ihm zum bloßen Anhängsel verkommen? Ganz im Gegenteil – er hatte es im Stand der Unschuld belassen!

Während er daranging, die Einzelteile zu säubern, spähte er

durch das Gittergeflecht der Laube in die malerische Gartenwildnis. An ihrem Ende mannshohes Staudengewächs, Mais mit seinen violettfarbenen Rispen. Hinter der üppigen Wucherung der Giebel des Gehöfts das offene Geviert, die mit Tabakschnüren und Zwiebelzöpfen behängte Dachtraufe. Im Halbdunkel der Diele sein Feldbett mit den Umrissen seines Tornisters, der seit Tagen gepackt war. In diesem Augenblick trat die junge Lehrerin auf den Hofplatz heraus. Lebhaft sprang sie an ihm vorbei, warf jungenhaft ihr offenes Haar aus der Stirne. Eigentlich erst, als sie mitten im Schritt verhielt und sich nach ihm umdrehte, als wollte sie sagen: Sind wir uns nicht in einem früheren Leben begegnet? überwältigte ihn ihre Arglosigkeit und Natürlichkeit. Nachdem die Trockenheit im Mund nachgelassen und endlich Speichelfluß ihn instandgesetzt hatte, ihren Gruß zu erwidern (der zusammengesetzte Karabiner bewies ihm, daß er sich gefangen hatte), sah er sie bereits hinter einer Hecke knien und Küchenkräuter sammeln. Um sich nicht der Zerreißprobe seiner widerstrebenden Gefühle auszusetzen, verließ er fluchtartig die Laube und mischte sich – funktechnisches Interesse vorschützend – unter die Strippenzieher. In Gedanken sah er noch immer ihren vom Licht gesprenkelten Oberarm, den Ansatz des Schläfenhaars über den Ohren, das Aderngeflecht unter der durchsonnten Haut, ihre Augen, die ihn mit kühler Verwunderung maßen.

Gegen Abend bedeckte sich der Himmel von Westen her. Flugzeuge erschienen in streng dekorativen Formationen. In die wespenhaft hohen Singtöne einer Vorhut von Jägern mischte sich das Gedröhne tieffliegender Geschwader. Als die Sonne den Horizont in Brand setzte, loderte im Osten eine Gegensonne auf. Feuerwände verhängten den unteren, Flakvorhänge den oberen Himmel, in dem wie Fischschwärme HEINKEL, JUNKERS und MESSERSCHMITT dahinschwammen. Explosionen erschütterten das Erdreich. Mit angehaltenem Atem lag das geprügelte Land. – Brielitz, heillos ernüchtert, spürte die plötzliche Aufbruchsstimmung. Er hörte das Kommen und Gehen der Ordonnanzen, die gestotterten Segenswünsche ihres Gastgebers, der nicht mehr den Mut aufbrachte, vor sein Haus zu treten. Er hatte das leidige Gezänk der betrunkenen Alten im Ohr, die ihren Ofenplatz kaum mehr verließ. Auf der Straße lärmten die mausgrauen Diesellaster. Unter dem Vordach staute sich gemästetes Offiziersgepäck. Der Kübelwagen des Kommandeurs stand bereits mit laufendem Motor, vorerst noch getarnt in der Klematis-Laube.

Brielitz, den Tornister aufnehmend, um sich feldmarschmäßig bei der Kompanie zu melden, entdeckte in einer Tasche, die er nach Tabakresten durchsuchte, ein schlicht gebundenes Kräuterbüschel. Fassungslos betrachtete er die gepreßten Blätter und Blüten, die eine zärtlich-fürsorgliche Hand zu einem Talisman (einem Liebessymbol?) geordnet hatte. Er ließ alles stehen und liegen, stürzte durchs Haus, über den Hofplatz, rief halblaut Shenjas Namen. Aber sie war nicht auffindbar, hielt sich wohlweislich versteckt. Als die Kolonne anrückte und er von seinem Hochsitz herab auf das Gehöft zurückblickte, entdeckte er hinter einem Fenster eine weiße, flatternde Hand, während die Vögel, unter deren Flügeln der Tod nistete, das Land überfielen, das – hinter letzten Schüben von Licht – ins Dunkel zurücksank.

Die ersten Angriffstage verbrachte Brielitz in vorderster Schützenlinie. Er rollte auf Befehl Flandernzäune aus dem Weg, entschärfte Panzerminen, kennzeichnete Minengassen für die vorwärtsstürmenden Grenadiere. Das Kräuterbüschel in der Brusttasche beflügelte seine Vorstellung, er laufe nicht über ein Schlachtfeld, sondern über eine Hindernislaufbahn, an deren Ende ihm eine Trophäe winke! Doch dann versetzte ihm eine Verletzung peinlicher Natur, die er sich höchst lächerlich beim Sprung über eine S-Rolle zugezogen, einen empfindlichen Dämpfer. Er ließ sich beim Sanitäter verarzten, wurde einige Tage aus dem Verkehr gezogen, meldete sich dann freiwillig für ein Spähtruppunternehmen, das kläglich fehlschlug. Von diesem Tag an nahm er wieder alte Gewohnheiten auf, nächtigte im Freien und versteckte sich, wenn ihn der Schlaf im Stich ließ, in unmöglichen Schlupfwinkeln.

Aber er verfiel nicht mehr wie früher in jenen blindwütigen Eifer, der ihn ziellos schanzen und wie ein Maulwurf wühlen ließ. Doch die Zwangsvorstellung, er könne auf einem seiner Erkundungsgänge in einen Hinterhalt geraten, war für ihn nach wie vor voll uneingestandener Schrecken. Einzig die Vorstellung, Shenja böte ihm mit Salbei, Rosmarin und Liebstöckel symbolischen Geleitschutz, gab ihm jenes Quentchen Mut, das die Schrecken mildert. Sie in seine Arme zu schließen, ihr seine Zuneigung zu gestehen, mit diesem Vorsatz würde er irgendwann einmal aufbrechen. Mit dem Jawort der beiden Alten würde er vor sie hintreten – und es spräche dann nicht die Tollkühnheit des Fahnenflüchtigen aus ihm, der die Fronten wechselt, sondern der Löwenmut des Grenzgängers, der die Blutsbande der eigenen Herkunft löst!

Der Entschluß, auf einer der regulären Aufklärungsfahrten über Land abzuspringen und nach Kasatschja-Lisizza zurückzukehren, war bald gefaßt. Vorwände, von der vorgezeichneten Route abzuweichen und die Erkundung befehlswidrig auszudehnen, ließen sich unschwer finden. Was die Überredung des Kradfahrers und die Tarnung seiner Absichten betraf – Mittel der Lockung wie der Bestechung würden sich schon finden lassen.

Eines Morgens war es dann soweit; mit einem Auftrag an ihn, der einem nicht alle Tage in den Schoß fiel. Schon die Nennung der Ortsnamen, die Brielitz gewissenhaft auf seiner Karte ankreuzte, ließ ihn rascher atmen. Er schnallte eine geliehene Pistole um, verstaute den Karabiner, der ihn auf der Fahrt nur behindert hätte, im Seitenwagen der schweren BMW, begab sich zur Entgegennahme der Papiere zum Kompaniechef. Die Verabschiedung verlief ohne jede Peinlichkeit. Niemand ahnte, was Brielitz im Schilde führte, keiner schöpfte Verdacht. Die Chance war einmalig, der Fahrer arglos, sein Beifahrer bestechlich. Nur Hartwick grinste auf eine vertrackte Art, die Brielitz mißfiel.

Ein langsam sich abspulender Vormittag: Auf den Chromrändern des Rückspiegels schimmerte die feine Chiffrierung des Wolkenhimmels. Brielitz saß barhäuptig auf dem stark federnden Sitz des Beiwagens. Die Straße – einmal nicht das übliche Riffelbrett – war halbwegs befahrbar, der Staub erträglich, der Sonnenstand noch günstig. Gegen Mittag erst nahm die Hitze so zu, daß sie lästig wurde. Das Gelände immer vertrauter; bekannte Dörfer tauchten auf. – Der eigentliche Auftrag nahm nur wenige Stunden in Anspruch. Brielitz, die Minenfelder eines früheren Kompanieabschnitts übergebend, war erstaunt über seine organisatorische Umsicht. Ruhig erläuterte er die Pläne, führte die fremden Pioniere an die Vermessungspunkte, erklärte das Schema der verlegten Minen. Leutselig ging er auf scherzende Zurufe ein, empfing einen Nachschlag aus der Feldküche, trat gesättigt und voll unternehmerischer Tatkraft auf die Straße zurück, wo ihr Beiwagen-Krad bereits mit laufendem Motor in der Sonne stand.

Krasny-Kutok – sie hatten einen weit nach Norden geöffneten Halbkreis abgefahren. Unschwer ließ sich auf der Karte bestimmen, daß der Ort, in dem Shenja Tscherkaschena wohnte, auf halber Strecke nach Tomorowka lag, ihrem neuen Einsatzort!

Warum also, folgerte Brielitz gewitzt, sollten sie den strapaziösen Anmarschweg über stark befahrene Nachschubstraßen wählen? Damit sie einer motorisierten Streife der Kettenhunde* in die Arme liefen? Er war doch nicht lebensmüde. Tomorowka war sicher auch auf Nebenwegen erreichbar, ohne daß er sein Ziel aus den Augen verlor. Er wußte zwar nicht, ob die Front in diesem Abschnitt parallel zur Rollbahn verlief. Vielleicht war sie in Bewegung geraten, und die Orte, die er beschwörend vor sich hinsagte, waren längst vom Gegner besetzt. Brielitz mußte einräumen: Taktisches Manövrieren war nicht gerade seine Stärke. Seine Planungen traf er aus dem hohlen Bauch. Da blieb natürlich Unsicherheit. Sie wich auch nicht von ihm, als sie auf eine beidseitig umzäunte, wenig befahrene Straße stießen. Es dämmerte schon. Die Luft roch nach frischem Laub und durchnäßtem Erdreich. Obwohl Brielitz, über die Karte gebeugt, Ortsnamen auswendig lernte, um gegen den Schlaf anzukämpfen, überwältigte ihn doch die Müdigkeit. Der stetige Wechsel von Beschleunigung und Drosselung, von Anstieg und Gefälle, schläferte ihn ein…
Der Angsttraum, in den er nun stürzte, war ihm wie auf den Leib zugeschnitten. Da war sein hartnäckiger Versuch, in ein Klassenzimmer einzudringen, sich dem Ansog einer ungeheuren Landmasse zu widersetzen, während er hilflos dahintrieb, vorbei an rotierenden Wänden, mit Bruchstücken von Mobiliar behängt, vorbei an einem Flaschenspalier, unter Wolken aromatischen Rauchs. Sein Kommandeur in botanische Reminiszenzen vertieft: Achillea millefolium, blätterbehangen auch er. Schließlich die Schattenlaube, Shenjas Leib ihm zu Füßen, bei einem Duell ihm zugefallen, Shenjas drehwüchsiger Leib, den er wie seinen Karabiner zerlegte…

Als selbstverständliche Regel gebotener Wachsamkeit ordnete Brielitz einen Zwischenhalt an. Er knipste die Stablaterne an, strich nervös übers Kartenblatt, verfing sich in einem Gewirr von Linien. Aufatmend bestätigte er, was ihm seine beiden Begleiter zuriefen. Vor ihnen lag Kruikowo, ehemals Hauptverbandsplatz der Division. Im aufsteigenden Mond entdeckte Brielitz langgestreckte Mauerfluchten, Blechdächer und ein vom Regen verwaschenes Rotes-Kreuz-Emblem. Aber nicht diese Entdeckung ließ sie in halber Panik den Zündschlüssel drehen und die Stablaterne

* Feldgendarmen

löschen. Mitten auf dem freien Platz stand ein rotgestrichener Doppeldecker, eine Art Museumsstück, ein klappriger Luftveteran, ein zu groß geratener Papierdrachen mit trapezförmigen Flügeln.

Brielitz verließ unter Protest seiner beiden Begleiter das Beiwagen-Krad und rannte auf die russische Maschine zu, die mit ihrem roten Fünfzack allein schon abschreckend genug wirkte. Er wußte nicht, woher er auf einmal den Mut nahm, den offenen Platz zu überqueren und sich mit dem fliegenden Unikum anzulegen. – Würde er Sonderurlaub bekommen, wenn es ihm gelänge, das Beutestück zu sprengen? Würde er es durchsetzen können, die dienstfreien Tage in Kasatschja-Lisizza zu verbringen? Er warf sich mit einem Anlauf gegen den Rumpf, wütete mit seinem Seitengewehr in den Spanndrähten, bis das Instrument wie ein Resonanzboden dröhnte. Er schlug mit dem Klappspaten auf das Höhenruder ein, stach in die Motorverkleidung – aber seine heldische Attacke zeigte keinerlei Wirkung. Der spreizbeinige Vogel widerstand ihm.

Dabei hockte ihm schon die Angst im Nacken. Seine Anfälle von Mut kamen über das Stadium kopfloser Tollheit selten hinaus. Er erschrak über das hallende Echo seiner eigenen Schüsse. Er schwitzte vor Aufregung, und er dachte, während er mit gesträubtem Nackenhaar zurückwich und die Einschußlöcher schrumpfen sah: Wozu dieser unnütze Kraftakt, wozu dieser blinde Eifer, als ein kühner, unerschrockener Tatmensch zu gelten, wo er bestenfalls ein gutwilliger Heißsporn war? Er blieb eine plausible Antwort schuldig; denn in einer der Steinbaracken sprang eine Tür auf, ein Lichtstrahl schoß auf ihn zu, blendete ihn, Stimmen überschlugen sich förmlich. Eine Handvoll Rotarmisten kollerte über den Vorplatz. Brielitz saß kaum in seinem Seitenwagen, als ein wildes Geballere einsetzte.

In Nikolskoje empfingen sie die Hunde. Ihr Gekläff pflanzte sich in Sekundenschnelle von Haus zu Haus, von Stallung zu Stallung, kam näher, kreiste sie ein, brach ab, ging in klägliches Winseln über, erlosch wie ein Spuk. Brielitz hockte mit eingeschlafenen Füßen in seinem Schaukelsitz. Er nahm schlaftaube, verhärmte Gesichter wahr. Hinter halbgeschlossenen Fensterläden sah er Hände schemenhaft hochfahren und über ihm das Kreuz schlagen. Er hörte erschrecktes Geflüster, Warnrufe und besorgte Stimmen des Mitleids. Wie unter einem Fieberwahn fuhr er dahin. Die Karte auf seinen Knien war an ihren Rändern schweißdurchfeuchtet. Als die Stimmen in seinem Rücken erloschen, die engstehenden Hütten ihrer Gespensterschaukel eine Gasse öffneten, trocknete sich Brielitz erleichtert den Schweiß von der Stirn. Fröstelnd schlummerte er ein. Im sperrigen Geäst eines Schattenverlieses der mondlosen Nacht.

Geweckt wurde Brielitz durch ohrenbetäubendes Gehupe. Eine flirrende Helligkeit war um ihn: Laubgesprenkel auf seinen Handrücken, zärtliche Tastwärme der Sonne. Und merkwürdig genug: Ihr dreirädriges Gefährt stand still und die beiden Gestalten, die er im Gegenlicht auf sich herabblicken sah, entfesselten hinter ihren Zahngehegen ein lautloses Gelächter. – War er im Morgengrauen schlafend in einen Hinterhalt der Russen geraten? Münzten die beiden Rotarmisten ihre Siegespose in eine Lachpantomine um, weil er so herrlich bescheuert aus der Wäsche glotzte? Mißtrauisch richtete er sich auf, griff, da etwas Weißes zwischen seinen Knien heraufschimmerte, nach dem zerknitterten Meßtischblatt. Verwundert sah er, wo er sich befand. Kaum daß er begriff, wie mühelos nun auf einmal das erwünschte Ziel, das ersehnte Paradies erreichbar war! – Sich um soldatische Haltung bemühend, überreichte er den beiden Spaßvögeln den versprochenen Packen Marketenderware. Obschon sie sich kaum mehr auf den Beinen halten konnten, untersuchten sie argwöhnisch die einzelnen Schachteln und Dosen, legten sich dann maulfaul, ein zufriedenes Grinsen auf ihren Lippen, mit ihren Schätzen in den Schlagschatten des Beiwagen-Krads, wo sie augenblicklich einschliefen. Er tarnte umsichtig das Lager der beiden Schläfer mit einer Lage Maisstroh und machte sich auf den Weg. In einem Wirbel sich überstürzender Empfindungen schlüpfte Brielitz wieselflink durch einen schadhaften Flechtzaun, setzte über ein Rinnsal hinweg, rannte einen Abhang hinauf, der mit überalterten Obstbäumen durchsetzt war. Atemlos stand er, von den Schlägen seines eigenen Herzens furchtsam gemacht, in der blattkühlen Klematislaube. Ihm war es, als habe er den Rubikon überschritten.

Auf dem Hofplatz stieß er auf eine getrocknete Blutspur. Der Hausherr mußte geschlachtet haben (ihm zu Ehren?). Ahnte die junge Lehrerin, daß er auf dem Sprung war, sie zu entführen? Hing irgendwo unterm Vordach der Haarbalg eines Kaninchens? Die Fensterläden reihum offen vorzufinden, war ungewöhnlich. Sie hatten wohl befürchtet, geschlossene Läden wiesen den schüchternen Freier ab oder nähmen ihm den Schneid, anzuklopfen. Warum aber klebte an den Wänden ringsum Blut? War es landesüblicher Brauch, mit dem Blut geschlachteter Lämmer die Wände zu bezeichnen? War der Würgengel durch das schlafende Gehöft geflogen? Hatte er auf den Türen sein Zeichen hinterlassen? – Brielitz strich sich mit zitternder Hand über seine feuchtheiße Stirne. – War dies einer Seite der Bibel nachempfunden – oder war dies ein Trugbild seiner überreizten Sinne? – Vielleicht daß der Hausherr, den er in Weißzeug und Pantoffeln antraf, und der regungslos, mit dem Gesicht nach unten, auf dem lehmfarbenen Estrich lag, die Folgen seiner Trunkenheit ausschlief. Sicher eine Art Vorfeier, um seine Ankunft mit einer gewissen würdevollen Trinkfestigkeit bestehen zu können. Über die Schwelle des Gastraums stürzend, trat Brielitz in Hausrat und aufgeschlitzte Bettbezüge. Scherben klirrten unter seinen genagelten Stiefeln. Er stolperte über Flaschen, stützte sich, schwindlig werdend, auf die Banklehne. Von ihrem Ofenplatz herab baumelte schlaff die Alte.

Die Tür, hinter der Shenjas Zimmer lag, war nur angelehnt. Brielitz stieß mit dem Fuß dagegen. Er sah, wie vor seinen Augen, die er gewaltsam geöffnet hielt, eine Ikone vorüberzog. Im Halbdämmer gewahrte er die riesige Wandkarte; er geriet in den Sog der ungeheuren Landmasse, verfing sich in Strömen von Blut, trieb willenlos weiter. Er nahm die Kante des roh gezimmerten Tisches wahr und das geborstene Herzstück einer Sessellehne. Er sah den rotbraunen Ast in der Tischplatte, der wie eine steuerlose Insel aus dem Weichholz ragte, und mehr noch: eine Uhr, die stillstand, das zerbrochene Fensterkreuz und schließlich die Schmalseite des Regals, vor dem die junge Lehrerin lag, inmitten ihrer zerfetzten Puppen und Stofftiere. Ihm aber war es, als öffnete er sich allen Mündungen und Gewehrläufen…

Wer von den Nachbarn, den Patrioten, wie sie sich nannten, bei Sonnenaufgang vor das Haus trat, konnte längsseits eines Trampelpfades, der zu einer schwer zugänglichen Schlucht führte, einen Mann dahintorkeln sehen, einen Mann, der immer wieder stehenblieb und zurücksah, als erwarte er unverzüglich die Klärung eines Mißverständnisses, als wäre dies alles: der Morgen, das geplünderte Gehöft und die tote Geliebte nichts als ein leidiger, böser, unzeitgemäßer Wachtraum. In das anhaltende Gehupe, das vom Ortsrand herüberklang, mischten sich die Trompetenrufe streitbarer Hähne.

Herbsthimmel Vierundvierzig

Herbsthimmel vierundvierzig. Polens Sonne über Lublin und Treblinka. Rauchschwaden über den Gärten. Kartoffelfeuer? Die tanzenden Säulen der Insekten. Fischgründe. Die harmlosen Muster im Sand. Das Gleichmaß, mit dem die Zeit verrinnt. Die verschlafene Garnison an der Weichsel. Ein gewöhnlicher Nachmittag.

Lohmann döste im Stehen vor sich hin. Er schätzte es nicht sonderlich, im Freien unterrichtet zu werden, sah mit Argwohn, wie die Schatten sich verkürzten, das Flimmern in der Luft beängstigend anwuchs, und wie die Wortfolgen, die störend an sein Ohr prallten, die Schlaffheit des Augenblicks ins Unerträgliche steigerten. Schon die Leere des Geländes machte ihn knieweich. Im Rükken die Kaserne, verwaschenes Gelbrot geschlämmter Ziegel, das schadhafte Pappdach der Waffenmeisterei, Schuppen, Remisen, geparkte PKWs mit Tarnanstrich; der weite Exerzierplatz, nichts, was ihn belebte; das Blattwerk der Kastanien müde und papieren. Obwohl sich die Blätter kaum bewegten, trieben, sichtbar genug, Schwaden fasrigen Rauchs über sie hinweg. Ein widerlich süßer Geruch verfing sich in ihnen. Das war kein Qualm von Kartoffelfeuern!

Wenn Lohmann die Augen zu einem Spalt zusammenkniff, sah er in der Hand des Gruppenführers die glänzende Waffe. Mitunter, wenn der bräunierte Lauf nach oben wanderte und die Gruppe, mit trägem Gleichmut der Bewegung folgend, aufsah, blendete sie ein scharfes Licht. Dann schloß Lohmann gequält die Augen, und der Wunsch, sich an einer Schulter anzulehnen, wurde übermächtig. Aber bislang hatte er nur zänkische Püffe geerntet, wenn er an ihre Großmut und Verschwiegenheit appellierte. Gewiß, er hatte sich in die Nesseln gesetzt. Vergangene Nacht – ein törichter Einfall, wenn auch entschuldbar, wie er fand. Er hatte auf Zweistunden-Wache gestanden. Tage vorher hatte es Tumult gegeben. Polnische Partisanen hatten ihre Wachen überrumpelt. Es war zu einem Handgemenge gekommen. Der Waffenmeister verwundet, ein Großteil der Gewehre verschleppt, einige PKWs beschädigt. Man hatte also die Kontrollen verschärft, die Depots gesichert und ließ rund um die Uhr Posten patrouillieren. Auch er wurde vergattert und auf Wache geschickt. Eine mondlose, hellhörige Nacht brach an. Nichts Außergewöhnliches. Monotonie des Rundgangs, Wachroutine. Unvorsichtig war er ins Latrinenhäuschen getreten, hatte seinen Karabiner gegen die Brüstung gelehnt, sich auf den Donnerbalken geschwungen und hatte sich eine Selbstgedrehte in Brand gesteckt. – Es wird schon nicht gleich was passieren! dachte er, genüßlich den Glimmstengel zum Mund führend. Und es passierte auch nichts Weltbewegendes. Nur als er – die ersten Züge paffend und den Rauch durch die Nüstern blasend – die Augen schloß, war – »wie Ziethen aus dem Busch« – der Gruppenführer aufgetaucht.

Das Unerhörte, Nichtzufassende! Er schlug keinen Lärm, stauchte ihn nicht einmal zusammen, obwohl in der Gruppe das Gerücht umging, er sei ein Scharfmacher der schlimmen Sorte, ein »richtiger Hundling«. Ein Melder mit einem guten Draht zum Bataillonsstab wollte erfahren haben, er habe die Erstürmung eines Schwesternkonvents geleitet, eines scheinbar geräumten Klosters, irrtümlich vom Feind besetzt, eines Konvents, in dem sich Nonnen aufhielten. Das war freilich schon eine Weile her. Aber das Gerücht, er habe sich dabei wie ein Bluthund aufgeführt, hielt sich hartnäckig. Der Alkohol löste so manche Zunge in diesen Julitagen. Unruhe machte sich bemerkbar nach den Fehlschlägen an der Front und den verhinderten WALKÜRE*-Nächten. Der Anschlag in der »Wolfsschanze« mißlungen – ein Oberst von Stauffenberg standrechtlich erschossen. Der Sturm aus dem Osten – die Flutwelle – der Bellevueplatz unter Wasser (der Wohnsitz des Gruppenführers). Schlimme Nachrichten mußten ihn erreicht haben: Sein Elternhaus zerbombt, seine Mutter erschlagen, sein Vater, vertrottelt und vermißt. Im Keller, dessen Wände noch die Flutmarken des Wassers wiesen, trieben mit aufgedunsenen Bäuchen, vierzehnjährig, seine beiden Schwestern. – Dies alles hatte Lohmann im Lauf der letzten Tage unter der Hand erfahren. Wer nicht taub war, hörte so manches, was einem die Galle hochtrieb. Aber es gab auch Vorfälle, die ihm nicht mitgeteilt worden waren. Es gab Dinge, die nicht mitteilbar waren. Er kannte ja auch Wahrnehmungen, die das gewohnte Maß an Zumutbarem überstiegen. Der Gruppenführer war offenbar ein Mann, der Fehler begangen hatte, ein Mann, der Fehler beging, und sie nicht einsah.

* Kennwort 20. Juli 1944.

...Sie standen unschlüssig in der Hauskapelle, mit entsicherten Karabinern, als der Befehl durchkam, unter die Nonnen zu treten und die Altarkerzen zu löschen. Sie dachten erst, es wäre nur wegen der Verdunkelung, leuchtete ja auch ein – und so trat auch er hinzu, löschte die Kerzen, indem er die Leuchter der Reihe nach vom Altartisch kippte. Die Nonnen sagten kein einziges Wort der Klage oder des Unmuts. Als er den letzten Leuchter umstieß, gewahrte er im Schein der verlöschenden Kerze die rosigen Münder der Nonnen, wie sie sich fortwährend bewegten nach Forellenart...

Wie er die Tage dieses Sommers zurückwünschte! Wie ärgerlich, daß er damals krank geworden war, daß ihn ein dummer Zufall ausgerechnet in diese schläfrige Garnison verschlug. Ihm hatte der Sinn, weiß Gott, nach soldatischer Bewährung gestanden, nicht nach einem Druckposten in der Etappe. Lästig war es, diese Windhühner zu unterrichten, ihre harmlose Stümperei im Waffentechnischen ernst nehmen zu müssen. Wie sie schon dastanden und in ihrem verwaschenen Drillich hingen! Einen von ihnen hatte er vergangene Nacht ertappt, wie er auf der Latrine rotzfrech rauchte. Er kannte seinen Namen nicht, kannte sie alle nicht, wollte sie nicht kennenlernen. Die Mühe, aus ihnen Soldaten zu machen, konnte er sich wirklich schenken. Nicht einmal dieses Wachvergehen hatte er einer Meldung für wert befunden. Weit war es mit ihm gekommen. Er haßte dies alles, den Leerlauf in der Kaserne, die allnächtlichen blinden Alarme wegen einer Handvoll Partisanen, den sturen Innendienst. Manchmal trank er einen über den Durst. Dann lüftete er wohl ein wenig die Karten. Aber er sah gleich, daß sie nichts wirklich begriffen...

Der Unteroffizier sieht müde aus! dachte Lohmann und sah besorgt nach oben. Er sog die widerliche Süße der Rauchschwaden in sich hinein und spürte würgenden Ekel. – Und keiner, der sagt, was das bedeutet! – Wie im Halbschlaf vernahm er die Stimme, reihte versuchsweise Wörter –: Laufseele, Zuführer, Schließfeder, Sicherungsflügel! Widerstrebend nur hakte sich diese reichsdeutsche Wortbildung in seinem Gehörgang fest. In Sicherung und Flügel getrennt, weckte es in ihm sogleich Erinnerungen, flüsterte vertraulich von Sicherheit und Zuversicht, von Sekunden der Stille hinter geschlossenen Augenlidern, von Aufwind, Getragenheit, Lufthunger! – Sicherungsflügel! Wie ungesichert er war, wie flügellahm! Dazu dieser Schwirrlaut von Stimme, hornissenhaft, voll von Widerhaken, die gelangweilte Geste dieser gepflegten

Schlächterhände, notdürftig überspielter Überdruß, rabiate Gereiztheit!

Lohmann zuckte zusammen, als der Gruppenführer grundlos zu brüllen anfing. – Er ist müd! dachte er bei sich; der Ekel beutelte ihn, er drohte umzukippen. – Er ist müd wie wir alle, aber zu selbstherrlich, um sich eine Blöße zu geben. Er verachtet uns, weil wir Schlappschwänze sind, ohne uns im geringsten zu schämen. Er ist ungehalten, weil es ihm verwehrt ist, im Mittelpunkt militärischer Aktionen zu stehen. Er weiß auch, daß mit dieser Gruppe kein Staat zu machen ist.

Er vergaß mich ganz einfach. Ihm lag nichts an meiner Bestrafung. Er hält mich wohl schon – diesen Waschlappen – für bestraft genug.

Dann plötzlich, in einer Spanne zwischen zwei beliebigen Atemzügen, erschien der Tod. Er machte nicht viel Aufhebens von ihm. Ganz zufällig trat er an ihn heran, um sein statistisches Tagessoll zu erfüllen. In einer schmalen Spirale sank Lohmann in sich zusammen. Dies war kein Anschlag gegen ihn persönlich. Er hatte nur eben sein Standbein gewechselt, so wie der Gehilfe des Waffenmeisters seine Pistole. Die neue Waffe gefiel ihm. Fast spielerisch ging er mit ihr in Anschlag, prüfte den Abzug, sah die Sicherung nach. Er wußte nicht, daß die Waffe geladen war.

Der Gruppenführer schrak keineswegs zusammen. Er hatte etwas von der dreisten Taubheit derer an sich, die es darauf anlegen, zu überleben, die sich damit brüsten, den letzten Schuß frei zu haben. Zwar war ihm, als habe er den schwirrenden Flügelschlag eines Insekts verspürt. Aber er war sich dessen nicht einmal sicher. Er sah ja auch nicht das Verfängliche der Situation, in der er sich befand, nicht die bestürzten Gesichter. Sein Kommandoblick ging achtlos an ihnen vorbei – in die Leere des verpesteten Himmels. Wie um sich einer lästigen Pflicht zu entledigen, hieß er sie den Toten aufnehmen und in den Schatten tragen.

Herbsthimmel Vierundvierzig. Polens Sonne über Lublin und Treblinka. Rauchschwaden über den Gärten. Kartoffelfeuer? Die tanzenden Säulen der Insekten. Fischgründe. Forellenmünder. Die harmlosen Muster im Sand. Ein wenig Blut und die Abdrücke von Stiefeln. Das Gleichmaß, mit dem die Zeit verrinnt. Die verschlafene Garnison an der Weichsel. Einer der gewöhnlichen Nachmittage…

Die Kompanie stand in Erwartung ihrer Vorgesetzten. Die Troßknechte und Kommandierten – privilegierte Drückeberger in Hartwicks Augen – palaverten. Die zum Nachteinsatz Angetretenen – abgestumpfte Arbeitskulis – stierten mißmutig vor sich hin. Die einen hatten leicht reden, die trugen nicht ihre Haut zu Markte, den anderen war das Reden längst vergangen. Die einen kämpften mit der Langeweile und dem Schlaf, die anderen mit einem hellwachen, heimtückischen Gegner. Lotteriespiel des Schicksals oder Pokerpartie der Willkür, die vom einen das Risiko der Amputation abverlangten, vom anderen nur ein geduldiges Sitzfleisch?

Der Zeitpunkt seines Auftritts war geschickt gewählt. Poßnitzer überquerte mit zügigen, in den Knien leicht einknickenden Schritten den ehemaligen Gutshof, passierte die Boxenflucht der im Dämmer liegenden Stallungen, nahm dann Kurs auf den Appellplatz. Auftritte – das mußte der Neid ihm lassen – beherrschte er aus dem Effeff«. »Hast Du ihn schon gesehen? Er ist wieder beim alten Haufen gelandet.« – »Und die Treppe ganz schön hinaufgefallen.« – »Wer weiß, mit welchen Tricks er nachgeholfen hat?« – Kopitz war der erste, der sein Augenmerk auf die Mappe lenkte. Sie war braun, ein helles, auffälliges Braun mit blitzblanken Beschlägen. Poßnitzer trug sie wie eine Trophäe vor sich her. – »Was er wohl mit ihr vorhat? Er wird sie doch nicht an die Front mitnehmen wollen!« – »Hell genug wäre es ja, um mit ihr eine wunderschöne Zielscheibe abzugeben!« meinte Hartwick, schon zu belustigt, um seinen Tadel für sich zu behalten.

Als die Dunkelheit hereinbrach, erschien ein Schwarm Portepeeträger. Aus dem Dunstkreis der Pferdeboxen trat ein junger Major. Poßnitzer parierte mit all seiner anerzogenen Schneidigkeit, mit all seiner blickheischenden Arroganz, allein der Major, einem unruhigen tänzelnden Rapphengst das Fell streichelnd, nahm keine übertriebene Notiz von ihm, so demonstrativ er auch die Mappe an seine Hüfte preßte. – Ah, mein neuer Fähnrich, frischer Import, erstklassige Referenzen! Gewiß, gewiß, ich sehe Sie später! – Lässig hob er die behandschuhte Rechte, gab das Zeichen zum Abmarsch. Kommandos erklangen. Die mit Tellerminen beladenen Gespanne rückten an. Das Wiehern der Pferde übertönte zeitweise das Knarren überlasteter Räder. Zähflüssig setzte sich die Kompanie in Bewegung.

Von Rakow herüber hörte Kopitz die ersten verräterischen

Frontgeräusche. Granatwerfer eröffneten mit sturem Gleichmaß das abendliche Dauerkonzert. In das belfernde Geknalle eigener MGs fiel dumpf der Paukendonner fernliegender Einschläge. Perlfeuer der Flak flatterte aus der Weichselniederung herauf. Schwerfällige Diesellaster fuhren mit aufgeblendeten Scheinwerfern. Unter dreckverkrusteten Planen türmte sich eine gefährliche Fracht. Zum Mißfallen Poßnitzers, den die Begrüßung durch den Major schockierte, blieben die Portepeeträger, deren Aufmerksamkeit er auf sich zu lenken gehofft hatte, bis auf einen griesgrämigen Stabsfeldwebel, der den Gefechtstroß anführte, im Biwak zurück.

Kopitz und Hartwick, die in der Dunkelheit enge Tuchfühlung hielten, blieben nach einer Weile wie auf Vereinbarung stehen: »Glaubst Du auch, daß nicht alle Bäume in den Himmel wachsen?« – »Und der Krug nur so lange zum Brunnen geht, bis er bricht? Und wenn nun einmal der Brunnen versiegt und der Krug überdauert? Du gibst doch zu, daß es auch unter Krügen Dickschädel gibt. Oder prophezeist Du etwa Poßnitzer ein vorschnelles Ende?« – »Ein vorschnelles«, sagte Kopitz in einem Anflug hellhöriger Trauer, »ein theatralisches. Stolz und Hochmut haben sich noch immer ihr eigenes Grab geschaufelt.« – »Na«, meinte Hartwick sarkastisch, »Willkür und Zufall graben auch ganz hübsche Löcher!«

Kopitz, dem die Mappe nicht mehr aus dem Kopf wollte, sah sich wieder einmal auf eine heiße Spur gesetzt: »Bitte«, sagte er leicht eingeschnappt, »niemand zwingt Dich, meinen Argwohn ernstzunehmen.« – »Daß Liebschner einmal in sein Verderben laufen würde, lag wohl auf der Hand. Und bei Richter sah ein Blinder, wohin seine Raffgier führen mußte. Diebstahl, Einbruch, Betrug, der Kupferkrieg an der kleinen WORJA –– schnapp! machte die Mausefalle. Ich entsinne mich, Freund Kopitz, irgendwie scheinst Du das Desaster geahnt zu haben.« – »Entsinne Dich nur genauer, Hartwick: Ich sagte das Verhängnis voraus!«

Sie nahmen wieder ihre Plätze in der Kolonne ein und hatten auch gleich in ihrem Blickfeld, was sie suchten: Poßnitzers unverkennbare Silhouette. Als sie seinen feisten Nacken im Fadenkreuz ihrer Gedanken hatten, fragte Hartwick mit unüberhörbarem Spott in der Stimme: Woran er denn erkenne, wenn es mit einem der Pappenheimer bergab ginge? Kopitz, seinen Kopf um eine volle Gewindelänge höherschraubend (als wäre nur mit einem bis aufs äußerste gereckten Hals solch schlichte Weisheit zu produzieren), sagte: Das sei denkbar einfach – wenn er Mitleid verspüre, wo es keinerlei Grund für Mitleid gäbe!

Poßnitzers gereizter Zwischenruf: Er bäte sich während des Marsches zur HKL absolutes Stillschweigen aus, rief ungetrübte Heiterkeit hervor. Kopitz und Hartwick sahen vergnüglich in helle Schalksgesichter. Das Gekichere zweier Schlußmänner hing wie eine Girlande über den flatternden Deckplanen. Aber nicht lange und die Girlande zerriß; Motorenlärm schwappte heran. Die Fangarme von Scheinwerfern schossen durch eine Pappelreihe, tauchten Weg samt Kolonne in blendende Helligkeit. – Auseinander! schrie Poßnitzer wichtigtuerisch. – Von der Straße herunter, Ihr Neunmalklugen! Oder soll ich Euch Beine machen? – Das Gelächter der so forsch Angeredeten blieb im Ansatz stecken. In das planlose Fuhrwerken fahrlässig dicht aufgeschlossener Gespanne fielen mit hohlem Geschlurfe Granaten, gefürchtete Abpraller. Nun bogen auch schon mit kreischenden Rädern die Dreiachser um die Kurve, die Pritschen leer und hallend, die Planen im Fahrtwind knatternd. Hinter den Windschutzscheiben lemurenhaft die blassen Profile verängstigter Fahrer.

Ihre Lästerungen waren in den Wind gesprochen. Kopitz, mit jagenden Pulsen neben Hartwick liegend, war nicht wenig erstaunt, den cleveren Karrieremacher unversehrt am Straßenrand zu sehen, wie er die Mappe schwenkte und mit einer Stimme, die in den oberen Lagen kippte, zum Sammeln rief. Sich den Staub aus den Ärmeln schüttelnd, das verrutschte Koppel zurechtrückend, entfernte er sich mit der Affektiertheit eines Duellanten, der auf dem Punkt steht, sich lächerlich zu machen. – Wie in den Nächten zuvor bezog Kopitz leicht verdattert seinen getarnten Sicherungsposten. Hartwick ließ Verwünschungen laut werden, die ans Ordinäre grenzten. Aber dann ließ er sich ablenken von einer Vorfeldszenerie, die mit ihrem dramatischen Gestus geradezu grotesk wirkte. Mit der ihm anerzogenen Spottlust verwies er auf den bühnenhaft aufgehenden Vollmond, die fast regiemäßig einsetzende Illumination durch Leuchtsignale, das lautlose Agieren »uniformierter Marionetten«. Kopitz, dem Hartwicks subtile Ironien entgingen, zeigte eingeschüchtert auf das Zickzackmuster der Laufgräben, die Augenhöhlen der verlassenen Unterstände. – »Ein idealer Schauplatz für unseren klassischen Helden!« Poßnitzer, mit seiner Mappe voll im Flutlicht des Mondes stehend, gab in der Tat eine »ganz vorzügliche Zielscheibe« ab.

In dieser kühlen Septembernacht stieg erstmals wieder nach langen Nebeltagen ein klarer Sternenhimmel herauf. »Orion mit seinem Gürteldiadem. Du siehst, unser heroischer Freund rechnet bei seinem Auftritt mit himmlischer Assistenz!« Es war schon empfindlich kalt; die in Abständen postierten Pioniere fröstelten; Kopitz aber schnatterte wie ein Enterich. Aus Versehen war er in einem Graben gelandet und obendrein voll in einem Kuhfladen. Mit der Wehleidigkeit des Hypochonders spreizte er seine Finger in Abwehr des Ekels, wollte unbedingt in einem der abgesoffenen Unterstände, einem Rattenschlupfloch, wie Hartwick warnte, seine Hände säubern. – »Etwas mehr Vorsicht, mein Gutester! Ich würde Dir nicht raten, da einfach reinzulatschen.« – »Aber warum denn nicht, wo ich doch so jämmerlich friere?« – »Ein toter Mann«, versetzte Hartwick gelassen, »verliert mehr als nur seine kalten Hände!«

Auf einem ihrer Patrouillengänge passierte dann, was sie die Kälte wie den nahrhaften Stallgeruch schnell vergessen ließ: Poßnitzer kreuzte im Niemandsland auf. Obwohl sie nur wenige Schritte von dem Fähnrich trennten, sprach er sie nicht an, sah mitten durch sie hindurch. – »Es gibt dreierlei Formen des Hochmuts«, sagte Hartwick verächtlich, »den Standesdünkel der Reichen, den Hahnenstolz der Eitlen und den Hochmut der Ehrgeizigen!« – Kopitz, entgeistert auf die Chrombeschläge der Mappe blickend, hörte nicht, was Hartwick vor sich hinbrummte. Mit einer Art kindlicher Neugier fühlte er, wie ihn seine vor Kälte tauben Füße vorantrieben, dem Mappenträger nun dicht auf der Spur, der sich entfernte mit der Exaltiertheit eines Spielers, der auf sein Stichwort wartet.

Das Leder der Mappe ist ja viel zu hell! dachte er bei sich. Dieses Rehbraun ist doch keine Tarnfarbe in diesem gleißenden Mondlicht. Er ist wohl lebensmüde oder größenwahnsinnig? Mit diesem Köder lockt er doch nur die Scharfschützen an. – Kopitz blieb unschlüssig stehen. Vor ihm in der Tiefe des abfallenden Geländes machte er einen Unterstand aus, einen durch ein Gebüsch getarnten Unterschlupf, in dem ein rötlicher Widerschein aufglomm und erlosch, der an eine verdeckte Feuerstelle denken ließ. Vielleicht waren es auch nur die über eine Stablaterne gehaltenen Hände eines Soldaten, der einem Vermessungstrupp zugeteilt war. Ein leichter Schauder streifte ihn flüchtig, ein unmerklicher Sog des Grauens. Kopitz hörte den Anruf nicht sofort, diesen Kehllaut, der

Feuer spie. Genauer gesagt, sein Gehör meldete ihm zwar den akustischen Spektakel, aber seine Augen lenkten ihn ab in einem Vorgang, der wie ein optischer Schock wirkte: Ein Doppelschatten hechtete in mächtigem Satz aus dem Gebüsch. Durch den Feuerring einer Explosion sah Kopitz das Handgemenge stürzender, sich überschlagender Körper.

Fahnenjunker Poßnitzer befand sich seit knapp drei Tagen im Einsatz. Der Weg an die Front war ein einziger Hindernislauf von Kränkungen und Demütigungen. Ranglose Untergebene ließen den nötigen Respekt vor seiner Uniform vermissen. Fronturlauber drückten sich grußlos an ihm vorbei. Altgediente Garnisonsveteranen grinsten unverfroren. Renitente Stabsgefreite gefielen sich in demonstrativem Kopfwenden. Sein korrektes Auftreten, sein forscher Befehlston wirkten eher aufreizend als disziplinierend. Soldatische Zucht und militärische Ordnung lockerten sich bedenklich. Ein neumodischer Fatalismus machte sich breit. Ziviler Schlendrian brach durch. – Die wenig beispielhafte Haltung des Majors verunsicherte ihn. Ihn einfach von weitem abzufertigen wie einen ungerufenen Bittsteller, wo er doch frisch von der Roßlauer Kriegsschule kam, als Fähnrich mit einer soliden Ostfronterfahrung. Ohne den ihm zustehenden Abstellurlaub voll auszuschöpfen, war er über die Stationen Kielce, Opatow, Staszow unmittelbar an den Baranower Brückenkopf geeilt, um – getreu seinem Fahneneid – seine Pflicht zu tun! Hatte er nicht mustergültig vorgelebt, wie sich der Führer künftig seine Offiziere wünschte: einsatzfreudig, todesmutig, phantasievoll? Hatte er nicht in seinen ersten Freiwachen Minenpläne des Bataillons entworfen, eine Erfolgsbilanz aufgestellt anhand ihm zugespielter Unterlagen? Dem Major diese Entwürfe vorzulegen, hatte er sich eigens diese Mappe beschafft. Doch der Pferdeliebhaber, dem ein Rapphengst mehr Interesse abnötigte als sein fortschrittliches Verlegeschema, übersah ihn fast, hielt es nicht für nötig, ihn zu konsultieren und seine Minenpläne einzusehen. Die Führung der Einsatztrupps einem vertrottelten Stabsfeldwebel überlassend, setzte er ihn wissentlich einem Spießrutenlauf der Albernheit und Disziplinlosigkeit aus.

Aber nun berührte ihn seine Ignoranz nicht länger. Wenn er so wenig Wert auf seine Mitarbeit legte, wandte er sich – unter Umgehung des Dienstwegs – eben gleich an den Kommandeur. Wie ihm unter vier Augen verraten worden war, plante dieser eine Frontvisite in ihrem Abschnitt. Da war es nur logisch, wenn er die Mappe mit den Plänen griffbereit mit sich führte, selbst auf die Gefahr hin, daß es mit einer Audienz nicht klappte und er mit seinem vertraulichen Dossier beim Major landete, der aller Voraussicht nach den Kommandeur begleitete. Für ihn war ein Punkt erreicht, wo ihn nichts von seinem ehrgeizigen Vorhaben abbringen konnte. Unerschütterlich im Glauben an seine militärische Berufung, die einer historischen Mission erst Schlagkraft verlieh, betrat er den Schauplatz seiner Bewährung. Ein glanzvoller Höhepunkt seiner bisherigen Karriere bahnte sich an.

Er erschrak nicht einmal sonderlich, als wenige Schrittlängen vor ihm ein schwaches, phosphoreszierendes Licht aufleuchtete und wieder erlosch. Poßnitzer – der Würde seines Auftritts wohl bewußt – maß solch zufälligen Beleuchtungseffekten keinerlei Bedeutung bei; sie zählten ja wohl nur zur »gewöhnlichen Befeuerung«. Anders wertete er drei kurze Blinksignale, die aus einem der verlassenen Erdbunker kamen. Der amphitheaterhaft gewölbte Abstich, Orchestergraben einer Bühne, die jeden Augenblick frei würde für seinen Soloauftritt, lieh solchem Vergleich den heroischen Aspekt. – Der Anruf traf ihn unvermittelt, profan wie ein Schlag in die Magengrube. Der gutturale Kehllaut löste in ihm Befremden aus. Er begriff nicht, wie man ausgerechnet ihn mit dem Kampfruf des Gegners foppen konnte. Der schlecht gespielte Scherz reizte ihn zu einem scharfen Verweis. Aber dann fragte er sich, unter Berufung auf ein Gerücht, das den Kommandeur als Spaßvogel auswies, ob dieser ihm nicht eine Falle stelle, um seine sprichwörtliche Animosität gegen alles Slawische humorvoll bloßzustellen. Das Spaßig-Deftige seiner Bewillkommnung kam ihm zum Bewußtsein und bestärkte ihn nur noch in seinem Bolschewikenhaß. – Ein makabrer Scherz, dachte er unter Hitze auslösendem Blutandrang, konterte indes geistesgegenwärtig mit einer russischen Grußformel: »Kak paschiwaete, Pan Kommandant?«

In diesem Augenblick traf ihn der Feuerstoß. Er steppte eine leuchtende Naht ins brandige Grau seiner Uniform. Oberhalb der Tasche, eine Handbreit schräg über seinem Herzen, krümmte der Adler seine verbrannten Fänge. Poßnitzer duldete nicht, daß er jammernd in die Knie brach. Befriedigt sah er, wie sein Körper in vorbildlich langsamer, schraubender Bewegung zu Boden glitt. Die Beschläge der Mappe blinkten...

Als Kopitz aus seiner Betäubung erwachte, fand er sich ernüchtert inmitten eines Rudels von Gaffern. Einige, die ziellos ins Dunkel feuerten, meinten, Poßnitzer sei gewaltsam entführt worden, andere, die Maulaffen feilboten, das Ganze habe nichts zu bedeuten. Poßnitzer sei wohl nicht der Mann, der sich »einfach hopsnehmen lasse«. Es handle sich wohl nur um einen blinden Alarm. Kopitz sähe nun einmal Gespenster, »sobald es duster würde«. Seine Vorliebe für »Räuberpistolen« kenne man zur Genüge. Mit der hämischen Herabwürdigung des Vorfalls zur bloßen Parodie war der Urheber dieses Tumults auch schon fast vergessen. Hartwick kam es vor, als bedürfe es nur eines gewissen ehrabschneiderischen Palavers, um der losen Neugier das Maul zu stopfen. Nichts war schneller zu ersetzen als ein Mensch! Als Person zählte Poßnitzer schon lange nicht mehr. Eben noch ein Held, gehörte er jetzt schon in die Statistik, die Verluste nicht einmal kaltschnäuzig abbucht, sondern wertneutral! Hartwick selbst hatte keinerlei Anteil an dieser menschenfeindlichen Versachlichung, welche die Würde des Todes in Banalität auflöst und in Routine, eingezwängt im brüchigen Geschirr von Disziplin und Gewöhnung. Er schlüpfte nicht in die Ordnung der angelegten Ellenbogen zurück, der zugekniffenen Arschbacken. Niemand konnte ihn in die Ochsentour zurückpfeifen. Hier stand sein Freund Kopitz, das Orakel vom Dienst, noch etwas blaß und verängstigt, wie durch ein Wunder unversehrt – und nur die störende Gegenwart von Dickhäutern hinderte ihn, ihn stürmisch in seine Arme zu schließen...

Das Orakel vom Dienst

Er hatte die hereinbrechende Dämmerung dazu benützt, das Grabenstück, das er seit dem frühen Morgen besetzt hielt, befehlswidrig zu räumen. Die Exponiertheit dieses kahlen Vorderhanges hatte ihn auf die fixe Idee gebracht, er sei das erste Ziel, sobald der übliche Abendsegen über sie hereinbräche. Eigenmächtig zog er sich hinter eine Buschreihe zurück, die ihm bessere Deckungsmöglichkeiten zu bieten schien, grub sich mit dem Klappspaten ein knapp schultertiefes Einmannloch. Nachdem er das Spatenblatt von der Lehmerde gesäubert hatte, begann es plötzlich durchdringend zu regnen. Klatschend fielen die ersten prallen Tropfen auf die ausgespannte Zeltbahn, die er als Sichtschutz gegen marodierende »Schlächter« über seinem Kampfstand festgepflockt hatte. Im Fallgeräusch des prasselnden Regens vernahm er plötzlich nur schwach einen Laut, den er als Standortdurchsage zunächst dankbar zur Kenntnis nahm. Doch als er, seinen Stahlhelm lüftend, die Stimme auf ihren Klangwert abhorchte, als sie sich eindringlich lästig als Hilferuf in seinem Gehörgang festsetzte, schlug seine Dankbarkeit in Unbehagen, ja leichte Panik um. Von einer Anhöhe herab prasselten minutenlang die Hagelschauer einer Vierlingsflak.

Warum lag er auch hier allein im Vorfeld, ohne seinen Schutzheiligen? Warum hatte ihn der Leutnant, der die eingespielten Wachregeln der Gruppe nicht durchschaute, in seinem gottvollen Unverstand in dieses Gelände vorgescheucht, das ein einzelner gar nicht überwachen konnte? Und nun war er diesem Hilferuf ausgesetzt, dem ein Schmerzenslaut voll unerträglicher Qual folgte. Ohne Überlegung, einem inneren Zwang gehorchend, kletterte er aus seinem Deckungsloch, machte – den Spaten an die Hüfte gepreßt – einige ziellose Schritte ins Dunkel. Wollte er jemanden erschlagen oder beerdigen?

In diesen letzten Tagen waren wiederholt Gewehrschützen, ja ganze Besatzungen aus den MG-Nestern verschwunden. Da die Waffen in der Regel zurückgelassen wurden, ein Überfall also ausschied, blieben die Vorfälle ungeklärt – bis man die Vermißten im Niemandsland liegend entdeckte. Sie waren über die ersten fünfzig, hundert Schritte nicht hinausgekommen. Gezielte Nahschüsse mußten sie getötet haben. So ungeschützt lief nicht in einen Hinterhalt, wer seine Truppe verlassen, wer überlaufen wollte. Worauf wartete er also? Er konnte sicher sein, die Hilferufe würden wiederkehren. In bestimmten Zeitabständen würde er sie hören, abgestufte Laute der Qual und des Entsetzens. Die widerwärtigen Praktiken waren auch ihm bekannt. Er wußte, daß irgendwo im Vorfeld getarnt Lockvögel des Gegners in vorgetäuschter Agonie Schreie ausstießen, die ein nicht gänzlich abgestumpfter Mensch nicht lange untätig ertrug. Noch immer gab es Einfältige wie ihn, die auf die Hilferufe hin aufsprangen und ihr argloses Mitleid ins Ungewisse hinein trugen. War es menschenfreundliche Regung, die ihn da hochscheuchte, oder waren es einfach nur seine schwachen Nerven?

Würde auch er sich – die Rolle einmal vertauschend und in die eines Lockvogels schlüpfend – auf die Finessen dieses abscheulichen Handwerks verstehen? Gelänge es ihm, sich selber nach genügend langem Katz- und Mausspiel zur Kapitulation zu zwingen? Wie würde er es anstellen, sich aus der sicheren Deckung zu locken – mit Schreien, Seufzern, die die ganze Skala möglicher Schmerzempfindung durchliefen? Warum sprach er von widerwärtigen Praktiken, von Abscheulichkeiten? Stand etwa ihre eigene Art der Kriegführung unter dem Gebot der Fairneß oder gar der Ritterlichkeit? Starben ihre Opfer, im Niemandsland von einer Springmine zersiebt, menschlicher? – Wäre doch nur Hartwick bei ihm mit seinen zynischen Kommentaren!

Hin- und hergerissen zwischen Empörung und Resignation, war ihm, als bewegte sich hinter einem Gebüsch eine Gestalt, schemenhaft, als wäre sie nur eine Projektion seiner von Schreckbildern heimgesuchten Phantasie. Obwohl er nicht viel mehr als ein blitzschnelles Ducken und Zu-Boden-Gehen wahrnahm, erschien vor seinem inneren Auge ein richtiges Mardergesicht unter der Mongolenhaube. Eingeschüchtert kehrte er in seinen Kampfstand zurück, stülpte sich den Stahlhelm über, um die Schreie, die der Regen nun ohnehin halb verschluckte, zu ersticken. – Er war wohl doch eher ein uniformiertes Nervenbündel als ein militärisch getarnter Samariter.

Pionier Gerlacher hatte seit Tagen keinen ausreichenden Schlaf mehr gefunden. Als er die Schreie und Seufzer vernahm, riß er völlig unmotiviert die Leuchtpistole aus dem Halfter, schoß unsicher ins trügerische Dunkel. Aber der Regenwind stand schlecht. Der stürzende Lichtball flatterte schräg hinter ihm ins Buschgelände. Für Sekunden hob sich bedrohlich sein eigener Schatten, als risse ihn jemand gewaltsam aus der Verschanzung, kippte dann flach über die aufgeworfene Böschung. Die Schmerzenslaute, in kürzeren Abständen wiederkehrend als schrille Kadenzen, die sein Ohr beleidigten, lösten in ihm eine Kurzschlußhandlung aus: kopflos raffte er sein Sturmgepäck zusammen, Brotbeutel, Gasmaske, Stahlhelm, die gerollte Zeltbahn, sein schwarzgebundenes Oktavheft und stolperte in die alte Stellung zurück, die er auf strikten Befehl des Leutnants nur widerstrebend verlassen hatte, um sich im deckungslosen Vorfeld zu postieren. Unterwegs verlor Gerlacher die Leuchtpistole (sie wurde wenig später Beutestück eines umherstrolchenden Spähers, der Gerlacher schon im Fadenkreuz hatte, aber zu weit entfernt stand, um ihn zur Strecke zu bringen). Gerlacher vermißte sie nicht, als er den auffälligen, nachlässig getarnten Unterstand erreichte. Er spannte seine Zeltbahn über den Eingang, legte seinen Karabiner griffbereit, duckte sich aufatmend unter das schützende Lehmdach. Die Taschenlampe anknipsend, las er noch einmal, was er in diesen endlosen Tagen niedergeschrieben hatte.

Als Lyriker, der seine Tinten mit dem »Blut der Herbstzeitlosen« färbte, der schon ein »Zeitalter großschnäbliger Exoten« anbrechen sah, bastelte Gerlacher unter Schulbuch-Anleitung Idyllen ohne jeden Zeitbezug: »Herbstbäume / belaubt mit Vögeln / Hortensien-Mond.« Nach einem Sturz aus der Pupille, der ihm hochpoetisch vorkam, landete er seinen ersten gebrauchsfertigen Topos: »Sie bewegte sich nicht / um ihr Gehörn staute sich Atemluft / verletzlicher als ihr Blick / ihr tiefhängendes Gesäuge. Aber die Wolke / über dem Schatten-Relief ihres Leibes« (ein wenig einladender Platz für Liebe) »hing zum Glück unbeweglich.« Wirklichkeitsfremd, schlüpfte der halbgare Poet in Animalisches, wenn er kalte Faszination brauchte für seine Scheinwelt.

Nach verschrobenen Reimereien, die eine »körperlose Zweieinigkeit von Wohllaut« (und Sprachlosigkeit) beschworen, ein straff gegliedertes Versgebilde, das erstmals eigene Erfahrungen in sich aufnahm. Zwei Vierzeiler, ungereimt: »Feldwacht zu zweit / Man starrt in das Dunkel / Plötzlich, ganz nah' schon / vier härtere Schreie / schneidend wie Diamanten auf Glas / in der Nacht eines Tages im November / Einzelne Sterne nur / wahllos gestreut / auf das tintenfarbene Laken des Himmels / wahllos vielleicht wie die Hütten / die die Hügel umstellen wie Hunde / Kläffen sie noch?«

(Dieser Nachsatz nichts als ein akustischer Notbehelf!) Mit Lautmalerei und Stabreim war der Kern nicht aufzubrechen. An den eigentlichen Vorfall, der die Schreie auslöste, kam er vorerst nicht heran. Ebensowenig mit den Entwürfen eines fingierten Tagebuchs, angeblich dem Nachlaß eines Gefallenen entnommen –: »fühlte die Blätter, wie sie auf dem Strom meines Bluts dahintrieben –« Schon Schwulst, bevor noch eine einzige Eintragung zu Papier gebracht ist.

Dieser Meister der Tarnung verrät nicht, wo er den Nachlaß aufgestöbert hat. Wer zum Gelächter aller rechtschaffenen Landsleute hatte ihn auf den glorreichen Einfall gebracht, Elternhaus, acht Klassen Volksschule samt Lehrzeit zu verdrängen? Nicht mehr standesgemäß die Stiefmutter aus dem Vorderen Allgäu. Welch höherer Wahrheit zuliebe brachte er das Opfer, auf eine zünftige proletarische Herkunft zu verzichten? Meinte er wirklich, das Poetische fordere die Verleugnung der eigenen Vergangenheit zugunsten einer erträumten akademischen? Diese außer Rand und Band geratene Gegenwart war nicht umstülpbar wie ein aus der Façon geratener Hut.

...Gerlacher, der als Ältester von Fünfen in einem gottesfürchtigen Elternhaus aufgewachsen war, hatte mit bravem Notenschnitt die Volks- und Gewerbeschule besucht. (Doch selbst als Musterschüler wären für ihn die Klassenschranken nicht zu überspringen gewesen!) Auf anfechtbare Weise phantasiebegabt, setzte ihm eine früh ins Kraut schießende Wißbegier Flausen in den Kopf: atlantisches Fernweh (benützte er doch die Zeit vor dem Zu-Bett-Gehen zum Bau von Papierschiffen, wendigen Seglern, die er den Strömungen anvertraute, den ziehenden Wirbeln der Jahresringe, Astinseln umsteuernd, den Maserungen des Weichholzes nachfahrend, der Topographie der Fußböden in der elterlichen Wohnung). Als Lehrling durchlief er eine muskelstärkende Zimmermannsausbildung. (Extravaganzen konnte er sich so wenig leisten wie Karrieresprünge. Die blieben denen vorbehalten, die mehr Glück bewiesen in der Wahl ihrer Erzeuger.) Während gleichaltrige Sprößlinge betuchter Väter mit »sturmfreien Buden« protzten, versuchte er sich mit erotischen Phantasien –:

»Der Armenarzt gab vor seinem Anwalt zu, als Liebhaber seiner Nichte die Minderjährige in geschlechtlicher Abhängigkeit gehalten zu haben...« Ein Plagiat nicht scheuend, verfaßte er als Minderjähriger die notdürftig kaschierte Verführung als Melodrama.

Erfunden die Schauplätze, erfunden die Personen, erfunden sogar das Gerichtsprotokoll: »Bruder und Schwägerin sagten unabhängig voneinander aus, die Spendierfreudigkeit ihres hochvermögenden Verwandten habe ihnen strafbar lange den Mund verschlossen ——.« Fragment seiner momentanen Verwirrung, das zum Glück über vier handgeschriebene Seiten nie hinauskam. – Zwei halbe Schritte daneben das wirkliche Leben, wirkliches Interieur, nicht das Hafenmilieu dieser erfundenen Absteige in einem Vorort von Marseille. Das bilderlose, verschossene Blaurot der geblümten Wand in Mutters Guter Stube. Vaters glattes englisches Gesicht. Lebensfroher Moselländer, der nie über die Stränge schlug. Handwerker, Hilfsmesmer und Sangesbruder, der sich eher im Ton vergriff als in seinen Manieren. (Wäre Gerlacher ihm nachgeschlagen, seinen Ehrbegriffen, seinen vaterländischen Ambitionen verpflichtet, stünde er jetzt als »strammer Muschkote« seinen Mann und bräuchte weiß Gott nicht zu dichten!)...

Gerlacher also mit ganz anderen Ambitionen in einem Winkel des Unterstands kauernd und in seinem Oktavheft blätternd, auf dem Sprung vor einem Gegner, der ihn das Fürchten gelehrt hatte. In diesem nachlässig getarnten Schlupfwinkel, den er am Vorabend bewohnbar gemacht hatte, fühlte er sich – wenn schon nicht vor den Attacken der Sowjets, so doch vor den Schikanen des Leutnants halbwegs sicher: Unberechenbaren Annäherungen, Überrumpelungen eines Sadisten, dessen absonderlicher Ehrgeiz es war, Wachsamkeit und Feuerbereitschaft mit tückischer Willkür zu testen. Warum bezog dieser schießwütige Nahkampfexperte nicht selber Posten in diesem deckungslosen Gelände? Solange er sein Schulbeispiel beweglicher Kampfführung schuldig blieb, hielt sich Gerlacher besser an die erprobte Regel und leistete hinhaltenden Widerstand, indem er einfach seine Vierstunden-Wache absaß. Lange genug hatte er lammfromm soldatische Einfalt vorgelebt, den Karabiner zwischen den Knien, das Nachtglas vor Augen, im Okular die »Feuerrosen der ›Katjuschas‹«. Jetzt widmete er sich – im Lichtkegel der Stablaterne seine hochfahrenden Schriftzüge – zivileren Illusionen, seiner Poesie mit ihrem »hirnrissigen Wildwuchs« (wie sein Vater unüberbietbar drastisch zu sagen beliebte).

...Offenbar genügte dem »jungen Spund, dem man Flötentöne beibringen muß«, nicht mehr der biedere Lebensstil seiner Eltern. Er brauchte als Überhöhung der profanen, nicht einmal tristen

Wirklichkeit ein pathetisches Element, das seine lebenstüchtige, frömmlerische Stiefmutter als »hoffärtige Verstiegenheit« tadelte. In die Alltagsmisere einer auf Sparflamme gedrehten Lebenskraft setzte er das Feuer einer edlen, wenngleich standesfremden Leidenschaft. Ihm war das wohl alles zu brav, zu folgenlos hausbakken, so knüpfte er in die undramatischen Familienereignisse wie Kindstaufen, Erste Kommunion, Firmung und Schulentlassung die Dramaturgie erdachter Konflikte. Kein wetterleuchtendes Zerwürfnis, keine mondäne Verruchtheit, keine pikante Abnormität war aus den elterlichen Beziehungen abzuleiten. Vater und Stiefmutter lebten nach der Regel: Armut plus Gottvertrauen plus Öffentliche Wohlfahrt! Also machte er aus der praktizierenden Katholikin und vormaligen Novizin der Franziskanerinnen eine bigotte Zuchtmeisterin, aus dem alljährlich zu Regimentstreffen antretenden Weltkrieg-Eins-Veteranen einen völkischen Chauvinisten. Begabte Söhne, folgerte er dünkelhaft, scheiterten zwangsläufig an übersteigerten Ehrbegriffen. In seinem Tagebuch fanden sich Sätze wie: »Die Ehre der Väter ist das Ärgernis der Söhne. – Wenn die verlorenen Söhne doch endlich den Mut aufbrächten, verlorene Söhne zu sein!«...

Verloren genug hockte Gerlacher in diesem provisorischen Unterschlupf, der längst im Koordinatenkreuz der sowjetischen Artillerie lag. Was zum Henker klammerten sie sich an dieses Tal mit seinen geologischen Formationen, Drumlin-Hügeln, wie er sie aus dem Vorderen Allgäu kannte. Warum kehrte er diesem faulen Zauber nicht einfach den Rücken, indem er sich absetzte? Was zählten in diesem Land schon ein paar lausige Kuppen und Höhenzüge, was lächerliche fünfzig oder hundert Schritte? Großzügig gab er das verschenkte, verspielte Terrain an die Landeigner zurück und spielte mit der Vokabel: Desertion! – Was für ein rigoroser Appell an sein Gewissen! (Er scheute sich, das deutsche Wort Fahnenflucht! auch nur laut zu denken.) Dieser Wirklichkeit, die Radikalkuren verschrieb: Himmelfahrtskommandos für Draufgänger und die »Ochsentour für Versager«, galt es sich zu entziehen mit der Tarnkappe der Poesie!

Bis nach Hause war es noch ein weiter Weg. (Welches Zuhause meinte er wohl? Das eingebildete einer Adoption, eines Klassenwechsels?) Würde er als kleinlauter Bittsteller anklopfen, dankbar für jede Wohltat, die seine Herkunft kaschierte? Mästete sein leiblicher Vater bereits das biblische Kalb, damit es bei seiner reumütigen Heimkehr geschlachtet würde?

Sein Oktavheft zuklappend, knipste er die Taschenlampe aus, steckte seinen Kopf durch die Schießscharte und war einen Augenblick nachtblind. Da er im Vorfeld keinerlei verdächtige Bewegung wahrnahm, sein angespanntes Gehör weder Hilferufe noch angsteinflößende Geräusche mehr auffing, beugte er sich entspannt über die Brustwehr aus Sandsäcken, klemmte sich aber vorsorglich den Lauf des Karabiners zwischen die fühllosen Knie. – Als sein Kinn vornüber kippte, schlief er wohl bereits schon. So spürte er nicht, wie seine Waffe – das Gleichgewicht verlierend – über eine leere MG-Trommel schlug. Er hörte auch nicht das Poltern, geschweige denn das raubtierhafte Tapsen sich nähernder Schritte. Aber »nach Ewigkeiten des Falls« – vierzig Stunden ohne Schlaf und Verpflegung sind schließlich kein Pappenstiel – entdeckte er »den halben Laut seines Herzschlags hinter der Wölbung von Brustbein und Rippe, die schwache Dünung des Blutstroms gegen die entfärbte Schläfe ––.« Als er seine Augen einen Spalt breit öffnete, sah er im diffusen Licht der Sterne zwei Gestalten, die ihn durch ihr zeitlupenhaftes Anpirschen eher verblüfften als erschreckten. Sie mußten unmittelbar zum Sprung angesetzt, diesen aber – aus der Bewegung heraus – im Fluge gestoppt haben, um ihn zu verwirren. Gerlacher war, als nähere sich ihm eine Abordnung seines Vaters. – Ein Mißverständnis! dachte er, in einer Mischung aus verletztem Stolz und Eitelkeit. – Es war nicht fair von ihm, Komplizen zu dingen für eine gewaltsame Heimholung. Glaubte er denn noch immer, er widersetze sich ernsthaft seiner väterlichen Autorität? Wenn jemand Grund hatte, sich ihm in strafender Absicht an die Fersen zu heften, so er. Warum aber kam er nicht selber, ihn heimzuholen? Unsicher begann er nach der Leuchtpistole zu suchen. Mit einem energischen: Halt, wer da? Parole! wollte er sich Respekt verschaffen, aber die Stimme versagte ihm. Er wollte nach seinem Karabiner greifen, konnte ihn aber nicht finden. Wie auf Kommando gingen vor ihm Gorilla-Arme in die Höhe. Unter Kälteschauern spürte Gerlacher ihre martialische Präsenz. – Wattierte Mongolenhauben mit dem Sowjetstern! dachte er verwundert...

Jenseits der Hügelkuppen stiegen in regelmäßigen Abständen Leuchtsignale hoch. Ihre kleinen künstlichen Sonnen zitterten wie Medusen und zogen milchweiße Fäden hinter sich her. Kopitz mit seinem Sinn für Optisches strapazierte wieder einmal den Vergleich vom Jongleur, der gleichzeitig mit einem Dutzend Bällen arbeite. Er liebte Vergleiche, selbst wenn sie hinkten; sie erleichterten es ihm, seine Angst wenigstens zeitweise zu überspielen. Gerade als er dem Aufprall eines erloschenen Treibsatzes folgte, hörte er einen peitschenden Knall. Ein qualvoller Schrei kam, wie mit dem Messer gezogen, als risse es ihn aus seinem Einmannverlies in eine Folterkammer, als würde eine Schädeldecke gesprengt, ein Herz durch den Rippenkäfig gezerrt. Instinktiv sprang Kopitz mit einem Satz ins Freie. Entgegen seiner Gewohnheit, durch Vortäuschung von Kurzsichtigkeit oder Schwerhörigkeit, sich aus Handgreiflichkeiten herauszuhalten, handelte er diesmal mechanisch und ohne Skrupel. Er riß im Laufen seinen Karabiner hoch, schoß auf zwei flüchtende Schatten, die einen Liegenden hinter sich herzogen, ihn fallen ließen, untertauchten.

Sonst – wenn seine Vorwarnsperren einrasteten – ließ er gern andere in Aktion treten. Bei starker innerer Beschleunigung verhielt er in quälendem Stillstand. Vorstellbar blieb ja immer, daß näher Postierte den Schrei früher lokalisierten. Durchs Dunkel der Hinterhalte jagten dann hilfsbereite Nachbarn – couragierte Verfechter der Nächstenliebe. Oder ein Handgemenge lockte duellierfreudige Haudegen an, die aufs Eiserne Kreuz scharf waren. Auf alle Fälle machten sie durch ihr reaktionsschnelles Eingreifen sein hasenherziges Zaudern wett. In der Regel würde sein skrupulöses Auf-der-Stelle-Treten nicht einmal bemerkt. Wer machte sich schon die Mühe, die vorderste Linie abzuklappern, um die Standorte der einzelnen Posten zu vermessen, ihre Lage zum Ort des Tathergangs? Er träte beim Hellwerden einfach neugierig hinzu, Unwissenheit vorschützend, ließe er sich unter Bekundung seines Mitgefühls den Vorfall haarklein berichten. – Aber jetzt lief er zu seiner maßlosen Verwunderung, ganz der Verläßlichkeit seiner Beine unterworfen. Als er auf Rufweite herangekommen war, blieb er abrupt stehen. In wessen Schuld stand er eigentlich? War er diesmal wirklich im Zugzwang? Seinen Ruf als »festbesoldetes Orakel« verscherzte er sich nicht durch diese Schnellschußmanier, eine reine Reflexhandlung. Doch Hartwick könnte peinliche Fragen stellen: Konntest Du nicht rechtzeitig eingreifen, Hasenherz! bevor die Russen »unseren Dichter« halb massakrierten?

Gerlacher lag ohne erkennbare Lebenszeichen. Als Kopitz sich niederbeugte, um mit Handgriffen der Ersten Hilfe zu beginnen, sah er, daß er schwer getroffen war. Sein blutender Mund war mit Erde gefüllt, die Augen waren geschlossen, die gefalteten Hände lagen verkrampft. Unter Anwandlung von Scham und Widerwillen legte Kopitz Notverbände an. Ihm mangelte aber auch jegliche Kenntnis in Anatomie. Nicht einmal simple Handreichungen wollten ihm gelingen. Dem Verwundeten Mund und Zähne zu säubern, ihm Tee einzuflößen, überstieg schon beinahe seine manuellen Fähigkeiten. Er schämte sich seiner untauglichen Hände und tadelte sich für seine Untüchtigkeit. Gerlacher aber schien allmählich zu sich zu kommen. Sein Gesicht entspannte sich, wurde in seinen Charakterzügen erkennbar: die großangelegte Partie von Jochbogen und Stirne, welche Zartheit mit einem gewissen hochfahrenden Trotz schattierte, der schmale, an seinen Enden abfallende Mund, der Verächtlichkeit ausdrückte, die beiden Ovale der Wangen mit ihren Wehmutsmulden. Sein argwöhnischer Blick haftete wie mit Saugnäpfen an seinem stummen Gegenüber. Kopitz, der nicht sicher war, ob ihn der Schwerverwundete erkannte, erneuerte von Zeit zu Zeit den feucht werdenden Verband durch eine Lage weißen Mulls. Das Blut schien nun langsamer zu fließen. Das war wie ein Strahl Hoffnung, nach dem er begierig griff.

War es an jenem Julitag in Gerzowka soviel anders, als er den jungen Ikarus, der getroffen in einem Brachfeld lag, aus den Fallschirmgurten schnitt? Minutenlanges Schauspiel der Niedertracht! Wie er durch die Flakvorhänge des Gegners stürzte, als wäre er das Herz-As, die Zwölf bei einem Scheibenschießen oder das Kaninchen in einer Treibjagd! Wie gefaßt hatte der Flieger diesen Spießrutenlauf hingenommen! Hatte er da nicht gleichfalls einen raschen Tod erhofft? Nicht weil er die Schwere der Verletzung erkannte, sondern weil er fürchten mußte, als Sterbehelfer zu versagen. Wenn er damals doch weniger geredet und mehr Beistand geleistet hätte! Er entsann sich noch genau dieser rauchfarbenen, schmerzverschatteten Augen, die ihn kühl musterten.

Kopitz wußte nicht mehr, wie ihr Gespräch begonnen hatte. Er wußte nur, daß es einem jener erpreßten Geständnisse glich, die einen Gewissenskonflikt auslösen, der in Ratlosigkeit endet oder in Verzweiflung. – Ob er auch glaube, daß es so etwas wie Vorahnungen und innere Gesichte gäbe? – Vorahnungen? Es dürfte wohl nicht allzu schwer sein, mein Ende vorauszusagen! – Davon könne nun weiß Gott keine Rede sein, widersprach Kopitz floskelhaft. Sein furchtsamer Blick fiel auf das Weiß der Fallschirmseide und die aufkeimende Blutaster. – Ob er schon einmal richtig verliebt gewesen sei? fragte er unvermittelt, so als schlösse die Erwähnung der Liebe den Tod von vornherein aus. – Der Gestürzte hieb unwirsch in die Luft, als verscheuche er ein Phantom. – Liebe, sagte er abschätzig. – Ich bin neunzehneinhalb Jahre alt. Mit sechzehn kam ich zu den Jesuiten ins Internat, mit achtzehn meldete ich mich freiwillig zu den Fliegern, seit dem Sommer bin ich im Einsatz. Rechnen Sie selber aus, wieviel Zeit mir für die Liebe blieb!

Kopitz fühlte in der Leere seines Gehirns den peinlichen Abstand. Seine Taktlosigkeit rückte ihn in ein schiefes Licht. Um der Zweideutigkeit seines Verhörs zu entgehen, fragte er unsicher: Ob er meine, das Unternehmen ZITADELLE ende für sie siegreich? – Es ende auf alle Fälle tragisch für die, die sein Ende nicht mehr erlebten. – Einfalt seiner Geschwätzigkeit! Er bekam genau die Antworten, die er verdiente. Wollte er wirklich Beistand leisten, Vertrauen gewinnen oder war es nur die bodenlose Neugier dessen, der selbst kein Schicksal hat? In hilflosem Schweigen sah er, wie der Flieger über einknickenden Ellbogen schlaff in sich zusammensackte, wie er sich in seinem blutgetränkten Overall zurückzog wie in eine endgültige Verpuppung! – Aber jetzt war es Gerlacher, das maskenhafte Gesicht von einem inwendigen Feuer durchglüht –:

»Wenn meine Mutter kommen sollte, führ' mich bitte zu ihr, verstanden?« Er kicherte belustigt. »Ich werde sie zwar nicht sehen können. Mein Kopf bleibt nämlich dort, wo er verspielt wurde.« Ein Anflug von Schadenfreude geisterte in seinen Mundwinkeln. »Aber ich habe ja noch die Uniform, wenn auch nur die Uniform eines ranglosen ›Muschkoten‹ –« Kopitz, der sich das Versprechen abgenommen hatte, nur dann zu reden, wenn der Verletzte ihn aufforderte, sah mit Erleichterung, wie sich dieser um soldatische Haltung bemühte. – »Meine Assessorin hoffte ja, ich würde eines Tages in die Steigbügel eines Rittmeisters fallen. Nichts davon! Sie würden nicht klüger, wenn ich Karriere machte.«

»Das eine kannst Du ihr ruhig verraten«, fuhr er eigensinnig fort, »ich gebe sie nicht preis, um keinen Preis!« Das gelungene Wortspiel schien ihn aufzuheitern. »Sonja und das Kind werden goldene Armspangen tragen.« Er nötigte nun Kopitz, der sich in seiner Rolle als Beichtvater nicht sonderlich wohl fühlte, näher an ihn heranzurücken: »Heimkehr, Versöhnung haben sie dem verlorenen Sohn angetragen.« Und mit unerwartetem Ingrimm: »Wenn ich meiner Liebe abschwöre, meine Unterwerfung anbiete! Hach«, machte er in exaltierter Gebärde, »zählt der Ehrbegriff einer Familie mehr als die Würde einer Leidenschaft?«

Kopitz, dem die literarische Doppelexistenz Gerlachers fremd war, er hatte den Neuen erst ein, zwei Mal beim Essenfassen zu Gesicht bekommen, ahnte natürlich nicht, daß er den Schwanengesang eines verhinderten Dichters vernahm. Als Gerlacher fieberhaft an seinem Koppel herumzufingern begann, sagte Kopitz: »Wenn Du die Pistole suchen solltest, ich habe sie Dir vorsichtshalber abgenommen.« – »Wo ist sie? Ich will sie haben«, schrie Gerlacher trotzköpfig wie ein Junge, dem man das Spielzeug weggenommen. Und in boshafter Genugtuung, die sein geliehenes Pathos zur Farce machte: »In Waffen sterben, in schimmernder Wehr! Das bin ich ihnen wenigstens schuldig. Das versöhnte zumindest meinen Erzeuger.« – Er wies mit seiner unverletzten Hand nach Osten, wo im Bodendunst sich schütteres Gesträuch abzeichnete. – »Stehen nicht auch Sie Gewehr bei Fuß?« und mit unwirscher Kopfbewegung. – »Warum ließen Sie dann zu, daß der Russe alles kurz und klein schoß?« Seine Finger zerkrümelten einen Erdklumpen, der noch die Pulverrückstände eines Einschlags aufwies. »Ist das noch Erde? Wissen Sie überhaupt, wie wunderbar ein Grashalm gewachsen ist?«

Kopitz riß eine Anzahl Gräser aus dem Erdreich, hielt sie Gerlacher dicht unter die Nase. – »Da ist eine ganze Handvoll.« Gerlacher preßte das feuchte Büschel gegen seine blutverklebten Nüstern und sog begierig den herben Duft in sich ein. Schließlich legte er die Gräser mit rührender Behutsamkeit auf seine Brust, meinte versöhnlich: »Vor meiner Abfahrt an die Front bekränzten sie mich wie einen Pfingstochsen. Sonja nähten sie einen Stern auf die Brust.« Aber schon verkrampfte sich sein Mund: »Sie sollte ihn wie eine Aussätzige tragen, aber sie trug ihn wie einen Schmuck.« Ein irrer Ausdruck trat in seine Augen. »Vater meinte in patriarchalischer Unfehlbarkeit: Stern und Kreuz paßten nicht zusammen. Das Kreuz, das Rad schlägt, das Dich zum Krüppel schlägt!«

Stöhnend versuchte er sich an Kopitz emporzuziehen. – »Man liegt mir in den Ohren, Sonja preiszugeben, meiner Karriere zuliebe. Man öffnet mir die teuren Vaterarme.« Er schlug ein glucksendes Lachen an, als verschaffte ihm der Gedanke an seine ruhmlose Heimkehr ein rabiates Vergnügen. Aber es war schon zu kraftlos, um den Tod noch länger im Griff zu halten. – Kopitz, durch dieses Lehrstück einer gescheiterten Rebellion eher abgeschreckt als belehrt, verkroch sich in weinerlichem Selbstmitleid. Hartwick fand ihn bei der Wachablössung schlafend neben dem toten Dichter.

Nichts als Fatalitäten

Die beiden Freunde schanzten verbissen im knochenharten Lehmboden. – Was für ein Auftrag, sie in muffige Erdlöcher hinabzuschicken und klaftertief ein höllisches Feuer zu schüren, einen Vorrat anzulegen an genau zubemessenem Tod! Draußen, wenige Schrittlängen hinter dem Abstieg, der umstellte Innenhof der Kolchose. Schlagschatten von Giebeln, gähnende Türschächte, Fensterlaibungen, vom Mondlicht überflutet: Fallen, in die man hineinläuft, als lockten da wunder was für Köder! Hartwick begriff nicht, was plötzlich in ihn gefahren war. Er verminte ja nicht zum ersten Mal einen Vorratskeller im Niemandsland. Er hatte mehr Finten ausgeheckt, Fallen gestellt und Anschläge vorbereitet, als Notwehr und Überlebenswille ihm nahelegten. Und er wußte, wer sich in solchen Minenhöllen fangen würde, um eine Himmelfahrt sondergleichen anzutreten. Was sie seit Wochen trieben, hatte mit hinhaltendem Widerstand herzlich wenig zu tun. Willkür steckte in ihren Sprengmethoden, Besessenheit, ja Hysterie in der Art ihrer fliegenden Einsätze. Höheren Ortes nannten sie das »Taktik der verbrannten Erde«. – Aber was wunderte er sich denn? Die Lage an den Fronten hatte sich dramatisch verschärft. Die Drahtzieher hinter den Kulissen bevorzugten eine rigorosere Spielführung, die auch noch im letzten Komparsen »Walküre«-Stimmung erzeugte. Opernhaftes stand auf den Spielplänen. Die Götterdämmerung war angebrochen. Tragische Charaktere waren gefragt. Statt Guderians Panzern Hitlers Panzerfaust! Statt weiträumiger Operationen taktische Flickschusterei. Statt klassischer Umfassungseuphorie Stoßtruppkurzweil und Volkssturmhektik. Nicht länger Kopflastigkeit und strategischer Weitblick, sondern Schlupflochmentalität. Noch der letzte Schütze im dritten Glied ein Genie an Zerstörungsmutwillen und Todverfallenheit.

Warum also plötzlich diese Unsicherheit, warum diese Skrupel? Hatte ihn nicht schon früher Ähnliches beschäftigt und beunruhigt? Nun brach es mit peinigender Schärfe über ihn herein. Das trügerische Helldunkel dieser Oktobernacht schwemmte es an die Oberfläche empor. Es war also nicht bloßer Überdruß, nicht Müdigkeit allein, was ihn veranlaßte, das Schanzen vorübergehend einzustellen. Gewiß, in dem Kellerabstieg war es eng und muffig und auch die Zimperlichkeit seines Kumpans machte ihn nervös und reizbar. Aber das war nicht der wirkliche Grund, warum er die Hände wie gelähmt vor Entschlußlosigkeit sinken ließ. Es war nicht der erste widerwärtige Auftrag, und die Nähe seines überängstlichen, vor innerer Unrast unberechenbaren Partners – nun, er hatte lästigere Nachbarn gekannt.

Es hatte ja auch Tage gegeben, wo er bereit schien, alles an sich zu ziehen, Tage, Augenblicke der Begeisterung, des Ungestüms und des nautischen Überschwangs. Diese Ausfahrten unter stürmisch gesetzten Segeln. Levantinische Küstenseligkeit! Seine beflügelte Passage durch die Kykladen: Hesperidentraum, im Licht klassischer Schädelstätten Argos. Die mitteilsamen Gefährten an Bord. Eine Jugendliebe, sich schlackenlos verzehrend im Feuer hellenischer Heiterkeit. Und er im Mastkorb, ausgesetzt zwischen Himmel und Erde, Wind und Wellen. Auch er ein kleiner Kolumbus, auch er ein Rätselbewahrer flüchtigen Glücks.

Bis er erwachte und geblendet auf das Schanzdeck fiel. Bis er entdeckte, daß der attische Jüngling längst verdrängt war von germanischen Schildknappen, seine Bildungsschwärmerei dem Rassenhochmut geopfert. Die Weltoffenheit seiner Fahrensleute war nur vorgetäuscht, ihr humanistischer Enthusiasmus (»Das Land der Griechen mit der Seele suchend...«) Heuchelei. Ihr auswendig gelerntes Hellenentum bewahrte sie nicht vor den Befleckungen teutonischer Bluts- und Schicksalshaftung! Auch er ein Heuchler, auch er ein betrogener Betrüger. Am eigenen Leib erlebte er nun, wohin seine sarkastische Duldsamkeit, die den Größenwahn nicht beim Namen nannte, ihn gebracht hatte. Und er sah nun, was ironisches Taktieren bei formaler Anpassung ans militärische Reglement aus ihm gemacht hatte: einen Fallensteller, der sich den Luxus eines schlafenden Hofhunds leistete, sein geknebeltes Gewissen!

Erkenne die Lage! Es war grotesk. Wenn er an seine altklugen Schwafeleien dachte, seine unterkühlten Kommentare, seine eleganten Ausflüchte, kam ihm die Galle hoch vor soviel geistreicher Selbsttäuschung. War er noch willens, das hirnlose Geschwätz der Endsiegfanatiker länger durchzuhalten und ihre Parolengläubigkeit zu teilen, als müßte nur noch dieser eine Landstrich preisgegeben, nur noch dieser eine Frontbogen begradigt werden, bis die Geheimwaffen des Führers ein Machtwort sprächen. Aus zuverlässiger Quelle hatten sie es höchstpersönlich ––! War er noch willens, in die alte Tretmühle zurückzusteigen und dieser Ehrenrettung einer törichten Illusion beizuwohnen, als würden – statt der stärkeren Herzen – die besseren Nerven siegen! Konnte er ihren Selbstbetrug von der Überlegenheit der nordischen Rasse noch länger unwidersprochen hinnehmen? – Hekatomben von Toten, verschenktes Heldentum. Selbst das Ausmaß künftiger Niederlagen war mittlerweile vorherschbar und berechenbar. – Es war höchste Zeit, eine Absprungmöglichkeit zu finden, ein Exempel zu statuieren!

Das war nun schon seit Wochen die stets gleichbleibende Einsatzformel: tagsüber verbissene Abwehr, abends der mehr oder weniger chaotische Rückzug, nachts das Atemschöpfen in einer Auffangstellung, vor Tagesanbruch das Schanzen von Einmannlöchern. Überlebensrezept oder Schachzug? Kopitz wertete es als Ablenkmanöver der großsprecherischen Verlierer. Mit fast weinerlichem Befremden reagierte er auf das stumpfsinnige Halten eines Grabenstücks, mit wütender Ratlosigkeit auf die vorschnelle Preisgabe eines Geländes, um das sie tagelang erbittert gekämpft hatten. Fortwährend fühlte er sich von meisterhaft getarnten Rudeln des Gegners umzingelt, sah sie aus Kornschlägen brechen, aus Hinterhalten schwärmen als ungestüm andrängende Steppenhorde: feuergesichtig, tatarenäugig. Unentwirrbar periphere Unheilsgeräusche: Gekreisch der Nebelwerfer, Gefauche der Stalinorgel. Leiser Trommelwirbel der Angst, der erste, halb schon in der Kehle steckende Wutschrei seiner Ohnmacht.

Über der halbfertigen Minenfalle kauernd, klaubte Kopitz mit bloßen Fingern Lehmkrümel aus der spatenblattiefen Mulde, nur um sich abzulenken. Ihn machte es ganz hilflos, daß Hartwick auf die Zünder stierte, als wäre er mitten in der Arbeit vom Schlag getroffen worden. Steif vor Betretenheit und Gliederstarre nahm er die Kastenmine, setzte sie ungeschickt in das ausgeschachtete Geviert, blickte beifallheischend auf seinen Freund, der reglos seiner Hantierung folgte. – He, Hartwick, schlaf' nicht ein! Wann machst Du endlich die Zünder scharf? – Für ihn war das doch reine Routine, während er nichts war als ein im Weg stehender Handlanger. Nicht auszudenken, wenn er seiner Gesellschaft überdrüssig würde und ihn wegen Untauglichkeit an die frische Luft setzte!

Hartwick – aus seiner Lethargie aufschreckend – machte sich wortlos an den Einbau der beiden Scherzünder. Energisch wehrte er sich gegen eine neuerliche Beschwichtigungstaktik. Er mußte verhindern, daß eine Regung falsch verstandener Solidarität ihn in die Partie zurückbeorderte. – Als Hartwick den ersten Zünder einzuschrauben begann, fiel sein Blick auf einen der überzähligen Sprengkörper. Er lächelte maliziös: ja, das könnte allem ein schnelles, schmerzloses Ende bereiten! Schnell, schmerzlos? Woher nahm er die Gewißheit, daß diesem Tod eine erträgliche Dauer beschieden sei? Wer sagte ihm denn, daß er nicht durch Jahrhunderte hindurch stürbe, von Jahrzehnt zu Jahrzehnt in gesteigerten Schmerzausbrüchen, erinnerungsbehaftet, entsetzensgeschüttelt, auf der ohnmächtigen Suche nach seinem in alle Winde verstreuten Körper?

Entgeistert, aber von technischer Wißbegier eingeholt, ließ er sich auf seine Fersen nieder. Eine kleine Drehung im Uhrzeigersinn und die russischen Beutezünder waren entsichert. Kopitz sah diesem Vorgang aufmerksam zu. Ein scharfer Schweißgeruch ging von ihm aus. Hartwick wunderte sich, daß er ihn länger ertrug. Aber dann erinnerte er sich an etwas, das ihn für solche Geruchsbelästigung hinreichend entschädigte. Arglistig wandte er sich seinem Gefährten zu, sprach ihn in Gedanken provozierend an –: Darf ich mit ein paar Stichworten eine Erinnerung auffrischen? April zweiundvierzig – Richter verschwindet spurlos an den Ufern der kleinen WORJA! – März dreiundvierzig – Liebschner springt fahrlässig in sein Verderben! Oder ein jüngstes Datum – Poßnitzer läuft einem Stoßtrupp der Sowjets in die Hände! – Entsinnst Du Dich Deiner großsprecherischen Vorhersagen, Deiner kühnen Orakelsprüche?

Diese Ansprache gefiel ihm. Verhülfe sie ihm nicht zu einem melodramatischen Abgang, ganz dem offiziellen Mollton angemessen? – Ich fragte Dich damals, wann eigentlich für Dich die Vorzeichen eines drohenden Todes sichtbar würden? Wann in Deinem Hinterkopf die Warnklingel schrillte? Wenn Dich ohne erkennbaren Grund das Mitleid packte! – Durchaus plausibel, mein seherischer Freund! Ich frage Dich nun: Was empfindest Du für mich? Neigst Du mehr zu Mitleid oder mehr zu Zorn? Wenn Du nur wütend bist, kann mir ja nichts passieren. Erfinde also einen Grund, mir böse zu sein! – Turnerisch elegant sprang er auf die Füße, maß Kopitz mit einem belustigten Blick. – Ich werde ihm einen Vorwand liefern, der seine Hellsichtigkeit auf Herz und Nieren prüfen wird. Ich werde sein visionäres Talent mitleidlos testen. – Und indem er wehmütig auf seinen Kumpan herabsah, der mit engangelegten Ellbogen seinen Klappspaten handhabte: Wird er mein Vorhaben rechtzeitig genug erkennen? – Er nahm den überzähligen Sprengkörper samt Zünder und begab sich zum Kellerausgang. – Ich gebe ihm einen einzigartigen Anlaß. Nun mag er zeigen, ob er zum Scher taugt! – Schon zum Gehen gewandt, verzögerte er seinen Aufstieg und fragte sich nochmals, ob es denn fair sei, seinen Freund wie einen Resonanzboden abzuklopfen. Nahm nicht auch ohne seine zynische Attitüde das Verhängnis seinen vorgezeichneten Lauf? Verhängnis? Nichts als Fatalitäten, mein Lieber! – Zu Kopitz aber meinte er leichthin: »Ich gehe schon mal voran. Tarne das Ganze und versuche nachzukommen!«

Kopitz, die nachhallenden Schritte Hartwicks noch im Ohr, dachte vergeblich über den möglichen Doppelsinn dieser Worte nach. War das nur die übliche Floskel oder steckte dahinter eine intelligent verpackte Bosheit? Nicht die leiseste Spur einer Vorahnung. Wie war er überhaupt in den zweifelhaften Ruf eines Hellsehers gekommen, eines Mediums, das Gesichte hatte, wie andere eine Singstimme oder einen athletischen Bizeps oder einen hüpfenden Adamsapfel. Ehrlich gestanden, hatte er je – durch Mitleidsschübe vorgewarnt – Unfälle vorausgesehen, dramatische Zuspitzungen als solche erkannt? Kam er nicht in den Besitz dieses anrüchigen Talents – wie die Jungfrau zum Kind? Fühlte er sich als selbsternannter »Krisenbändiger« nicht eher verspottet als geschmeichelt? Sinnlose Fragerei! Jetzt war er nur von dem einzigen Gedanken beherrscht: Warum war Hartwick vorangegangen? Übervorsichtig tarnte er die entsicherte Minenfalle, verwischte die Spuren ihres mörderischen Handwerks. Den Spaten aufnehmend, lief er rückwärts zum Kellerausstieg, während ihm der Schweiß in Strömen über den Körper rann.

Hastig, nach allen Seiten hin sichernd, lief er über den von Schlagschatten umstellten Hofplatz. Er sah die Schleifspuren im Sand. Schon saß ihm die nackte Angst im Nacken. Seine Beklommenheit schlug in Panik um, als in einer benachbarten Remise ein orangefarbener Lichtpilz aufschoß, in Bruchteilen von Sekunden die Bohlenwände durchstieß und das Strohdach unter berstendem Donner in die Höhe stob. Er hastete auf den von Hartwick bezeichneten Kellerabstieg zu, setzte die Minenlast ab, um zu verschnaufen. Schon brannten umliegende Stallungen im Glutstrom der Flammen. In den Feuerwirbeln prasselte staubdürres Gebälk.

Auch jetzt noch fiel Kopitz wenig genug ein, nur dies: daß Hartwick wie immer der couragierte Einzelgänger sei, mit einer makabren Vorliebe für waffentechnische Finessen!

Der Abstieg in den unterirdischen Speicher war von brennenden Trümmern verrammelt. Kopitz räumte sie beiseite, balancierte die steilen Erdstufen hinab, öffnete die angelehnte Bohlentüre und erschrak vor dem Knarrlaut lange nicht geölter Angeln. Seine Flüsterrufe des Standrechts: Halt, wer da? Parole! verhallten ungehört. Mit gesträubtem Nackenhaar kletterte er auf den nun hell erleuchteten Hofplatz zurück. Vor einem Lagerschuppen, der mit der zerstörten Remise ein offenes Viereck bildete, entdeckte Kopitz einen brennenden Körper, einen gliederlosen schmorenden Rumpf, ein schauerliches Bündel von Fleisch und verkohlten Uniformresten. Er begriff und blieb wie angewurzelt stehen –: Vor ihm lag Hartwick, sein Freund; was sterblich an ihm war, brannte wie Zunder. Im Luftzug der Flammen trieb flackerndes Stroh.

Tarne das Ganze! Ja, tarne Dein Mißgeschick, aber versuche nicht, ihm nachzufolgen! Gib nicht zu, daß Du ein Versager bist! Dein Spürsinn hat Dich schmählich im Stich gelassen. Aber konntest Du auch ahnen, daß Dir so übel mitgespielt würde? Der listenreiche Abgang eines Zynikers, entschuldige ihn nicht. Hartwick hat Feuer gewählt und Feuer gefunden! – Kopitz, sich wie versteinert auf der Schwelle niederlassend, blickte tränenerstickt vor sich hin.

Hallte nicht sein taubes Ohr vom Gelächter wider? Barst nicht die knisternde Glutstille, von höhnischen Echos unterwandert? Entließ die Dunkelheit nicht Stimmen: Hartwicks gebrochenen Diskant, Gerlachers bösartiges Gekicher, Poßnitzers anmaßendes Gehüstel, Liebschners Süßholzrasplerei, Richters kulinarische Rülpser, Mataschs wehleidige Tiraden? – Er sah sie aus den Flammen steigen: Richter, froschmäulig, narbengesichtig, über seinem Eßnapf brütend; Liebschner, fährtenverhaftet, den Schaukelschwüngen Nastasjas folgend; Poßnitzer, er sah ihn nie anders als die Mappe schwenkend; Gerlacher in seinem Fieberwahn; Hartwick mit seinen ironischen Kommentaren. Wie alterslose Vögel hockten sie um den brennenden Leichnam. Er abgesondert, in seinem nutzlosen Kummer wie an den Pranger gestellt – und sie musterten ihn mit belustigtem Spott. Mitunter sah er sie stelzbeinig durch den Flammenkreis laufen. Dann näherten sie sich ihm und blickten dreist in sein nun tränenloses, erloschenes Gesicht.

Im Morgengrauen besetzte eine bespannte Infanterie-Einheit des Gegners die ausgebrannte Kolchose. Als Kopitz in seinem Rücken das Scharren von Pferdehufen vernahm, blieb er regungslos auf der Schwelle sitzen, die Arme über den Knien gekreuzt, die Schultern fröstelnd nach vorn gezogen. Die Geräusche, die auf ihn zuhielten, unterschied er in allen Einzelheiten. Fast begierig lauschte er diesem Anprall kehllautiger Stimmen, kläffender Befehle, hellem Gewieher und dröhnendem Gelächter. Er hörte das katzenhaft leichte Tapsen auf der angesengten Grasnarbe, das martialische Geklirr von Gefechtsfeldwaffen: eine kampfstarke Vorhut der Ukrainer mit ihren klapperdürren Panjepferdchen kam geräuschvoll zum Stehen.

Jetzt pflanzen sie sich vor mir auf, dachte er, während das Rudel erdbrauner Soldaten ihn zu umkreisen begann. Ihre Gewehre bilden die Speichen; ich aber bin die Nabe an diesem Riesenrad! Und als sie neugierig näherrückten, und er die kalten Mündungen der Gewehrläufe spürte: Ich werde ihnen nicht den Gefallen erweisen, mich zu erheben. Und als ihm ein Rotarmist einen Schlag Essen unter die Nase hielt: So leicht lasse ich mich nicht bestechen. Ich habe keinen Respekt vor einem Tod, der nach Weißkraut, Schweiß und Machorka riecht. – Das Salvengeknatter einiger übermütiger MP-Schützen lieferte eine feurige Illumination. Ein johlendes Gepfeife entlud sich über ihm. – Ein unschädliches Gewitter, dachte er und schob wie beiläufig die Gewehrmündungen beiseite. Mit seiner Rechten wies er auf den Hofplatz, der im Glutschein letzten Feuers lag, sah nicht auf, heftete seinen Blick auf ihre lehmverschmierten Stiefel. Das Gejohle brach schlagartig ab. Den schwelenden Rumpf erblickend, trat das gefährlich schwärmende Rudel einen Schritt zurück, öffnete eine Gasse stummer Betroffenheit. Als Kopitz die Augen aufschlug, war sein Freund nicht mehr zu sehen. Vor ihm erhob sich eine Barrikade von zusammengesetzten Karabinern. Da befiel ihn nicht nur die Vorahnung, da wußte er, daß der Tod ihn verschmähte.

Der Erinnerungslose

Übergangslos aus dem Tiefschlaf geschreckt, nehme ich zunächst nichts wahr als ein gleichmäßig an- und abschwellendes Geräusch: das Schlaggeräusch von Rädern auf Schienenstößen, das härtere Knallen von Weichen, das dumpfere von Puffern, die schnelle Aufeinanderfolge von Pfiffen. Obwohl auf Wahrnehmung und Erkundung aus, bin ich doch mißtrauisch gegen das, was meine schlafverhangenen Sinne mir zutragen. Während ich mich in einer mir fremd scheinenden Umgebung zu orientieren suche, finde ich die Körper der Schlafenden in schamloser Vertrautheit. Die Umrisse des Marschgepäcks, der Tornister, schon schwieriger zu deuten: sind es widerborstige Fellrücken in einer Strohkuhle? Die Decken zusammengeschoben zu kleinen Gebirgszügen, Feldflaschen zu Trauben gebündelt, verbeulte Kochgeschirre. Beliebiges Interieur eines rollenden Schlafpferchs, die Details unerheblich, der Ansturm von Nichtigkeiten überwältigend.

Irgendwo brennt ein kraftloses Feuer, genährt von Holzresten, aufgelesen auf dem zugigen Umschlagplatz eines polnischen Grenzorts. Im fahlen Lichthof einer Lampe die Blechwaben der Ofenrohre in verschneiten Stapeln längsseits der Schienen. Randzone einer Stadt mit ihren trostlosen Barackenvierteln, Schuttabladeplätzen, Waffendepots und den Spuren unserer Verwüstungen. Aber das sind nur Vermutungen meines getrübten Tatsachensinns. Ich will versuchen, nachzurechnen, wann ich die letzte bewohnbare Ortschaft durchfahren habe.

Einen Anhauch von Wärme spüre ich selbst durch meinen Mantel hindurch. Aber das ist erklärbar, kauere ich doch in unmittelbarer Nachbarschaft des Kanonenofens. Wer dagegen eine Waggonwand im Rücken hat, für den ist das Feuer ein Ärgernis, der Ofen eine Attrappe. – Herabhängende, schlaff baumelnde Uniformstücke, Hosenbeine, mühsam aufgebügelt, Waffenröcke mit Ordensbändern, von absonderlichem Ehrgeiz zeugend. Einige unverbesserliche Stimmungsmacher schwärmen noch immer von langbefristeten Lehrgängen mit Nachturlaub bis zum Wecken. Längsseits der Gepäckstapel, nur undeutlich auszumachen und in dieser Schemenhaftigkeit um so monströser, die in ihren Halterungen parallel liegenden Karabiner. – Vor Ablauf einer Stunde wird mich niemand wecken. Aber was ist eine Stunde? Wieviel Zeit ist das, gemessen an meinem Vorsatz, in sie zurückzukehren? Sechzig Minuten Herzschlag, Atemgeräusch, Räderklirren, Gedankenleerlauf? Werde ich die ganze Spanne zwischen Ohnmacht und Wutanfällen durchlaufen müssen, ehe ich an ihre Grenze gelange?

Ich werde damit anfangen müssen, meinen Schlafplatz von Krümeln zu säubern. Da ich es nicht unterlassen konnte, den Marmorkuchen, den meine Mutter mir eingepackt und mit Weihwasser besprengt hatte, bis auf geringfügige Reste aufzufuttern, fürchte ich die Entdeckung durch meine ausgehungerten Nachbarn. Ich hatte weder den Edelmut, den Leckerbissen aufzuteilen, noch die Unverfrorenheit, ihn ungeniert vor allen zu verschlingen. Peinliches Eingeständnis, wie ich heimlich würgte, die unvermeidlichen Kaugeräusche mit unsinnigen Hantierungen vertuschend. Doch warum plagt mich der böse Blick des Futterneids? In dieser Menschenfalle sitzen so manche verwandten Laster einträchtig zusammen. Verstöße gegen die Regeln des Anstands erledigen sich in diesem Stadium der Sittenverwilderung von selbst. Demütigungen, die ich mit jedermann hier teile. Vergehen, Fahndung, Strafvollzug werden zur bloßen Farce, deren Spielcharakter nur der Uneingeweihte verkennt.

Ich liege mit einer Pioniergruppe, der ich als Minenspezialist zugeteilt wurde, in Fahrtrichtung. Käme dieser aus einunddreißig aneinandergekoppelten Waggons bestehende Transport schlagartig zum Halten, schösse ich, mit den Knobelbechern voran, durch den stickigen Strohpfuhl, durchstieße die schadhaften Planken und steckte mit den Füßen im morschen Holz. Aber das ist eine unsinnige Vorstellung.

Auf eine Sprengung gefaßt zu sein, die jeden Augenblick erfolgen kann, aber auch erst nach Tagen unbehinderter Fahrt, übersteigt meine Fassungskraft wie meine Selbstbeherrschung. Ich kann nicht wissen, was die vorwärts stürmende Lokomotive unter die Räder reißt. Sie ist ein blind laufendes Räderwerk, kein sensibler Mechanismus, mit Fühlern bewehrt und Unheil witternd. Vielleicht liegen wenige hundert Schritte vor dem Gleisräumer die ersten scharfen Minen. Vielleicht schwelt unter dem Tender bereits der angerissene Zünder. Bliebe ich beispielhaft gefaßt, sähe ich durch Strohschütte und Planke hindurch die Luftwurzeln der Zündschnüre über den Sprengkörpern, dann könnte ich den Zugführer rechtzeitig warnen. Wie leicht mir inzwischen solche idiotischen Vergleiche zufallen! Ich müßte eigentlich wissen, daß nicht

Zündschnüre die Sprengstelle von weitem kenntlich machen. Ich habe zu viele Minen eingebaut, um mir die Abwegigkeit solcher schiefen Bilder nicht zum Vorwurf zu machen. Die Leichtfertigkeit, mit der ich zugespielte Bälle auffange, ist bedenklich.

Eines beginnt mir allmählich klar zu werden: Man kehrt nicht in Unschuld in das zurück, was man im Größenwahn verließ, auch wenn man das unverdiente Glück haben sollte, zurückzukehren! – Solange sie marschierten und sich in der ungeheuren Landmasse festfraßen, dem flachen, endlosen, staubdürren Fladen, der sich zwischen den Rokitno-Sümpfen und den Wäldern an der UGRA erstreckte, betäubten sie sich etappenweise mit Siegeszahlen und Beuteziffern. Man zehrte von dem, was täglich anfiel, hielt das Ganze für eine gigantische Konkursmasse, aus der sich jeder seinen Anteil herausholte. Als aber der raumfressende Größenwahn verebbte und Katzenjammer sie befiel, als der Frost sie festnagelte und sie monatelang über den Feuerkreis, den eine Maschinengewehrgarbe absteckt, nicht hinaussahen, stürzten sie sich auf ihr Innenleben. Es brauchte lange, um den Großsprechern hinter die Schliche zu kommen. Ruhm, Ehre, Patriotismus, Vaterland! – das war in zwei Sommern ausgeschwitzt. Was noch an Emotionen blieb, hatte Platz in einem Brustbeutel oder in einem Briefumschlag.

Eigentlich ohne zwingenden Grund fiel ihm eine der Sprengformeln ein, die er nie angewandt hatte, weil er mit seinen Faustregeln immer rascher zur Hand war. Automatisch fast leierte er sein Pensum herunter. Ein domestiziertes Bewußtsein warf ihm wahllos seine Dressurleistungen zu: Die Schußdaten einer Vierlingsflak konnte er ebenso gut aufsagen, wie die Zahlenreihe einer frisierten Minenbilanz oder das Kauderwelsch halbverdauter Russisch-Vokabeln. Jetzt eben zur Abwechslung einmal Sprengformeln. Simple Multiplikationen von Scherkraft, Dämmwerten oder den Wirkungsgraden verschiedener Sprenggelatinen. Faustregel Nummer eins: Die Welt zerfiel in Querschnitte, die es entweder zu zerstören oder zu deformieren galt!

Er konnte natürlich ebenso gut anderen Schulkram abrufen: das Verlegeschema für Riegelminen zum Beispiel: Erste Reihe, freundwärts begonnen – Knebel, Kreuz, Knebel; zweite Reihe Kreuz, Knebel, Kreuz; dritte Reihe Knebel, Knebel, Kreuz; vierte wie die erste. Das Ganze sechs Felder schulmäßig durchexerziert. Wechsel vorzugsweise beim siebten. Hilfspunkte wie üblich markiert;

Schnittflächen der Pfähle getarnt; Schrittlängen gleichmäßig, unverkrampft; Kompaßzahlen bis auf Zehntelgrade genau. Schnelleinsatz, versteht sich. Mondphasen unberücksichtigt. Sicherung wie gewöhnlich durch bewaffnete Freigänger (das bereitet dem Gegner tödliches Kopfzerbrechen). – Unglaublich, nun memorierte er schon wie ein Schüler vor einer mündlichen Prüfung!

Wenn mich diese Formel-Alpträume doch wenigstens zeitweise ablenken könnten! So aber unterbreche ich mich immer wieder, um argwöhnisch auf die monotonen Fahrgeräusche zu achten: das hohle Dröhnen der geschlossenen Waggons, das Hämmern der Schienenstöße, das Knallen der Weichen, das Klirren der Räder. Ich brauche den bösartigen Instinkt des in die Falle Gegangenen, der längst die Uhr gestellt und die Zündschnüre in Brand weiß, gar nicht erst in mir wachzurufen.

Er kannte solch teuflisch inszenierte Anschläge bis jetzt nur vom Hörensagen. Merkwürdig, warum sah er sich unverletzt, von einigen belanglosen Hautschürfungen abgesehen, durch ein Chaos gesprengter Bohlen taumeln, langfasriger, astloser, dumpfsplitternder Bohlen? Er saß mit vierzig Neulingen, die weder Axt noch Säge handhaben konnten, in einem Geviert beschmutzter, verrotteter Planken. Es gehörte schon eine abstruse Phantasie dazu, ihren Weg zurück in die Unschuld und Reinheit zu verfolgen. Reinheit? Unschuld? Im unpassendsten Augenblick fielen ihm die großspurigsten Wörter ein.

Dieser Waggon mag erforschbar sein, meine Kindheit nicht; sie ist nichts als eine Luftspiegelung über einem versiegelten Abgrund. Also, um Vergangenheit vorzutäuschen, ein datierbares Jahrzehnt auf Spielplätzen verbracht? War er auf unlauteren Besitz aus? War er früh schon unter militärische Kuratel geraten? Ich denke, daß er wie seine Altersgenossen in einem Sandkasten aufwuchs, aber nur, wenn ich seine Luftballons als Fesselballons deklariere, wenn ich Schrapnell-Gewitter über seinen Sandburgen aufziehen lasse, läßt er die Idylle ungefilzt passieren. War er illusionslos? Mangelte es seinen Erziehern an zivilen Leitbildern? Seine Lehr- und Gesellenjahre verbrachte er unter Richtbäumen, Spruchbändern, Fahnenmasten. Er war leichtgläubig genug, aus dem Parolenwind Versprechungen herauszulesen für die Zeit nach seinem Stimmbruch. War er den Gleichaltrigen an Erfahrungen voraus? Seiner ersten Liebe huldigte er auf Feldpostkarten an eine Cousine. Auch Schönheit als solche blieb ihm nicht vorenthalten. Ich entsinne mich an die ebenmäßigen Gesichtszüge einer Füsilierten, die in wiederhergestellter Unschuld in einem schattenlosen Hinterhof lag. War er pietätlos? Sah er – statt ihren patriotischen Edelmut zu besichtigen – nichts als ihren makellosen Körper? Wenig später sah ich ihn einem Flammenwerfertrupp zugeteilt, der in die Schartenöffnung eines Bunkers seinen tödlichen Feuerstrahl richtete. War er von zerstörerischem Mutwillen erfüllt? Nichts dergleichen! Er war zuverlässig. Von weiteren Folgerungen will ich absehen. Ich bin ablenkbar und vergeßlich, und ich weiß nicht einmal, ob diese Erinnerungen nicht bloße Makulatur sind.

...Sie hatte die Angewohnheit, abends auf einen Sprung an den nachbarlichen Zaun zu kommen. In einem der Durchlässe kauernd, wartete sie demütig auf ein Handzeichen von ihm. Er aber gefiel sich in der Rolle des blasierten Blickverweigerers, als gälte ihre Zuneigung seinem jüngeren Bruder. Dem uniformierten Schnösel fiel nichts Besseres ein, als altklug Kaltschnäuzigkeit zu verbreiten: Mitleid allein wiege nun einmal Sympathie nicht auf. Anziehungskraft und Reiz der Geschlechter seien etwas anderes. Vorerst strahle sie mit ihrer Internatskluft eher Keuschheitsängste aus als erotische Signale. Unter seinen Taktlosigkeiten wurde sie noch unscheinbarer, als sie es schon war. Das straff gescheitelte Haar von unentschiedener Färbung bildete einen schütteren Knoten. Die vorspringende Unterlippe über dem ohnedies nur schwach entwickelten Kinn störte seinen Schönheitssinn. Einzig die weitstehenden Augen mit den Wehmutsbögen der Wimpern hätten ihn nachsichtig stimmen können, wäre nicht das zudringlich Sanfte, unterwürfig Kuschende gewesen, das ihn abstieß oder verwirrte, je nachdem, ob er allein war oder in Begleitung eines lästernden Klassenkumpels. Und selbst jetzt – in der gesteigerten Erinnerungsgier dieser Transportmonotonie – vermochte er ihn nicht festzuhalten, den Gedanken an Rahel, die eines Tages spurlos verschwand...

Vielleicht erfinde ich das alles auch nur, um mir eine Vergangenheit anzudichten, mit wahllos aufgegriffenen Erlebnispartikeln: ersatzweise zugespielt von der Trauer über den Verlust erzählbarer Wirklichkeit. Bildschnitte aus den frühen Dreißigern, ein Sommermorgen zum Beispiel:

Mit nichts als seinem unbändigen Spieltrieb, auf ein überschaubares Stück Erde beschränkt (das Handtuch eines Hinterhofs mit

Hasenställen), in Nestwärme eingetaucht, durchstöberte er ganze Kontinente (mit der Nasenspitze über dem Schulatlas!). Jetzt gähnt ihn ein trostloser Landstrich nach dem andern an. In einem Aufwaschen fertigt er ganze neupreußisch-großdeutsche Provinzen ab, ohne das Mindeste an abbildbarer Geographie in sich aufzunehmen. Unerheblich, wie rasch oder wie langsam, mit wie vielen Verzögerungen und Standorttäuschungen auch immer, die Schleifschule der Nation, die Knochenmühle heranrückt!

Meine Furcht vor einem möglichen Sprengstoffanschlag ist lächerlich. Zugegeben, eine Kontrolle des Bahndamms setzte mich dem deprimierenden Anblick gesprengter Güterzüge aus (einer endlosen Doppelreihe verkohlter Waggongerippe längsseits geräumter Geleise). Es ist üblich, die ausgebrannten Wagen von der Böschung zu kippen, um die Strecke freizuhalten für nachfolgende Transporte. Aber es ist ebensogut möglich, daß ich mich täusche und einen ungefährdeten Landstrich durchfahre. Die Ortsbestimmung ist nicht immer leicht. Ich nicke, da ich mein Schlafverlangen unterschätze, gelegentlich mitten im Satz ein, so daß ich das Gespür für Entfernungen zeitweilig verliere. Aber wo immer ich mich auch befinden mag – es ist unsinnig, meine Chancen abwägen zu wollen. Ich liege, wenn ich richtig gezählt habe, im dreizehnten Waggon. Da ich weder abergläubisch bin noch schicksalsblind, werte ich es als günstiges Omen. Bei einunddreißig Waggons befinde ich mich also leicht außerhalb der Zugmitte. Die Gefahr, durch die Gewichtsmasse von achtzehn rollenden Einheiten zerquetscht zu werden, schätze ich geringfügig größer ein, als durch zentrifugale Schleuderkraft katapultiert zu werden. Wiederum erscheint mir die Wahrscheinlichkeit, durch reine Sprengwirkung getötet zu werden, im vorderen Drittel ungleich größer. (Es sei denn, die Partisanen sind gewitztere Feuerwerker, als ich sie kenne!) Wenn die Auskünfte der Wachmannschaft stimmen, lagert in den beiden letzten Güterwagen Artillerie-Munition. Die Möglichkeit, durch explodierende Granaten geköpft zu werden, nimmt zu im Quadrat der Annäherung. Doch trotz rechnerischer Spitzfindigkeit dürfte sicher sein: Niemand kann die guten (sicheren) Plätze von den schlechten (unsicheren) unterscheiden! Dabei diese durch nichts zu entkräftende Zuversicht, als käme ich mit dem Schrecken davon, säße ich nur einige Waggons weiter hinten…

»Man umschließe den Kolbenhals frisch und fest so weit nach

vorn, daß der ausgestreckte Zeigefinger an der inneren, unteren Kante des Abzugsbügels zu liegen kommt ––« (Handballen und Fingerkuppen in saugender Umklammerung). Mit solch frivolen Lehrsätzen hatte man die schreckhaften Zöglinge dressiert. Es hatte sich in ihren Köpfen etwas eingenistet, was offenbar mit geschlechtlichen Vorgängen mehr zu tun hatte als mit waffentechnischen Abläufen. Handballen, Kolbenhals, Zeigefinger – ein nicht näher zu definierender Inzest. Das provozierend Zweideutige der Belehrung: »Der Karabiner ist die Braut des Soldaten!« Wer wollte da auch an den Tod im Gewehrlauf denken, wo Liebe suggeriert wurde in fast zärtlicher Anleitung? Was sollte da wohl die Einsicht, daß nicht nur eine gedachte Linie zwischen ihm und dem anvisierten Ziel ins Schwarze führte, war der Druckpunkt einmal überwunden (»bei saugend umschlossenem Kolbenhals«)? – Genug, er konnte sich diese makabre Zielansprache schenken. Ihn prägte – Lehrsätze der Ballistik und Pyrotechnik mit geschlechtlichen Phantasien koppelnd – keineswegs nur nüchterner Erkenntnisdrang. Weit harmlosere Verstrickungen beantwortete er mit schierer Begriffsstutzigkeit, weit spaßigere Wahrheiten als die der statistisch ermittelten Todesart der Pioniere – der klassischen Amputation durch Sprengung – mit stupender Naivität. Was also zwingt mich – vom Gleichgewicht des Schreckens ebenso wie von meiner Lethargie in Schwebe gehalten – Würde vorzuleben und soldatische Haltung? Belanglos scheint, für was der einzelne sich hält: Führer wie Verführte, Böcke wie Schafe sind der gleichen sinnvernebelnden Prozedur unterworfen, dem Gesetz des Falls (wobei ich nicht Schwerkraft meine!) – und es ist unerheblich, ob die Sprengladung mich im Sturz oder Flug halbieren, in Stücke reißen oder bis zur Unkenntlichkeit verstümmeln wird.

Immerhin, mein überfordertes Gedächtnis speichert nicht nur Bildketten der Angst. Aus einem Knäuel sich widersprechender Empfindungen – Ohnmacht, Hellsicht und geschluckten Wutanfällen – schält sich ein Ereignis von traumatischer Wucht: Keine gut abgehangene Fleisch-Fabel, kein vollsaftiges Lendenstück mit dem Lebendgewicht blutvoller Charaktere und einsehbarer Motive. Mein selektiv arbeitendes Gehirn entwirft lediglich eine Topographie geschleiften Grauens. Der bornierten Selbstgefälligkeit sich entziehend, die den Nachweis von Verbrechen nur führt, solange die Blutspuren noch frisch sind.

...Es sah kaum einer von ihnen auf, als die ersten Wachttürme am Horizont auftauchten. Hochstämmige Fichten, mächtige Alterssitze für Dohlen und Elstern, eine auffällige Kulisse, die das Torgerüst mit der Inschrift: »Arbeit macht frei!« nahezu überdeckte. Waffenbehangen und apathisch trotteten sie dahin. Der klumpfüßige Koloß der Marschkolonne kam lange nicht zum Stehen. – Beim Passieren der Stacheldrahtsperre – ein SS-Mann mit geschultertem Karabiner lief zwei Schritte vor und zwei zurück – hatte die Meuterei ihren akustischen Höhepunkt bereits überschritten. Die mutwillig oder auch nur per Zufall Inhaftierten standen schon unter Kommando. Niemand, der die Ankunft des Kommandeurs zu offenem Protest benützte. Kleinlaut, belämmert vor soviel Mißgeschick, starrten sie dem Hinkebein, das Edelmetall unterm Kinn trug, in die alterslose Visage.

Der Platz zwischen den fluchtartig verlassenen Baracken war von einer trostlos zerflatternden Weite. Keiner, der je auf diesem Präsentierteller Staub schluckte, hatte die fensterlose Fassade einer leerstehenden Fabrikhalle anders als mit lähmendem Unbehagen betrachtet. Er aber lag nicht im Stiefelschatten eines wildgewordenen Lagerkapos. Er hatte sich auch nicht den Meuterern angeschlossen, die eine Petition aufsetzten gegen die »ehrverletzende Einweisung ins Lager Skarzysko-Kamiena«. Er sah in ihrer Einquartierung nicht die Fehlleistung eines gedankenlosen Quartiermeisters. War schon vergessen, schon verdrängt, daß sie – vor den Panzerspitzen der Sowjets fliehend – dieses Hochplateau erreicht hatten, sozusagen mit hängender Zunge?

Widerspruchslos schaffte er sein Sturmgepäck in die Aktenwildnis des geflüchteten Buchhalters, von dem nichts zurückgeblieben war als ein Türschild mit verwischtem Namenszug. Er rückte mit seinem verwanzten Strohsack gegen die freie Wand, die mit obszönen Kritzeleien bedeckt war, und legte sich vorzeitig nieder, weil er sich die Mitternachtswache ausbedungen hatte. Aber trotz bleierner Müdigkeit fand er keinen Schlaf. Ihm war, als dränge durch Mauerrisse und Bodenritzen, sobald er die Taschenlampe löschte, eine gallertartige Substanz, die sich über Feldflaschen, Kochgeschirre und Gewehrständer hermachte, sein Koppelschloß samt Lederzeug mit einem zähflüssigen Film überzog, einer Schleimspur des Ekels.

Nachts auf Zweistunden-Wache verließ er eigenmächtig den ihm zugewiesenen Lagersektor. Er wußte selbst nicht recht, was ihn zwang, sich unter die rinnenlosen Gesimse der verlassenen Barakken zu stellen. – Wenn ich unvorsichtig genug bin, meine Vermutung auszuposaunen, löse ich Verständnislosigkeit aus oder weinerlichen Protest, zumindest geharnischten Unwillen über die Zumutung, Empörung zeigen zu sollen. (Ihnen, nicht den KZ-Häftlingen war eine wissentliche Kränkung widerfahren!) Er kannte zur Genüge jenen Grad an Selbstmitleid, der jede ernsthafte Anteilnahme ausschloß. Nun gut, mochten sie es als Ehrverletzung empfinden. Für ihn lag in dieser überstürzten Einweisung in das aufgelassene KZ etwas Zwangsläufiges, ja Folgerichtiges. Ein lang verheimlichter Abszeß war aufgebrochen. Jahre hindurch hatte man nichts von ihm gespürt. Bei schlecht stehendem Wind eine Ahnung von abgekapselter Fäulnis, aber mit Beschwichtigungen war auch er schnell zur Hand.

Er war weiß Gott nicht zimperlich, kannte Stallwärme so gut wie Bunkermief. Er wußte, was es bedeutete, bei Gewitterschwüle in der Nähe eines Kadavers zu kampieren. Er ging nicht leicht in die Knie. Aber was in diesen wenigen Minuten, zwischen fluchtartig geräumten Schlafpferchen, auf ihn einstürmte, war nicht nur aus Verwesung und Verwahrlosung allein ableitbar. Daß seine Sinne – die schneller reagierten als sein Bewußtsein – beleidigt wurden, zählte nicht weiter. Aber daß sein Gefühl für Anstand und Würde verletzt wurde, machte ihn traurig, wütend und ratlos in einem. Dieses versiegelte Grauen aus Niedertracht, buchhalterischer Pedanterie und Menschenverachtung! Einem Brechreiz nahe, stürzte er aus der stickigen Baracke. Er begriff sich selbst nicht, wie er beim Verpflegungsempfang einen Schlag Reis mit Backpflaumen verdrücken konnte.

Das Kochgeschirr in der Linken, den gefüllten Klapplöffel in Kinnhöhe, stieß er auf Sträflinge im gestreiften Drillich, die Kanister verluden. Einmal war er auf einen Trupp bewachter Häftlinge gestoßen. Er hatte die Szene in allen demütigenden Einzelheiten vor sich: die schnurgerade Chaussee, schotterbeworfen, mit schiefstehenden Randsteinen, eine Allee mit Pappeln, zur Sprengung vorbereitet. Herbstlich-fahler Himmel. Auf alle Fälle fuhr er im Schrittempo an einer Kolonne ausgemergelter Gestalten entlang und hatte ihre vorwurfsvoll oder auch nur angstvoll erhobenen Gesichter vor sich: Er begleitete eine Fuhre Schnittholz, saß mit dem Rücken in Fahrtrichtung. Seine frischbesohlten Stiefel hingen aufreizend über die Verladerampe. Er aber stieg nicht beschämt ab, zog sich nicht die Stiefel aus, schloß sich nicht brüderlich den Barfüßern an. Die Allee blieb zurück, mit ihr der Trupp Häftlinge. (Zum Glück für ihn war das Fahrzeug schneller als sein Mitleid.)

Er stand – von Flohstichen gepeinigt – auf dem öden, gottverlorenen Appellplatz, sein Standbein von Kommandos festgepflockt. Die Baracken von Mückenschwärmen umsirrt. Abgeschirmt ihr Kompanie-Biwak gegen das eingesargte Grauen. Nageltrupps, die die zwangsgeräumten Unterkünfte hygienisch zunageln. Die Beklommenheit über unaufgeklärte Vorfälle im Lager. Nicht entschlüsselte Anrufe an sein Gewissen. Niemand verlangte ja auch von ihm, daß er tiefschürfende Sondierungen vornahm. Er war der Angehörige einer militärischen Einheit, nicht der Heilsarmee!

Ironie ist die Waffe der Selbstgerechten, die weder Fisch noch Fleisch sind! Gewiß, ich entreiße dem mörderischen Sog des Vergessens Bild auf Bild. Aber was mache ich damit dingfest in dieser Flut chimärenhafter Erscheinungen? – einige blamable Episoden. Wird mein kindischer Versuch, Menschliches hinüberretten zu wollen, nicht zu einer Farce, die den Schrecken nur verlängert?

Mitleid ist die Tugend der Unentschlossenen! Ich habe kein Recht, mich als Anwalt der Opfer aufzuspielen. Gewiß, ich liege wie jene, die durch mein überfordertes Gedächtnis rutschen, in einem lichtlosen, zugigen Waggon. Der Zug, der mich durch die Dunkelheit schleudert, gleicht aufs Haar jenen Zügen, die in der Dunkelheit enden. Ich weiß, daß meine Gefangenschaft aufhebbar ist. Meine Wärter sind nicht zugleich auch meine Peiniger. Wenn sie die Schiebetür öffnen, um Frischluft hereinzulassen, registrieren sie mein Wohlbefinden, nicht mein Wohlverhalten. Auf ihren Strichlisten ist meine Kampfkraft ein unverzichtbarer Bestandteil ihrer militärischen Planung. Das wenige, was meine Uniform von der Kluft eines Häftlings, eines Gefangenen unterscheidet, sichert mir ihr Wohlwollen. In ihren Augen wäre mein Tod ehrenvoll! Ununterscheidbar in die Züge der Henker und Schergen eingereiht, fahre ich, ein Gefangener auf Widerruf, die Waffen in der Hinterhand, durch eine unrühmliche Nacht einem ruhmlosen Ende entgegen.

Auf Dauer lähmt einen die Vorstellung, untätig dazuliegen, die Arme im Nacken verschränkt, gegen den Fahrtwind abgeschirmt, aber der Zugluft der Latrinen ausgesetzt, in einem Geviert verrotteter Planken dahinzuschießen. Vielleicht ein monströses Geschoß, versehentlich mit einer Ladung Kanonenfutter gefüllt. Vielleicht auch nur ein Fahrstuhl, dessen Sturz nicht mehr gebremst werden kann. Vorstellbar bleibt auch, daß ich in einem Gehäuse mit offenem Boden bäuchlings angeschnallt liege. Unter mir das Fließband einer Landschaft mit Miniatur-Schlachtfeldern, ein Katarakt spielzeugkleiner Flandernzäune, bespickt mit Minen-Igeln. Ich im Schleudersitz und in Handbreite darüber, mit verletzlichen Weichteilen. Ein ausgefuchstes System von Sicherungen hält Statik wie Mechanik im Gleichgewicht. Aber allmählich beginne ich an ihrer Wirksamkeit zu zweifeln. In der Saugkraft der Tiefe lockern sich Bolzen, Nieten, Nägel, Radlager. Was mich leidlich in Schwebe gehalten, lautlos zerfällt es in lose Einzelteile, landet im Schotterbett zwischen den Schwellen. Dem Gesetz der Schwerkraft spottend, fliege ich, ein splitterndes Chaos hinterlassend, im Freien mit gleichbleibender Beschleunigung. Vom Schwindelgefühl wohltätig betäubt, frage ich mich, ob der einzige Sinn dieses aufgehaltenen Sturzes darin liegt, zwischen Ohnmacht und Wut eine prekäre Balance zu halten.

Aber das monotone Schaukeln, ratternde Gleiten und zermürbende Stoßen würde irgendwann einmal aufhören. Dann käme der rollende Schlafpferch, in dem sie in gewienerten Knobelbechern und aufgebügelten Waffenröcken liegen, tröstlichen Illusionen nachhängend, zum Stehen. Durch die spaltbreit geöffnete Schiebetür dränge Ordergebell. Licht schösse herein mit der Blendkraft eines Blitzes. Schlafsüchtige rissen unter Flüchen die Augen auf. Der Standlaut einer silberbetreßten Dogge schlüge an ihr Ohr. Helmgesicht, Trillerpfeifen-Visage: der Wachhabende vom Dienst. Ungerührt durch meine Selbstbefragung, scheuchte er mich aus meinen Schreckensvisionen. Nicht die Tapferkeit vor dem Feind stünde zur Wahl, vielmehr die Tapferkeit vor dem eigenen Gewissen.

Verzeichnis
der suhrkamp taschenbücher

Eine Auswahl

2/1/6.84

2/2/6.84

2/3/6.84

2/4/6.84

2/5/6.84

2/6/6.84